亞洲華文散文的中國圖象

1949-1999

【 鍾怡雯 · 2000 】

華族移民的懷土之思

楊 昌 年

　　當怡雯以論文擬題相詢，我曾爲「中國」命題涉及當前政治敏感不無顧忌。但想到數百年來遠渡重洋，去異邦胼手胝足，披荊斬棘的華族同胞，屬於他們血源臍連的故土之思，繼傳後世承祧發皇爲感性篇章，那是發自於胸臆的真摯。文本指涉無非對根屬斯土斯民的反芻眷懷，那樣的人之常情，也曾多次使我瞿然感動的至性。我，又哪能有什麼反對？

　　這就是「人情同於懷土」的原型了，筆者曾有經驗。六年前去漢城擔任客座，偶然在山區聽到杜鵑，從未體驗的鄉愁排山倒海而來。想念我棲遲的紅樓，我的親友，學生，迫切地想要束裝返台。也許就要在經歷過那種雪花紛飛的刻骨鄉愁之後，返回溫潤家園的血脈才會知足而流動；抑或是在久久的語文扞格之後，特別渴望重溫那一分同文同種，斯土斯民的親切；更或是我自己深知，那誤置在魏的客將廉頗，屬於他「思用趙人」的情懷，竟已穿透時空，躍動在我的胸中。

　　而怡雯，她就是來自那那炎熱異邦的文學承祧者。

　　她的企圖很大，亞洲的幅員廣大，華裔分佈的疏密不一，穀種如星，搜材的匪易已屬不爭。何況她又設定了三道關卡：

一是不包括雜文、議論的「純散文」；二是自一九四九至一九九九的「現代時限」；三是必需符合「中國圖象」的「主題」。此外，更又有兩項難處：一是受到地區排華影響的資料散佚（如印尼）；另一是地區資料之未能有效保存（如泰、緬、越）。還好在這之前她已主編完成了《赤道形聲》(馬華文學彙編，台北萬卷樓八十九年五月版)，爲她龐沛的學術研究奠建初基。

　　文本搜材不包括大陸，讀者們或以爲異，其實這正彰顯了海外華文的獨特性，不是以大陸爲回歸文體，也不是中國的分支。由於搜材艱難，她的重點集中在台、港、星、馬。介紹彰顯已能差強人意，尤以台灣的「三三」與馬來的「神州」，敘介堅實，具備價值。

　　對於她文本詞語的精緻，標題的詩化，或有人頗持異議，在我卻極爲欣慰。一向主張尊重遵行文學進展的反動律，當前精緻文化中的精緻文學風貌，反五四之平易已屬必然。更何況文學評論本身就是藝術，撰作在堅實的神明骨髓之外，還應能有明麗的血肉的豐采，錯非如此的輔成，不足饗宴當代的讀者！

　　高行健既已趕上二千年諾貝爾文學獎列車，華文創作行將由此建立信心而再現洪峰。想想我星散全球的華裔骨肉，處境雖有改善，而爭取平等待遇之路仍然遙遠。壓力之下，唐山眷懷沈重如石，如此的真切情懷，是該有人來爲之轉介宣揚。一本論文已然發軔，嗣後這一線有待賡續，怡雯君其勉旃。

　　自大二起即已重視的學生，而今她果然不負，才既「秀」而人已不「微」。還望她能身致力於古典的根植，勿驕勿惰，更上層樓。

是為序！

二〇〇〇・十一・於台北

目　錄

第一章　緒　論

　　在台灣的現代文學研究領域，散文相較於詩和小說，是較為冷門的文類，這和台灣各報副刊以散文為主要刊登文類的現象，正好成反比。台灣散文的研究是如此，更遑論亞洲華文散文。中國對華文文學的研究遠較台灣熱絡，出版了不少相關的大部頭著作，例如公仲和汪義生著《台灣新文學史初編》（1989）、劉登翰等編著的《台灣文學史》（1993）、古繼堂的《台灣新詩發展史》（1989）、《台灣小說發展史》（1992）、《台灣新文學理論批評史》（1993）、古遠清的《台灣當代文學理論批評史》（1994）、陳賢茂等編的《海外華文文學史初編》（1993），以及在前者基礎上再發展的《海外華文文學史》（1999）四冊。新詩史和小說史已有專著出現，卻獨獨不見散文史的撰寫。這個現象一方面顯示中國學者對華文文學的宏觀視野，一方面卻又再一次印證，散文的研究不只在台灣被忽略，中國亦然。

　　《海外華文文學史》共四冊，是一部研究華文文學的重要資料。然而筆者也必須指出，這部鉅著在資料處理上有不少缺失，譬如新加坡華文文學自建國一九六五年起，不過三十五年的歷史，作者卻以五百三十七頁的篇幅論述；馬華文學始於一九一九年，作者只以二百六十一頁輕易打發，加上一九六五年以前新馬不分家一百四十八頁的篇幅，也不過四〇一頁，論年代及人數乃至作品的質量，馬華作家的篇

幅都應該遠比新華作家多。

其次是文學史觀的問題。每一部文學史都有撰寫者的主觀見解，這部《海外華文文學史》的學者／編者顯然把海外文學當成中國文學的分支，中國中心的觀點充分顯露自我中心的思考模式。準此，這部文學史既是重要的海外華文文學資料，卻也有不少偏見和不見。文學史如此，論文集亦然，同樣的情況出現在單篇論述。除了中國中心思考的偏見外，據筆者的瞭解，一些中國學者撰寫論文靠的是當地作家提供資料，這是研究的盲點。中國中心的思考偏見也特別顯現在香港文學的研究。面對香港論述一再強調的混雜性，許多論文卻往往視而不見。

這本論文處理的是亞洲華文散文的中國圖象，結合文學和文化批評，試圖釐清「中國」在散文書寫中的分量。當中國被凝視、被想像、被一而再的書寫，甚至成為某些作家終身追尋的對象，中國不再只是單純的父祖之國，它在文化／文學上竟而有了本體意義，成為某些作家的創作動力。筆者是馬來西亞華人，身分認同一直是筆者思考的問題，從這個角度出發，亞洲其他國家／地區的華人創作者如何面對「中國」，構成了這本學位論文的寫作動力。選擇散文作為研究文類，除較少人從事散文研究之外；其次，筆者是散文創作者，散文一直是筆者最關注的文類，希望透過這本論文的撰寫，對亞洲華文散文的創作方向和成果，有更完整的瞭解。

這本論文處理的課題是亞洲華文散文的中國圖象，年代從一九四九年至一九九九年為止，討論了台灣、香港、馬來西亞、新加坡、泰國、菲律賓、印尼七個國家／地區的華文散文。至於用「華文散文」而不用「中文」，乃是基於下述考量：華文強調文化、語言、文字的層次甚於政治實體「中國」，尤其用在馬華文學、菲華文學、新華文

學等命名上，特別強調它是以華文創作的文學，也區隔這些多元語言／種族的國家中，其他以非華文為媒介語的創作；其次，「華文」同時也能涵蓋台灣與香港以中文／華文為媒介語的創作。論述範圍不包含中國，乃是因為對「中國」的想像，是在離開中國之後，也即不在中心的產物，因此也可以說，中國是一面鏡子，中國圖象是這面鏡子映照出來的鏡象。

　　在論述年限上，以一九四九年為下限，原因有四：一九四九年國共內戰中，國民黨退守台灣，中國回不去，成為永遠的鄉愁，大量的懷鄉散文也隨之而生；其次，由於中共政權成立，東南亞各國的華人基於當地和中國的政策限制，也和退守台灣的中國人一樣無法返家。第三，東南亞各國先後在第二次世界大戰結束後，掀起獨立的浪潮，本土意識隨之而生，許多中國人轉變成國民，從移民到國民的身分轉變，也對原有的中國認同造成衝擊，轉變中的中國認同更具論述價值；第四，一九四九年是權宜的年限，依據論述需要再作局部調整，譬如馬華部分的論述年限推前到一九二○年，乃是因為早期許多文獻流失不見，只能從選集尋找論述文本，再加上馬來西亞的華人早在十九世紀末即已開始移民，四、五十年代看得到的散文大多已產生本土認同，為了完整呈現中國認同的轉變過程，因此把論述年限推前。

　　論述分量按照每個國家／地區的文本多寡而有不同，例如台灣的作品最多，幾乎是其他國家／地區論述的總和，這個現象也反映在論述字數上。香港、新加坡、馬來西亞各佔一節，其中神州詩社成員雖多為馬來西亞人，然而它在台灣成立，而且和「三三」同時，因而併為第四章。至於印尼、泰國和菲律賓因論述文本少，則合為一節。澳門、日本、韓國、越南、柬埔寨、緬甸、汶萊等地，或因不足以構成論述規模，或因社會歷史的發展條件限制，沒有相關的主題，因此不

論[1]。

　　論述資料來源除了文學大系、選集、雜誌期刊，尚包括數量最多的個集。東南亞部分由於早期的資料散佚者多，因此以選集、大系補其不足，再加上《亞洲華文作家》、《蕉風》、《素葉文學》、《椰子屋》、《新華文學》、《作家雙月刊》、《澳門筆匯》等等雜誌，以及當地副刊的資料。此外香港和澳門各有出版品目錄資料可供索引。部分國家例如印尼由於本身出版條件惡劣，創作者多在海外刊物投稿，例如馬來西亞的《蕉風》，或者在新加坡結集。此外，中國也出版了不少華文作家的著作，例如泰國的司馬攻、印尼的黃東平等。

　　本論文所論述的主題包括懷鄉、中國性、中國流離、返鄉／中國旅遊等，乃是相對中國而產生的書寫題材，處於中心的中國本身不在論述範圍之內。其次，本論文處理的是華文散文的中國圖象，屬於形象學（imagologie）的範疇。

　　法國學者讓－馬克‧莫哈對形象學的起源和定義有以下的說法：「『形象學』這個詞是二十世紀產生的，它最初使用於心理學。「imago」在精神分析理論中是指童年時從各種主體中獲得的無意識原型；在心理學中，這個概念的含義又擴展到表示集體的精神狀態。直到六十年代末期，它才在文學理論領域中表現我們現在所指的含義。這個詞大體上是取其德語（形象的比較研究或空間研究中的形象）和法語的意義。在英語中，它更使人聯想到『文化形象的研究』」。讓－馬克‧莫哈並指出形象的研究範疇可以包含三者：一‧是外國的形象；二‧是來自某一民族或文化圈的形象；三‧由作者自身的獨特感覺而創造的形象（蒯鐵萍譯，1994：1-5）。

---

[1] 不論的原因詳見第三章緒言部分。

形象學的研究與發展和當代法國學者巴柔（Daniel-Henri Pageaux）的貢獻密不可分。一九八九年，他在《比較文學概論》撰寫了〈從文化形象到集體想像物〉，明確定義形象學的研究範圍：「形象（圖象）是對一種文化現實的描述，是情感與思想的混合物，一切形象都是個人或集體透過言說、書寫而製作、描述出來，因此並不遵循真實的原則，也不忠實的描繪出現實的客觀存在」（陳惇等主編《比較文學》，1997：167-168），圖象既是情感和思想的混合物，也意味著一個作家透過他的想像，無論是集體記憶或個人的理解，表達出他們自己所嚮往的一個（虛構）空間，他們在這個空間裡以形象化的方式，對社會、文化、意識形態進行反思。也因此形象學必然牽涉到自我與他者，本土與他鄉的關係。必須注意的是，巴柔所定義的形象，並非現實的複製品，它按照創作者的需要而加以重組、重寫，因此決定形象存在的，毋寧是創作者的意識形態。中國圖象是每一個創作者按自己的中國慾望再現的成果，無論是懷鄉、返鄉、對中華文化的追尋，都是創作者個人的理解和想像，是他們的「情感」和「思想」的混合物。

其次，中國圖象必須被脈絡化（contextualized），置入社會、政治和文化背景裡，因此除了文本的美學分析，必須以文學社會學作為基礎，結合符號學、形象學以及後殖民的理論，結合文化與文學批評，方能讀出中國圖象所以產生的緣由及意義。

在章節處理上，本論文同時採取分離和結合的寫作方式：第二章專論台灣散文、第三章各節分別論述香港、新加坡、馬來西亞、泰國、菲律賓和印尼，並交待不論其他國家的原因，以上屬於分離論述的部分。第四和第五章則是結合論述：第四章論述神州詩社和「三三」，前者成員大多來自馬來西亞，後者成員則以台灣為主，這兩個團體同

時存在於七〇年代末期的台灣；第五章論述返鄉／中國旅遊散文，只就主題分節，論述內容則不分國家／地區。

　　在建構台灣文學主體性的聲浪中，台灣文學的論述成爲當前現代文學研究領域最熱門的主題，然而筆者相信，立足本土以後，台灣文學必然走向國際，具有國際視野的文學研究將是未來的發展方向。

第二章　流離：在中國的邊緣

緒　言：集體記憶

在台灣，不論是土生土長的台灣人或外省人，以及外省的第二、第三代，他們和「中國」之間的關係，是分裂而又複雜的。這牽涉到文化傳承，以及血緣、身分、土地、國家／家國認同等問題。對文學創作者而言，在他們選擇了大中國這個文化母體之後，也意味著創作主體對自身的定位，弔詭的是，一旦有了選擇，便毫無選擇的必須落入意識形態的範疇。在文學的國度，無論選擇鄉土與選擇大中國，邊緣或中心，甚或自我邊緣化，它最終的目的仍應該回歸文學本身。

本章處理的是有中國視域的散文，對於這些散文作者，中國是父祖之國，由於本身或父母親來自中國，使得他們的散文也充滿中國符號。尋找原鄉／故鄉是人類境況（human condition）的本能，這些散文作者的中國經驗，有些雖限於童年記憶，他們的書寫卻常常逾越了真實，去美化、想像，經過「賦予意義」的過程，同時以文化、地理及家國認同去強化／膨脹記憶。當中國被凝視／書寫時，創作者其實同時是在確立／誤立，重新定位／移位，或者虛擬中國。作者以文字去接近中國，看到的其實是自己的家國想像，與其說他們書寫記憶，追溯昨日，不如說是再度以記憶來填充與撫慰今日。

　　「中國」既是集體身分（collective identity），亦是集體文化記憶，當一個創作者試圖去尋找這個記憶，描繪出心目中的中國時，首先要面對的是「中國」這個不再具有實質定義的符號，它的虛構想像性格成爲一個永遠無法企及的中心符旨，作者只有不斷的編碼，不斷的追尋。中國想像必須透過各種象徵符號而有所發揮，因此在創作者手中，它是一種由文化／文學的磚瓦所建構的圖象，並不需要由現實來證實，甚至必得避開真實／現實，或至少把真實／現實涵蓋在想像中，把中國（符號）和它所指稱的實體相分離，使中國／中華成爲一個可供任意指稱／想像的符旨。

　　台灣的創作者面對中共政權，即所謂的現實中國時，必然要批判，藉由這種鞭撻的過程，肯定一個過去的中國，從而建構個人的中國圖象。創作者在書寫的過程中確立主體性的存在，同時也把鄉愁／文化母體「切除推離」（abject）——他們並沒有要回到中國去，即使在台灣開放中國探親之後。文化母體／鄉愁已經成爲被凝視的客體，在書寫的同時，他們也推離了中國。在這些創作者的認知裡，台灣位於中國的邊緣，並非自外於中國，然而僅僅一水之隔，卻足以讓他們畢生流離。他們將中國「中國化」的同時，其實也意味著自身的邊緣化。這恰好隱喻了中國和台灣的地理位置。

　　這一些來台的作者包括余光中、張曉風、顏元叔、蕭白、司馬中原、大荒、王鼎鈞、羅蘭和徐意藍等等，他們所形塑的中國圖象容或不同，其流離態勢則一。本章將依創作者的作品多寡之別論述，第一節專論余光中；余氏散文質量均重，無論散文或詩，中國鄉愁一直是余氏的特色。本節分兩部分，首論其中國鄉愁如何透過地理、歷史和文化認同構築成不必被現實所印證的海市蜃樓；其次將特別著重討論他的旅遊散文。旅遊是余氏散文的重要主題，而像余氏這樣具有大中

國情懷的作者，其旅遊地點卻非中國，反而是在異國（歐、美、南美）照見中國，如此更可印證當作者在書寫中國的同時，也切除推離了中國，使它成為一個被凝視的客體。

第二節專論張曉風，討論她如何透過生活細節和歷史／政治人物來反身擁抱中國。余光中偏重以地理認同構築他的中國；張曉風則擅長以文化突顯之。張的中國填進個體的想像，其實已經越過了「現實」中國，而指義「過去式」的中國，因此我們讀到的中國圖象有兩個特色：一是中國（自我）中心，二是對偉大文明的歸屬感，以及由此衍生的不在（中國）鄉愁。

第三節綜論其他有中國視域的作者。一九四九年後許多從大陸來台的作家，他們對中國仍然充滿想像，他們所形塑的台灣誠如國民黨所致力宣揚的，是一個復興基地的角色。這些作家從民族英雄、國旗等凝聚認同的符號尋找中國，在中美斷交之後竭力鼓動中國自強，其散文書寫帶著強烈的文宣和口號性格，反共復國的大一統意識形態成為國族認同的重要認知。在追尋與認同的過程中，中國是慢慢被確認的，認同不是本質的存在，而是一種在象徵層面上的構成，是社會化之後的產物。以上論述的創作者，不論是出生於中國的或者台灣，乃至出生於澳門而把家國認同定位於台灣的張錯，中國對於他們既是被流放的客體，也是追尋的對象，更是安身立命的所在。

在整個時代環境都瀰漫著復國神話的氛圍之下，大部分外省作家都以為總有一天會反攻大陸回到故鄉。「當下現實」（actuality）在他們的生活和意識裡是不存在的，國家機器意識形態所宣導的統一理想，疊架在當下現實之上。如果有所謂相對的真實，則台灣（本土）現實的一切，對於他們都是虛位化的存在。實際上，他們的生活包裹在一種虛構時間裡，這種意識形態呈現在散文裡，一是今昔之比——

以過往的美好對照今日的缺憾；二是循入古典情境中，以古典時空覆壓當下現實。

值得一提的是，他們詮釋的中國固然有所差異，但是反對中共政權，對中國文化的孺慕和傳承之情則一；他們的散文書寫建基於民族情感，充分體現安德遜（Benedict Anderson）所謂的想像共同體（imagined communities）的特色。安德遜從人類學的角度定義民族為一種想像的政治共同體，民族被想像為本質上是有限的（limited），同時也享有主權的共同體。它是想像的，因為即使是最小單位的民族成員，也不可能認識每一位同胞，或聽說過他們，人們知道和他們從未謀面的族群有所關聯，是以想像的方式假設他們的存在；民族被想像為有限的，因為即使最大的民族，他們的邊界，即使是可變的，也仍然是有限的；民族的第三特質是有主權的，一個自由的主權國家。其四，民族被想像為一個共同體，因為儘管在每個民族內部可能存在普遍的不平等與剝削，民族總是被設想為一種深刻的，平等的同志愛（吳叡人譯，1999：11-12）。國民黨的反共政策亦是微妙的結合了這種民族的想像，這種深刻的同胞愛在張曉風的散文得到最好的發揮；民族情感是散文的基調，文化／文學中國則是他們藉由文字的磚瓦所建造的共同體。因此本文除了針對文本作分析掃瞄之外，也將附帶討論溫瑞安和杜維明所提倡的「文化中國」[1]概念，落實到文學層次時，

---

[1] 「文化中國」這個術語首先由溫瑞安和方娥真等神州成員提出，最早見於他們所辦的《青年中國雜誌》（1979）第三號，主題即是「文化中國」。陳師鵬翔詳細的交待了「文化中國」一詞的產生及演變過程，以下轉錄其說法：「文化中國」這個術語由神州成員提出，社要是為了肯定發揚文化救國這個理念，他們這一群從未踏上故土神州的馬來西亞僑生分別訪問了楊國樞、胡佛、成中英、李亦園和韋政通等，由他們發表對建立中華文化大

可能產生的問題。

<hr>

國的看法。一九八五年《中國論壇》出版雙十特刊亦以「文化中國」為專題，一九八八年傅偉勳出版的文集《「文化中國」與中國文化》（台北：東大）中亦有「文化中國」一詞。一九九三年三月十至十二日，香港中文大學人類學系、人文研究所與港澳協會、時報文化基金會與時報周刊假香港中文大學還為了「文化中國」這個理念召開了一個學術研討會，會議論文集兩年後由允晨出版成書，叫做《文化中國：實踐與理念》，由周英雄和陳其南主編。關於這個詞的出現和演變，可參見周陳二位所寫的前言〈文化中國的考察〉，頁 3-5。九十年代初，哈佛大學杜維明提出「文化中國」，涵蓋面更廣，包涵三個象徵實體，其中中國、台灣、香港和新加坡的是「第一象徵世界」；散居各地的海外華人組成「第二象徵世界」；關心中國文化的學者、知識分子、自由作家和記者組成「第三象徵世界」（杜文 "Cultural China：The Periphery as the Center" 收入杜編 *The Changing of Being Chinese Today*，頁 1-34）。陳師鵬翔論文〈歸返抑或離散?──留台現代詩人的認同與主體性〉，發表於彰師大國文系舉辦的「第四屆現代詩學學術研討會」（1999/05/28-29）。

第一節　望鄉的牧神余光中

　　余光中在大陸成長，青少年時期浸潤於古典中國文化[2]，後來則深懼被西化[3]，他以爲華夏的河山、人民、文化、歷史是與生俱來的家當，中國的禍福榮辱是甩不掉的胎記（1998：238）。在六〇年代，余光中曾有多篇批評中文西化的文章和中國古典文學的論述[4]；七〇

---

[2] 余光中重九日生於南京，後於四川完成中學教育，內戰轉劇，由金陵大學轉入廈門大學，於一九五〇年來台。余光中生平詳見傅孟麗著《茱萸的孩子——余光中傳》（1999）。他的古典文學教育，詳見〈自豪與自幸——我的國文啓蒙〉（1998：153－163）。

[3] 余光中曾多次表示中國文字的音韻較英詩更能表現出詩的韻律之美（1990：116-117），翻譯《溫夫人的扇子》，亦表示某些譯文比原文好，「某些地方，例如對仗，英文根本比不上中文。在這種地方，原文不如譯文，不是王爾德不如我，而是他撈過了界，竟以英文的弱點來碰中文的強勢」（1998：162-163）。余光中所言或屬實，但言語之間，則對中文充滿了自信和優越感。批評胡蘭成的散文，雖肯定其學養深厚，文字頗見功力，但於其在《山河歲月》中對日本人「對方凡有一分禮，這邊亦必還他一分禮」，對日本人的親和態度頗不以爲然，直言「胡蘭成的超越與仁慈豈非自欺欺人？」余氏以爲凡經過抗戰的中國人，都不會有胡那樣「有一個境界非戰爭所能到」的超然修養，「抗戰是永難忘懷的國難，其爲經驗，強烈而且慘痛……可是胡蘭成在這件事上表現得太輕鬆了，他那種模稜兩可的語氣，凡是親歷抗戰的人都是難以接受的」（1978，261-267）。

[4] 中文西化的討論集中於〈論中文之西化〉、〈早期作家筆下的西化中文〉及〈從西而不化到西而化之〉（1981：103－158），〈中文的常態與變態〉、〈白而不化的白話文〉（1994：237-284）等。古典文學的論述見於《掌上雨》

年代的鄉土論戰，余光中是大中國的捍衛者和代言人：「燒我成灰，我的漢魂唐魄仍然縈繞著那一片后土」，「在詩中狂呼著、低囈著中國，無非是一死念耿耿爲自己喊魂。不然我真會魂飛魄散，被西潮淘空」（1998：235-236）。這樣的姿勢使他被定位爲懷鄉作家，而有「流亡心態」（劉紀蕙，1999/11/18，7）。流亡心態的觀點尚有商榷的餘地，但其強烈的流離（diaspora）[5]之情，則是不爭的事實。本節分兩小節，分別梳爬余光中流離書寫的構成，並進而從旅遊散文中，探討其中國圖象以甚麼方式存在。

一、錯置／飄泊的茱萸

余光中生於重九，王維詩〈九月九日憶山東兄弟〉云：「獨在異鄉爲異客，每逢佳節倍思親。遙知兄弟登高處，遍插茱萸少一人」。他逐自稱茱萸的孩子，只是這株茱萸彷彿被時代／歷史拔離了故土，錯植（置）在台灣。重九固然是屬於詩、酒、菊花和茱萸的日子，卻也是「老詩人悲秋亦自悲的日子」（1975b：4）；王維的詩竟彷彿預言茱萸的孩子將流放到異鄉爲異客，成爲一株錯置／飄泊的茱萸。

在〈伐桂的前夕〉，余光中形容一株楓樹是「秋天的大孩子，竟

（1978），《分水嶺上》（1981），《逍遙遊》（1982）及《從徐霞客到梵谷》（1994）等。

[5] 朱耀偉指出，「Diaspora 原指被放逐而被迫散居世界各地的猶太人，與中國之散居不同：中國大陸政權的中心性猶在，而散居的中國人大多仍然希望回歸國土」（1996：153）。散居的中國人仍然希望回歸國土的論點筆者持保留態度，至少絕大部分在台灣的「中國人」（或許該稱爲「台灣人」），並沒有這種傾向和心態，而東南亞華人大部分都已具備當地認同，或多重

然流落在沒有秋天的亞熱帶這島上」，自己「也是從北方來而且想秋天想得要死的一種靈魂」（1975b：39），同樣都是「思秋症」的患者。這個比喻清楚而明白的表達出他飄泊的身世。楓樹至深秋而紅而艷，因此作者認爲它屬秋，而台灣的天候相較於中國，秋意顯然不足。雖然如此，卻也不至於「沒有秋天」，作者卻武斷的認定楓樹存在於台灣是一種流落，就好比自己的流離一樣。這是一種移情作用，作者不直言鄉愁，反而藉著類比迂迴傳達秋天就好比中國，因此「思秋症」就是思鄉症，「離人心上秋」，愁乃秋之延伸／衍生，故亦可視之爲別離故國的離愁。余氏自比爲「一棵桂一張楓葉，從舊大陸的肥沃中連根拔起」，而他原應是「一棵植物，鄉土觀念那麼重那麼深的一棵樹，每一圈年輪都是江南的太陽」（42），如今卻像蒲公英（余氏有〈蒲公英的歲月〉一文，自喻爲蒲公英），在小島、新大陸之間飄揚。

　　余光中常以「小島」指稱台灣，舊大陸指中國，而美國則是新大陸：

> 他將自己的生命劃爲三個時期：舊大陸，新大陸，和一個島嶼。他覺得自己同樣屬於這三種空間，不，三種時間……舊大陸是他的母親。島嶼是他的妻。新大陸是他的情人。和情人約會是纏綿而醉人的，但是那件事註定了不會長久。在新大陸的逍遙遊中，他感到對妻子的責任，對母親深遠的懷念，漸行漸重也漸深。去新大陸的行囊裡，他沒有像蕭邦那樣帶一把泥土，畢竟，那泥土屬於那島嶼，不屬於那片古老的大陸。他帶去的是一張舊大陸的地圖，中學時代，抗戰期間，他用來讀本國地理的一張破地圖。（1975a：64）

認同的觀念。

從這段文字我們可以了解余氏的中國認同內涵。新大陸之所以夠不上
認同，乃因它只是新歡，並無血緣和責任的問題，更何況新歡非常久
之伴。至於譬喻為妻子的小島，兩人之間只有責任問題，並無先天的
血緣關係，換而言之，相處不融洽，還有離婚一途可循；然而舊大陸
是母子親情，有著無法割捨的先天感情和血緣關係，因為回不去，逐
更加深思念之情。余氏嘗自喻為一塊望鄉石，望鄉意味著故鄉已經變
成被凝視的客體，只能成為遙望而無法企及的對象，惟其如此，逐更
加深了流離的況味。作者表示，無論是顛沛流離，抑或另有新歡，他
都一直帶著那張舊大陸的破地圖。地圖是另外一個隱喻，閱讀地圖其
實等同於神遊故國地理，召喚的不只是家國記憶，更是一種國家／地
理認同。

　　地圖形象同時是一種知覺的變形（perceptual transformation），它
既是中國的縮影，也是中國概念的具體化，同時也具備時間的景深。
余氏每每對著地圖想起自己流離的一生，這是因為那張破地圖伴他走
過重慶、南京、上海、廈門、香港，最后終於台灣。「破」地圖意味
著「舊」大陸，那是足以喚起歷史想像的媒介，因此余氏在閱讀地圖
時，使用的地理名稱「長安」、「洛陽」、「楚」、「湘」、「巴蜀」、「赤壁」，
都是具備文學意義和歷史背景的用詞，焦桐認為余光中的地圖幾乎等
同於圖騰，「這張圖騰所象徵的意涵包括了空間和時間，裡面除了對
故土深遠的想念，也是對歲月的緬懷」，他認為長安和洛陽等是虛構
出來，因為這些古地名不會和現代都市同時出現在一張高中生所讀的
地理課本標準地圖上（1999：194）。

　　「破」也意味著中國領土的不完整，於是地圖同時具備補償作用
——現實中國是不完整的，因此作者透過地圖，想像一個完整的中
國。閱讀地圖，讓人更明確的意識到台灣位於中國的邊緣，提醒作者

回不去的現實，因此「他的目光總是在江南逡巡」（1975a：68）。地圖成了中國的化身，每一個中國地理都是地圖上的符號，余光中面對符號構成的中國時，中國其實便是抽離真實的海市蜃樓，一個巨大的符旨。地圖本來是一個擬象，是被複製、人工地再生產的「真實」，余氏把地圖當成母親的替代物，視之為「亡母的舊照片」（同前引，65），這幻象式的逼真（hallucinatory resemblance）其實是他加入個人的記憶和想像，把它從平面的擬象變成立體化了。

　　余光中不只把中國比喻成是他個人的母親，他亦把中國視為「所有母親的母親，所有父親的父親，所有祖先啊祖先的大搖籃，那古老的大陸。中國所有的善和中國所有的惡，所有的美麗和所有的醜陋，全在那片土地上和土地下面」（同前引，69），這段表白充分顯示血緣的無可違逆性，同時也見出作者的文化／民族認同。父祖之國是具有中國認同者對中國的稱謂，以下引用王曉波對父祖之國的定義：

> 「父祖之國」的觀念可以說是每一個民族形成的基本要素，中華民族如果沒有這種「父祖之國」的觀念，也是不可能在歷史上出現的。中華民族最早起自河洛之間，爾後向四周綿衍。台灣的先祖因民族大遷徙由河洛漸漸入閩，為不忘木本水源，除族譜外，死後墓碑仍標示所來自，如潁川、泗水……。這項民俗沿襲至今而不改。海外華僑，生不能回唐山，然死亦不忘己出，也把故鄉的名字刻在自己的墓碑上。由於這樣一個鉅大的觀念力量，才能聚了一個龐大而堅固的漢民族。（1986：200）

父祖之國的觀念充分見出他的中國中心思考，然而正是對父祖之國的堅定信仰，使所有的流離之子不斷想從邊緣回返中心，父祖之國也生產了以中國為絕對主體的認知。余光中在〈萬里長城〉所傳達的激烈情感，其根源正是緣自捍衛父祖之國的心態。此文敘述他讀到季辛吉

和一票美國人站在長城上，感覺像是給誰打了一拳，並且罵了一句髒話，繼而說道：「甚麼東西，站在我的長城上！」（1974：1）。這乃是藉由他者而召喚出國家認同，就如同國家受敵而引發的愛國意識一樣。「我的」充分表達出余氏的中國情懷，也反映出長城作為中國人共享的文化符碼特質。「我的」推而廣之，其實是「我們的」。也即是所有中國人的。長城作為所有中國人的文化遺產，自然不容許被外國人侵犯，這是一種對文化他者的排斥。余光中對長城的描寫也十分具象徵性：

> 雉堞儼然，樸拙而宏美，那古老的建築物雄踞在萬山脊上，蟠蟠蜿蜿，一直到天邊。是長城，未隨古代飛走的一條龍。而季辛吉，新戰國策的一個洋策士，竟然大模大樣地站在龍脊上，而且褻瀆地笑著。（同上，頁1）

把長城喻為雄踞在山上，俯瞰整個中國的龍，這樣居高臨下的位置本身就是一種高不可攀、不可冒犯的形象。何況它結合了中國人所投射的崇高情感，以及具代表性的地位，而且是可與時間抗衡、未被時間帶走（未隨古代飛走），可供憑弔歷史的古蹟，就更不容許季辛吉去踐踏。長城既是中國的象徵，同時又是龍的隱喻，它簡直是中國的典型，因此季辛吉污衊的不只是一座古老的城牆，更踐踏了中國的精神。何況他還面露笑容，對腳下的長城絲毫不存敬意，這同時輕視了中國的存在。那原是余光中一直想撫摸想跪拜的遺產，「忽然為一雙陌生而鹵莽的腳捷足先登。這乃是大不敬！長城是神聖的，不容侵犯！」（同上，頁2）。誠如余光中在盛怒之後的反覆辯論：

> 萬里長城又不是他的，至少，不是他一個人的。他是一個典型的南方人，生在江南，船檣聲中多水多橋的江南。他的腳底從未踏過江北的泥土，更別說見過長城。可是感覺裡，長城是他

> 的。因為長城屬於北方北方屬於中國中國屬於他正如他屬於中
> 國。幾萬萬人只有這麼一個母親，可是對於每一個孩子她都是
> 百分之百的母親而不是幾萬萬分之一。……他生下來就屬於長
> 城，可是遠在他出生之前長城就歸他所有。從公元以前起長城
> 就屬於他祖先。天經地義，他繼承了萬里長城，每一面牆每一
> 塊磚。(1974：2)

余光中的推論「長城屬於北方北方屬於中國」，就體積而論，是小到
大的從屬關係，是合理的；而接下來的「中國屬於他正如他屬於中
國」，就邏輯而言，卻是一個悖論，可是從文學的角度來說，這句話
卻有效地傳達出一個絕對中國的意識形態，把個人等同於國家的想
法，具體而準確的表達了中國認同。把中國喻為一個獨一無二的母
親，或是把長城的擁有權歸屬於他，都是一次又一次地強調作者和長
城，亦即和中國顛撲不破、天經地義的關係。值得注意的是，這個南
方人並未到過長城，可他卻認定長城是屬於他的，他所憑藉的理由是
「感覺」，這乃是一種無須言詮的民族情感。

余光中以中國為祖國，也就表示他將選擇（或者無從選擇的）一
種望鄉的姿勢：

> 一塊飛不起來的望鄉石，石顏朝西，上面鐫刻的，不是拉丁的
> 格言，不是希伯來的經典，是一種東方的象形文字，隱隱約約
> 要訴說一些偉大的美的甚麼。(1975a：40)

不論余光中是在台灣或是新大陸，他的姿勢總是朝西，面向中國，望
鄉而凝固成石，也暗喻中國被觀看的角度，觀看者的意識形態把中國
符號化。余光中認為這塊石頭只能刻象形文字（而且是偉大的），這
是一種武斷的認定／認同，同時也意味著符號已經和它所指稱的實體
分離，中國在這裡可以視為「中華」，抽離政治實體／現實中國的過

往。華夏文明確實偉大過，它在漢唐之際，以強大的武力和燦爛的文明征服過無數生靈／心靈；可是此時，偉大只能成為被懷念的對象，「華」的文化權威和「夏」的歷史神聖性，成就召喚國族認同的媒介。

對中國的懷念可能出現一種「覺今非而昨是」的情緒，用過去的美好對比今日的不足。余光中的散文常用對比法來顯示中國的美好，譬如中國有秋天，而台灣沒有；連中國的水聲也是「吵得好靜好好聽」（1975b：25）；「豐碩而慈祥的四川，山如搖籃水如奶，取之不盡，用之不竭」（34），懷念四川的用字「豐碩」、「慈祥」或是「搖籃」、「奶」，都可以形容母親，而取之不盡用之不竭亦可視為歌頌母愛；「好遙好遠的回憶啊，那嗅覺！因為那是大陸的泥香，古中國幽渺飄忽的品德，近時，渾然不覺，但愈遠愈令人臨風神往。秋天。多橋多水的江南。水上有月。月裡有古代的簫聲」（40），這段文字所追溯的是古典中國和中國故土的混合圖象，秋天，在江南的月夜裡，秋風送來的簫聲裡隱約有泥香，而這泥香經過余氏詮釋，轉換成帶著歷史景深的「古中國品德的馨香」。中國是文學／文化的發源地，江南尤其是許多唐詩宋詞的背景，因此地理輕易的結合歷史，成就令人神往的想像。

余光中認為真正的鄉愁並不限於地理，它還應該包含時間：「真正的華夏之子潛意識深處耿耿不滅的，仍然是漢魂唐魄，鄉愁則彌漫於歷史與文化的直經橫緯，而與整個民族禍福共承，榮辱同當。地理的鄉愁要乘於時間的滄桑，才有深度，也才是宜於入詩的主題」（1992：172-173）。不只詩如此，余氏散文裡的中國鄉愁，也常是結合地理和歷史，成就一種擬古典的敘事特色。譬如余氏喜歡桂樹，他認為是桂是秋之魂，桂樹、秋天、月亮、詩的組合，可以象徵許多東西，這四者是古典詩詞的常用意象，余氏偏愛以秋入文，當是對古典中國情有所鍾愛。

　　秋天之蕭瑟又最易引發家國之思，自宋玉〈九辯〉始，悲秋就成爲古典文學中的主題，秋色與蕭瑟，秋意與悲哀，已經成爲一種固定的聯想。王立以爲「悲秋之意不在秋，而在於借此喚起一種深邃的思考。這種思考以悲秋爲媒介，才得以向理性高度昇華。悲秋意識深厚的美感積澱，存在於每個中國文人的心理素質中，因此主體一進入悲秋情境，頓生通感」（1994：159）。悲秋的主題使自然的秋幻化爲心理層次的秋（愁），因此余氏每每於秋季而有思鄉之作，實乃古人之賡續，例如：

> 初秋的雲，一片比一片白淨比一片輕。裁下來，宜繪唐寅的扇面，題杜牧的七絕。且任它飛去，且任它羽化飛去。想這已是秋天了，內陸的藍空把地平線都牧得很遼很遠。北平的黃土平野上，正是馳馬射鵰的季節。鵰落下。雁落下。蕭蕭的紅葉紅葉啊落下，自楓林。於是下面是冷碧零丁的吳江。於是上面，只剩下白寥寥的無限長的楚天。怎麼又是九月又是九月了呢？木蘭舟中，該有楚客扣舷而歌，「悲哉秋之爲氣也，憭慄兮若在遠行！」（同上頁，162）

這段文字從現實的秋景寫起，輕薄白淨的秋雲使作者想裁下來繪在唐寅的扇上，題上杜牧的七絕。這樣的聯想或來自唐伯虎點「秋」香，以及杜牧的〈山行〉：「遠上寒山石徑斜，白雲深處有人家，停車坐愛楓林晚，霜葉紅於二月花」，第二第四句的「白雲」和「霜葉」（沐霜的楓葉）提供了古典美感／靈感的來源，從古典聯想古典的發源地因此便十分自然了。內陸的藍天以下的描寫，應是半虛構的情景。因爲作者在〈萬里長城〉一文說過，自己是南方人，沒有到過北方。雖然如此，我們從余氏的書寫中得知，北方的景色對他（或對任何熟悉古典文學的人）而言，卻絕對不陌生，甚而是親切的，輕易可以被想像

出來的畫面。黃土平原的馳馬射鵰圖，是未被作者經歷過，卻又是古典文學（或武俠小說）裡的典型畫面，因此筆者稱之為「半虛構」的情景。秋天「無邊落木蕭蕭下」的蕭颯情景，使作者不由得感到時間之忽逝。九月是秋天，同時也是作者的生日，準此，作者的悲秋又多增了悲身世之流離一項，由此末了引用宋玉的〈九辯〉以抒己之懷再自然不過。〈九辯〉本為宋玉藉秋之淒清來感懷自己的遭遇，余氏挪用當有同感，原來首四句為「悲哉秋之為氣也，蕭瑟兮草木搖落而變衰，憭慄兮若在遠行，登山臨水兮送將歸」，而余氏獨取一、三兩句，可見其去國懷鄉之心。

　　余氏確實有不少散文融合了古典詩文的意境和用詞。譬如：

> 人人盡說江南好，遊人只合江南老。今人竟羨古人能老於江南。江南可哀，可哀的江南。惟庾信頭白在江南之北，我們頭白在江南之南。嘉陵江上，聽了八年的鷓鴣，想了八年的后湖，后湖的黃鸝。過了十五個颱風季，淡水河上，並蜀江的鷓鴣不可聞。帝遣巫陽招魂，在海南島上，招北宋的詩人。「魂兮歸來，南方不可以止些！」這裡已是中國的至南，雁陣驚寒，也不越淺淺的海峽。(1985：159)

前兩句出自韋莊的〈菩薩蠻〉，是藉古人澆己之塊壘，遊人意指在台的自己，其實是想終老於江南的，如今卻只能像仕於北魏的庾信一樣，懷著鄉關之思寫〈哀江南賦〉。不同的是庾信老於江南之北，而余氏卻是頭白於台灣。台灣在中國之最南，對余氏而言，位於亞熱帶的台灣不只沒有秋天，淡水河上也沒有鷓鴣聲，而今自己流放到台灣，沒有鷓鴣和雁唳，古典中國的情境頓失所依，他遂只能馳古典入現代散文中。譬如：

> 遠行。遠行。念此際，另一個大陸的秋天，成熟得多美麗。碧

雲天。黃葉地。愛奧華的黑土沃原上，所有的瓜該又重又肥了。
印第安人的落日熟透時，自摩天樓的窗前滾下。當暝色登高樓
的電梯，必有人在樓上憂愁。摩天三十六層樓，我將在哪一層
朗吟登樓賦？可想到，即最高的一層，也眺不到長安？當我懷
鄉，我懷的是大陸的母體，啊，詩經中的北國，楚辭中的南方！
當我死時，願江南的春泥覆蓋在我的身上，當我死時。（1985：
162）

作者在這段引文明白的表示，懷鄉所懷的是「大陸的母體」——結合
文學、歷史、地理的中國，《詩經》和《楚辭》是中國文學的古源頭，
北方和南方文學的經典。當作者死時，他希望歸葬江南，這又是地理
的中國。因此作者懷鄉的內容是多向度的，在時空上，也總是以古典
背景化入現代的情境，「碧雲天，黃葉地」出自范仲淹的〈蘇幕遮〉，
這六字雖是景語，卻也是情語，沒有說出來的該是這闋詞的羈旅之思
和離愁別恨。暝色入高樓，有人樓上愁的「樓」已非古代的亭台樓閣，
而是現代的電梯大樓。然而作者仍然因襲古人登高望遠。所望者，無
非「故」國：所謂的「故」，一指故鄉，一指古國，因此余氏特標舉
長安這古代的地理名詞。然而在美國望鄉不過是聊慰鄉思，作者最後
只有寄語生命終了時，能一了歸葬鄉土的願望。

　　余光中鑄古入今的例子，最為人知的大概是〈聽聽那冷雨〉：

大陸上的秋天，無論是疏雨滴梧桐，或是驟雨打荷葉，聽去總
有一點淒涼，淒清，淒楚，於今在島上回味，則在淒楚之外，
更籠上一層淒迷了。饒你多少豪情俠氣，怕也經不起三番五次
的風吹雨打。一打少年聽雨，紅燭昏沉。兩打中年聽雨，客舟
中，江闊雲低。三打白頭聽雨在僧廬下，這便是亡宋之痛，一
顆敏感心靈的一生：樓上，江上，廟裡，用冷冷的雨珠子串成。

（1974：34-35）

中國的秋雨在作者筆下總是帶著古典詩詞的意境，尤其在疏雨梧桐和
驟雨荷葉之後，變化蔣捷的〈虞美人〉入文：「少年聽雨歌樓上，紅
燭昏羅帳。壯年聽雨客舟中，江闊雲低，斷雁叫西風。／而今聽雨僧
廬下，鬢已星星也。悲歡離合總無情，一任階前點滴到天明」。蔣捷
乃宋亡而隱居不仕的詞人，作者以蔣捷亡國的身分而隱喻自己如今在
中國的邊緣，流放的身世殊幾近之。

余光中在〈高速的聯想〉中提到，中國最浪漫的一條古驛道是在
西北，他對那條古驛道有以下這樣浪漫唯美的想像；

> 最好是細雨霏霏的黎明，從渭城出發，收音機天線上繫著依依
> 的柳枝。擋風窗上猶浥著輕塵，而渭城已漸遠，波聲漸渺。甘
> 州曲，涼州詞，陽關三疊的節拍裡車向西北，琴音詩韻的河西
> 孔道，右邊是古長城的雉堞隱隱，左邊是青海的雪峰簇簇，白
> 耀天際，我以七十英里高速馳入張騫的夢高適岑參的世界，輪
> 印下重重疊疊多少古英雄長征的蹄印。(1978：35)

這段引文是一段想像行旅圖，所走的那條古驛道，傍著古長城，一路
上吟不盡的是王維岑參高適的詩，所見之景都是古人曾經見過的，腳
下所走的路，也是古人走過的，一景一物都烙著古人的痕跡，這樣一
路開著，彷彿可以走進古人的世界裡。〈四月，在古戰場〉他寫道：「他
的懷鄉病中的中國，不在臺灣海峽的這邊，也不在海峽的那邊，而在
抗戰的歌謠裡，在穿草鞋踏過的土地上，在戰前朦朧的記憶裡，也在
古典詩悠揚的韻尾」（1985：188），從這段文字可知，余氏追尋的中
國不在台灣，也抽離現實中國，乃是一個帶著懷舊色彩，由古典與想
像所建構的海市蜃樓，誠如他所說的：「他的中國已經永遠逝去」─
─逝去的中國被切除推離，當余光中因書寫而頻頻回首時，中國便成

爲被憑弔／懷念的客體。

二・風景裡的中國

　　遊記是余光中散文書寫中的一項重要成就，從《左手的繆思》到《日不落家》，計有四十六篇之多。除了遊記體之外，並有中國傳統遊記的論述四篇，顯見余氏對遊記的偏愛。論述與創作並駕的書寫策略，可見他試圖透過知性的論述去思考遊記的本質，而嘗試在這兩者相互溝通，相互影響之下建構他遊記的書寫風格。

　　一篇成功遊記的首要條件是獨特的視角，俾以提供旅人靈視的觀物角度；其二是如何透過有效的文字重新去掌握時間，經營空間。因此閱讀一篇遊記，我們並不滿足於純粹的風俗和景物的敘述，而是期待作者提供他觀看世界的方式，以及他的思考。換而言之，遊記所開啓的閱讀空間，其實是旅人的自我和外在世界所衍生的對話，因此我們可以從遊記閱讀到作者的文化背景和意識形態，而不僅止於異國風物的介紹。何況余光中一再強調，他的身分是旅人，而非觀光客，這暗示（或明示）他的遊記有別於地方誌或觀光手冊的客觀資料羅列，他讓讀者相信，實際的旅行雖然已經結束，讀者卻可以透過文字開啓另一個虛擬實境的旅行，隨著他的情感流向和知識批判，進入經過他解說和詮釋之後的再造風景裡。

　　余光中的旅遊散文遍及南台灣、歐洲、美洲和南美洲等；中國（大陸）雖在他的旅遊地圖中缺席，他的異國遊記卻處處隱藏著一個想像中的中國。古老的國魂宛如幽靈附身，伴隨他走到海角天涯。開放探親之後，余光中曾於一九九二年後多次返鄉，中國的壯麗河山卻在數

量眾多的遊記中缺席[6]，或許這也是一種中國策略——想像中的中國是一座海市蜃樓，卻也同時是華美的瓊樓玉宇，它已經被推離現實，成為作者重新建構的客體，這個客體的美感條件俱足，不假外求，不必再被現實所動搖。

「中國」貫穿余光中的文學和學術生命，余光中對五四的批判，其實是對西化（或不中不西）的間接反擊，挑出被西化所污染的雜質，要求文字的純美，這一道純化（purifying）文字的手續，防護的是文學的第一線——文字，如果說文字的純化出自余光中對中國文化的孺慕，出自與生俱來無法割捨的，一種類似對於母親的情感，那麼他理想中的藝術中國，則是一個可以提供他和古人相往來的國度，可以提供他寄寓感懷的對象。因此我們便不難理解，何以習外文的余光中，一個在西方旅遊的現代旅人，總是不斷和徐渭、蘇東坡、柳宗元、韓愈對話，而他的「西遊記」在筆法上，亦與中國的遊記相呼應，在西方景色裡和古典中國的山水相遇。我們讀余光中的遊記，彷彿在讀他的中國鄉愁。嘉達瑪（Hans-Georg Gadamer）嘗言：「只有通過他者，我們才能獲得有關我們自己的真正知識」（1979：107），余光中正是透過異國（他者），想像自己的中國。

從〈杖底煙霞〉、〈中國山水遊記的感性〉、〈中國山水遊記的知性〉和〈論民初的遊記〉四篇論述遊記的文字，我們大概可以瞭解余光中對遊記的要求：遊記理應感性重於知性，以感官經驗擷取之後，再以奇筆去演出紙上的風景。他認為一篇遊記應該是感性十足的，在寫景敘事上強調感官經驗，以視覺、聽覺、嗅覺和味覺等靈活轉化，去深

---

[6] 余光中的中國之旅曾見諸詩，未寫成散文，詳見《茱萸的孩子——余光中傳》，227-235。

入事物的本質，或是以與眾不同的觀點把風景帶到紙上，這一個美學
要求，是豐富了王羲之〈蘭亭集序〉的「游目騁懷，極視聽之娛」而
來，亦爲分析徐霞客的遊記之後所得（1994：33-37）；要求遊記有浪
漫和激情，亦能化知性爲感性，則取蘇軾爲例，尤其對蘇文寫景抒情
和議論契合無間的寫法十分推崇（1994：54-60）；而坐玩造化，把山
水人文化，便以柳宗元爲宗，認爲蘇轍、蘇軾、袁枚和姚鼐等都取法
於柳。

　　余氏寫景的特色，我們其實可以從中國傳統藝術精神獲得印證，
譬如：

> 面對這無所不包的空闊荒曠，像最後的謎面也一下子揭開了，
> 赤裸得可怕，這樣大的謎面，到底，要告訴我們甚麼呢，反而
> 更成謎了。神諭，赫然就在面前，渺小的我們到底該怎樣詮釋？
> （1990：47）

以上所引是在往關山的途中，驚艷於一片開闊的湖水時的感覺，先是
不安於那樣大片毫不遮掩的坦露，繼而從開闊的景色中進入理性的思
考，文人由「遠」而延伸的思索[7]，實是由水的形質而作的延伸，因
爲遠，一個人的視覺會順著它作想像的飛升，不期然而然的轉化到形
上的想像和思考，因此才會想到抽象的神諭，以及因無法理解神諭而
生出的渺小之感。在登山的時候尤其易有這樣的感觸，在窮觀極照下
的山水，可以望見在平地上所不能望見的深度與曲折。譬如在瑞士登
山時，對時間和空間所興起的喟嘆：

> 這些山中之聖、可中之靈，擁著純淨得近乎虛無之境，守著天

---

[7] 關於遠望和山水的關係，徐復觀有深闢的闡論，參見《中國藝術精神》，
335-349。

地交接的邊疆，把同儕的對話，越過下面的簇簇青山，提高到
雪線以上。怪不得甚麼都聽不到了，血肉的年齡怎麼能去高攀
地質學的甚麼代甚麼紀呢？登高望遠，不但是空間的突破，間
接地，也是時間的再認。（1990：183）

這是站在山上遠眺山景而生的感觸，自近山而望遠山，在山水畫論中
是所謂的「平遠」[8]，郭熙以為「平遠之意沖融而縹縹渺渺」（1988：
343），因而余光中在這樣的山勢中才會認為這是「虛無之境」，由虛
無再向上轉化的思考，自然是突破形而下的實體，從現實中超越，轉
而向宇宙大化探詢時間和空間的問題。

　　登高望遠可以突破形體和時空的局限，可以令念天地之悠悠者寄
託感懷，所謂目渺渺兮而愁予，乃是因為遠望而生的悲傷，也可以令
去國離家者觸景傷情，「中國人一到登高臨遠，就會想起千古興亡，
幾乎成為一種情意結。也許是空間大了，就刺激時間的敏感。陳子昂
登高臺，看見的不是風景，而是歷史，真所謂生年不滿百，長懷千歲
憂」（1990：49）。余光中帶著四個女兒爬上落磯山時，見她們在新大
陸玩得很盡興，不禁想起舊大陸，接下來以「問君西遊何時還，畏途
巉巖不可攀」暗喻自己的心境，這兩句詩引自李白的〈蜀道難〉，詩
中所謂的「何時還」，是借指自己何時可以回去中國，登高而發思古
之悠情，不只突破了時間的限制，也突破了空間的局限。因而在接下
來的敘述中，他的視線飛越落磯山，向崑崙山，向大陸的各大名山望
過去，向黃河、星宿海和青海高原望過去，屆時「他的魂魄，就化成
一隻鵰，向山下撲去」（1974：10），撲下去這個動作表示作者迫不急

---

[8] 北宋的畫家郭熙有《山水畫論》，對山水畫中「遠」觀頗有見地，分析見徐
　　復觀，341-347。

待擁抱／回歸（中國）的渴望，因此東望的作者此時心中是滿滿的鄉愁。

　　余光中筆下的山水不僅人文化，也擬人化和擬物化[9]，擬人化和擬物化的寫法其實是打破人與物的界限，是柳宗元在〈始得西山宴遊記〉所說的「心凝神釋，與萬化合冥」的延伸，莊子在〈知北遊〉中所謂的「物物者與物無際」，這種心與物冥的觀物亦即在「凝視」時，因為忘己而隨物化遷，淺者可以在他者身上洞見自我，深者則主客合一，與外在世界相契合，由直觀而對事物作美的觀照。觀照不是通過理論和分析之路，而是一種藝術化的態度，這是道家，尤其是莊子藝術精神的透顯，柳宗元所謂與萬化合冥，其實是道家的美學觀，而余光中對柳宗元遊記的推崇，實是對他所持的觀物態度的認同和稱許。他推許徐霞客敘事每用奇筆，這「奇」筆，是知覺所不能到達的一種透視、洞見和想像，因而面對風景時，可以釋放自己的想像，去作無盡的延伸和詮釋。余光中每每在狀物寫景時用奇筆，或許我們可以說這是藝術上的契合，不見得師承徐霞客，但他每在異鄉而心懷中國，對著景色而想起韓愈、蘇軾和李白，甚至變化前人的佳句而為自己文章的寫法，則可看到余光中的中國情懷。正如余光中所謂的「風景可以是一面鏡子，淺者見淺，深者見深，境由心造，未始照不出一點哲學來」（1990：183），風景在余光中的遊記中確實是一面鏡子，它照出了余光中的內在中國，內在中國同時又構成了他遊記裡最獨特的風景。

　　在捷克的理查大橋上，余光中把橋比喻成鞍，站在橋上宛如騎在

---

[9] 關於余光中遊記的修辭特色，詳見焦桐發表於《幼獅文藝》（1998/10）〈鑿山鑿水的魔術師——管窺余光中的遊記〉，44-48。

河上，以下是他的感懷：

> 河乃時間之隱喻，不舍晝夜，又為逝者之別名。然而逝去的是
> 水，不是河。自其變者而觀之，河乃時間；自其不變者而觀之，
> 河又似乎永恆。橋上人觀之不厭的，也許就是這逝而猶在、常
> 而恆遷的生命。（1998：96）

這是余光中觀水而對生命之變與不變所作的闡釋，我們不妨引蘇軾的
《前赤壁賦》其中一段，蘇軾答客問的文字作比較：

> 客亦知夫水與月乎？逝者如斯，而未嘗往也；盈虛者如彼，而
> 卒莫消長也。蓋將自其變者而觀之，則天地曾不能以一瞬；自
> 其不變者而觀之，則物與我皆無盡也，而又何羨乎！

蘇軾的朋友認為英雄豪傑如曹操者，最終仍不免一死，遂生出消極的
隱世之意，尤其是把人短暫的生命和無盡的江水相比較之後（哀吾生
之須臾，羨長江之無窮），於是更羨慕起生生不息的江水來了。蘇軾
的朋友只見其偏，不見其全；因此蘇軾便從變與不變兩個，來角度分
析道理給他聽，從變的角度來看，江水／月亮並不曾有片刻的歇息，
它的生命和個人一樣，的確是十分短暫，總是不斷流動和變易；從不
變的角度來看，江水和月亮確實是永恆的，個人的生命又何嘗不是？
個體當下的存在也即是永恆吧。蘇軾這段是演繹孔子觀水對時間而生
的感慨（逝者如斯夫，不舍晝夜），余光中則取水及河，來演繹變與
不變的命題。他接收了蘇軾對時間的體悟，「橋上人觀之不厭的，也
許就是這逝而猶在、常而恆遷的生命」（1998：96）。於是我們讀到了
余光中對蘇軾的回應，在〈前赤壁賦〉中，水和月都是媒介，透過這
兩者，才能藉由文學的抒發轉向哲學的詮釋；余光中的敘述偏向把水
和河當成客體來觀賞，而非闡述其人生觀。雖然如此，我們仍然讀到
了被複寫的古典中國倒影，映在布拉格的河水裡，正呼應了余光中所

說的「風景是一面鏡子」，他在查理大橋望見當年蘇軾在月夜泛舟的
那條水了。余光中似乎對蘇軾特別偏愛，除了以上的例子外，和蘇軾
的遊記形成呼應和互文的到一種慣常的形容景物的方式：

> 和對谷的內龍脊背上那一排亂石正打個照面。反負著沉鬱的天
> 色，那些亂石的輪廓分外怪異，一頭頭一匹匹蹲踞著匐匍的妖
> 獸畸禽，蠢蠢然都伺機而動。（1994：62）

同樣的狀石文字，蘇軾的〈石鐘山記〉是這樣寫的：

> 大石側立千尺，如猛獸奇鬼，森然欲搏人，而山上棲鶻聞人聲，
> 亦驚起，磔磔雲霄間。（1994：55）

同樣把怪石譬喻為猛獸，也都同為有欲擇人而食的樣貌，余光中則增
加了猛獸的樣態——蹲踞著匐匍，並以昏暗的天色來增加緊張度，而
蘇軾則以夜鳥的詭異叫聲以添加恐怖的氛圍。

　　七〇年代余光中在美國時，他就寫過這樣的句子：「因為新大陸
和舊大陸，海洋和島嶼已經不再爭辯，在他的心中，他是中國的」
（1972：55），這個中國不是地理的，而是一種形而上的文化鄉愁，
在不斷的書寫中持續被強化成特質與風格，一如李商隱宣稱「深知身
在情長在」，無論身在何處，余光中可是深深浸潤在這個中國「情」
愁當中。帶四個女兒到阿里山時，他在潭子投幣所許的願望是：「希
望有一天能把這幾個小姐妹帶回家去，帶回她們真正的家，去踩那一
片博大的后土。新大陸，她們已經去過兩次，玩過密西根的雪，涉過
落磯山的溪，但從未被長江的水所祝福」（1974：15），余光中面西而
立許願時，他面向的其實是可以任意地再現的想像地理。同樣是在七
〇年代寫成的散文，這篇〈山盟〉和〈蒲公英的歲月〉一樣，具有強
烈而直接的對中國的想望，而〈山盟〉登的雖然是阿里山，他的視野
卻從大陸的名山大川一直往上看，突破時空的限制，穿越宋唐漢周各

朝，飛到神農和燧人氏的時代，中國在這篇散文裡不只是內化的，同
時也是外顯的。距離提供凝望時的美感，不存在反而更能彰顯存在，
更能拉開想像的空間，一如他宣稱自己「吸的既是中國的芬芳，在異
國的山城裡，亦必吐露那樣的芬芳」（1972：55）。

　　〈隔水呼渡〉寫的是南仁湖之旅，夜宿林家厝時，林厝的老房子
不禁引發他思鄉（四川）之情。值得一提的是，余光中曾在台北居住
多年，曾寫下不少紀念／紀錄的文章。然而去了香港十年再回來，台
北讓人感到生疏。台北回不去了，於是因緣際會遷往南部。弔詭的是，
離開更久的四川，他卻覺得親切與熟悉。我們可以這樣解讀這種心情
的轉變：四川，是余氏情感上的故鄉；在抽離現實和政治之後，它成
了形而上的存在，永遠被流離的子民所想像，可以被無止盡的詮釋和
書寫，因而它對余光中的意義，不止是地理的，血緣的，更是文化的，
四川的位置最後代表中國，一種內在鄉愁的延長。

　　余光中筆下「人文化」的風景，其實也是「文人化」的風景，余
光中常在遊記裡召喚中國文人，和他們對話，譬如在〈依瓜蘇瀑布記〉
行船時，洶湧的浪令余光中一會兒想到宋人的詩句，一會兒想到〈百
步洪〉的作者蘇軾，接下來最常在他的遊記中出現的李白和徐霞客全
都被叫來了，只恨古人不見瀑布之險。〈丹佛城──新西域的陽關〉
首先在題目便顯見余光中的用意，寫丹佛而能與陽關相連，正如余光
中說的，風景是境由心造，其實全是作者心境的投射。他借用王維〈渭
城曲〉「西出陽關無故人」一句，此處指的是在景色上，丹佛的荒涼
彷如中國的邊疆，而西出丹佛之後，何止故人，連印第安人也見不到
了。這篇的第一段這樣寫丹佛：

　　　　城，是一片孤城。山，是萬仞石山。城在新的西域。西域在新
　　　的大陸。你問：誰是張騫？所有的白楊都在風中搖頭，蕭蕭。

（1972：57）

前面兩句是從王之渙的〈涼州詞〉中「一片孤城萬仞山」而來，在蕭瑟群山環繞下的丹佛城四顧，余光中覺得自己宛如置身荒涼的塞外，演出現代版的張騫出使匈奴，然而此處不是西域，四周的白楊自然不識張騫（余光中），外在的孤獨山色成了詩人內心的寫照。余光中筆下的「文人化」風景，有時是透過文人的詩眼去閱讀／詮釋現代的風景，在墾丁的龍鑾潭，有幾隻蒼鷺背岸向水而立，余光中看到的是「從辛棄疾的詞裡飛來的」，而守湖的人則說「其實是過境的水鳥」（1990：45）。兩個不同的觀點代表兩種不同的意識形態，守湖人看到的蒼鷺純粹是物象，而在余光中的眼中卻成了一個符徵，指向中國文化和歷史的意義。余光中慣常「掉書袋」的習慣，其實亦是一種不自覺的中國投影，在〈關山無月〉中，他說關山這地名，令人想起關山行旅，並隨口吟了「關山之難，誰悲失路之人」。這兩句出自王勃〈籐王閣序〉，也許余光中更想說而未說出來的，是這接著這兩句之後的「萍水相逢，盡是他鄉之客」吧，他鄉之客的心態或許更貼近余光中的生命情境，更能照見他的中國情懷。

在海拔五二八〇英呎高的丹佛，余光中先是提起費長房和王子喬等餐風飲露的高人，而後再列舉亦仙亦凡的人物李白和米芾，繼而再幽這兩個人一默：高處不勝寒的蘇軾，以及上華山而不敢下，坐地大哭的韓愈，恐怕不宜登落磯山。證之余光中的遊記，韓愈、李白和蘇軾是最常與他共賞美景的朋友，譬如在〈坑龍有悔〉寫龍坑：

> 其實詩人朝山拜海，多能感應神靈，而得償所請。韓愈登衡嶽
> 而雨開日出，蘇軾隆冬在登州而得見海市，都能在得意之餘有
> 詩為證。我來龍坑拜石拜海，卻不能感動太陽，真是愧對古人。
> （1994：64）

這是出遊天時不佳，而聯想古代文人特別獲得上天的眷顧，頗有自嘲之意。而當他遠在瑞士的露加諾鎮，懾於陡危的高山，他腦海浮現的是韓愈的詩句「失勢一落千丈強」（1994：182）；前往澳州，在頭等艙上握著酒杯，四下觀望鄰座時，為遍尋李白、蘇軾不遇而失望，感嘆「不知該邀誰對飲」（1974：24）。這種強烈與古人對話的心態，正是一種對歷史、文化和民族的認同。

從異國（遊記）發現余光中眼裡的風景，處處可見文化和古典的中國。當中國成為被關注的對象，無論是異國或台灣，都成了符號他者（semiotic other），中心／邊緣的對比，使我們更清楚看到中國在余光中散文的位置。從二十一歲離開中國，那回不去的故土成為被擱置的永恆鄉愁，同時轉換成余氏筆下的書寫主題。

第二節　張曉風：我在／不在中國

　　張曉風以《地毯的那一端》成名於六十年代，但是在〈步下紅毯之後〉，她便明白的宣示，要從《地》時期的「閨閣」出走：「我知道我更該寫的是甚麼，閨閣是美麗的，但我有更重的劍要佩，更長的路要走」（1985a：60，初版 1979），這是對創作風格的自覺，揚棄「閨閣」也即意味著從「小我」走向「大愛」——家國、民族之愛。雖然張曉風早在寫〈黑紗〉（1975）時即已跨出「閨閣」，但是從創作主體明白的召示，我們也可以從張曉風日後的創作脈胳，尋找「更重的劍」和「更長的路」的具體內容：中國鄉愁和中國認同，所謂民族家國的大愛。

　　〈步下紅毯之後〉有一段描寫作者觀看國軍運動會的表演，突如其來的，她便想起了南京：

> 不是地理上的南京，是詩裡的，詞裡的，魂夢裡的，母親的
> 鄉音裡的南京……，依稀記得那些名字，玄武湖、明孝陵、
> 雞鳴寺、夫子廟、秦淮河。（1985a：57）

她想起的南京是文化／文學上的、古典的南京，同時那裡也是父母親的故鄉，國民政府在此建國的歷史背景，賦予南京特別的歷史意義，因此國軍運動會喚醒了她的文化／歷史鄉愁：「我了解了那分渴望上下擁抱五千年，縱橫把臂八億人的激情」（59）；當然也召喚民族／國族認同，「我無法遏抑地想著中山陵，那仰向蒼天的階石，中國人的哭牆」（58）。張曉風擅長運用意象，中山陵不只是一個實體，它更是

一個象徵，令人想起偉人已逝、哲人已遠、中華民國建國史、先賢的
篳路藍縷，以及抗戰等等愛國情緒；也令她充滿家國之思，想起父親
是守土的軍人，曾經以身衛國，以及因戰爭而骨肉分散的中國人。

　　歷史記憶滲透到民族意識中，除了體現族群特徵的歷史事件、人
物，各種象徵無不成爲記憶的對象，張曉風常透過對中國文字、文學
和文化的熱愛和優越感，或是歷史人物如岳飛、蔣中正所折射她的中
國認同，她曾以〈黑紗〉哀悼蔣中正的逝世，又以〈中庭蘭桂〉再寫
她對蔣中正的崇敬之情。〈黑紗〉的端肅哀矜之情更把個人（蔣中正）、
家國（中華民國）和中國歷史文化綰連在一起：

> 身為一個中國人，我們佩帶黑紗並不自今日始，每想起那片廣
> 袤的土地，那片收割過四書五經的土地，那片哺育過堯舜禹湯
> 的土地，那片每一寸泥都吟誦著歷史的土地，我們的心脈怎能
> 不呼嘯成一首輓歌，黑紗在我們的左臂，黑紗在我們的右臂，
> 黑紗於我們是一面命運的網，當頭罩下，把我們掩入巨大的漫
> 天匝地的神聖悲哀。除非讓我們的眸光朝聖於萬里長城，讓我
> 們的雙耳膜拜怒濤裂天的黃河大江，我們的心永遠是在風中泣
> 血的孤哀子。（王鼎鈞等編，1976：221）

國喪始佩帶黑紗，但作者卻以爲，中國人自離開那片大陸，左右臂早
就佩上無形的黑紗了。這個標誌固然因爲蔣中正的逝世而具體化，但
身爲中國人，面對回不去的故土和歷史，無疑形同被流放子民，因此
她的目光和余光中一樣，總是望向海峽對岸，那塊古老陸地是歷史民
族的源頭：長江、黃河、萬里長城都是典型的中國地理象徵，四書五
經是中國讀書人修身齊家的必備經典，堯舜禹湯亦是聖人的典範，因
此這段文字的敘事空間拉得極遠極長，也十分有概括性，想像的維度
藉著這些符碼得到最好的發揮。

　　這篇文章傾訴的對象是她的孩子「詩詩」和「晴晴」，但讀者閱讀此文時，卻可以很清楚地感受到這兩個名字並不是全部的對象，作者其實在向我們——所有的「中國」讀者——傾訴她的中國鄉愁。她在召喚、凝聚一種中國認同。這種偏好閱讀（preferred reading）是一種書寫策略，可以誘導讀者的閱讀方向：長安的柳色和江南的荷葉並不只是唐詩宋詞裡的唯美浪漫，那更是許多曾經在那裡生活過的人切膚的痛：

> 我獨自在勒馬洲憑著一截短欄，面對無限江山。前一步即故國，而我們卻必須勒馬，勒飛馬於危崖也許還不難，但勒不住的是淚，勒不住的是滿腔的故國之思。終於，勒不住的悲哀翻湧而下，一條長流的深圳河，一堵淺淡欲溶的遠山，故國就在那邊——我們列祖列宗的墳塋。（222）

這段文字「欲說還休」的是「無限江山，別時容易見時難」，一種李後主式的家國離愁，土地仍在，中國仍在，卻只能以不在的形式被想像。作者位於香港的勒馬洲，一水之隔是她日思夜想的中國，但正如地名所提醒的，歸鄉的腳步必須在此停下，只允許望鄉的眼神隔水遠眺。中心／邊緣的對比在此具體呈現，同時也意味著作者流離／放逐的身分。祖宗的墳在那裡，但是作者無法去掃，遂只祀以淚遙奠：「我唯一可奠的是久違的溫柔的故土，我的淚是最辛最澀的苦艾酒，奠於我最愛的故土」（222）。海那邊的墳既不能掃，而回到台灣，作者面臨的卻是英雄的凋萎。

　　張曉風所形塑的蔣中正是民族英雄，她是在用一種「高華而浪漫的愛在愛他」。把蔣中正視為整個中國英雄的象徵，其實是意識形態的投射，崇敬民族英雄和熱愛中國乃一體之兩面，作者論斷蔣中正的死亡原因並非肺炎和心臟病時，必然要將他和中國的命運牽連在一

起：「他的肺是因吞吐整個中國的憂患而壓傷的。他不是死於心臟病，他的心為八億悲劇而負創」（223），蔣中正的生命和中國（人）相連，而且「八億」這個數字涵蓋了台海兩岸的中國人，蔣中正被視為鞠躬盡瘁而死（尤其為的是八億蒼生）時，「一個偉大的中國人、一個英雄」的形象於焉成立。由此蔣的逝世喚起了中國情感，作者希望她的孩子知道：「你們有一位母親，比母親更母親，她是中國」（224），「我們只願生生世世選擇中國，以及只有中國人才配承當的苦難」（224）。

　　既然強調中國是中華「民族」共同的母親，那麼這種先天的、血濃於水的關係就為想像提供了依據，誠如班奈迪克‧安德遜所說，「民族」的想像能在人民心中召喚出一種強烈的歷史宿命感，從一開始，民族的想像就和個人無所選擇的事物，如出生地、種族、語言等密不可分，所謂的想像共同體就建基於這種宿命關係，使人們在民族的形象之中感受到一種真正無私的大我與群體生命的存在，他並且建議把民族主義定義為一種「血緣關係」（kinship）或宗教，而不是理解為「自由主義」或「法西斯主義」（吳叡人譯，10）。這種關係之所以建基於想像的基礎上，乃是因為即使是最小的民族國家，大多數的成員也彼此不了解，他們甚至也沒有機會相遇，沒有聽說過對方，可他們的心目中卻存在此同屬於一個社群的想像。這是民族認同的基礎，在強調我們是中華民族的時候，那即意味著我們擁有許多共同可以分享的事物，包括文學、歷史、文化，乃至英雄人物，由此凝聚一種禍福與共的民族情感。

　　張曉風第二次以蔣中正為書寫對象是〈中庭蘭桂〉，相較於〈黑紗〉的哀痛，這篇散文更強調「化悲痛為力量」，並且對話的對象從詩詩和晴晴換成蔣中正本身，藉謁陵抒發孤臣孽子的悲傷：

> 先生，我們可以失去一切，但我們不會失去你，我們不會失去
> 自己，只要一分鬥志尚在，我們仍是鐵錚錚的中國人，我們仍
> 可要回我們損失的一切。（1985a：118）

這篇散文的隱藏讀者，也即作者的預設對象是所有的中國人（至少是
台灣人，以及從台灣出去的海外華人），他們對蔣中正有一定的認識，
因此這篇散文會召喚起彼此的民族記憶，所以作者以「我們」代替
「我」，那麼，「我們」損失了甚麼，以致作者確鑿的表示：「我們仍
可要回我們損失的一切」？

　　受過中華民國教育的中國人給出的答案大約是：期待收復被共產
的中國故／古土、反共復國、復興中華文化等。國民政府從三十八年
遷台起，強調國民政府爲華夏的正統政權，台灣是復興基地，基地者，
起點也，也意味著還有長遠的民族大業，因此類似「徹底摧毀匪僞政
權」的口號教育便是這個問題的民間版答案。張曉風昭示「我們是鐵
錚錚的中國人」時，也意味著我們有捍衛中國傳統文化的責任。作者
不只哀悼蔣中正的逝世，也爲「國之大老」如方東美、唐君毅、沈剛
伯等逝世而哀傷；她哀悼的其實是一種「典型」──知識分子、政治
人物等捍衛中華文化者。

　　文化是經過論述生產和制度化運作出來的，在經過條理化的書寫
後，論述成爲散播文化建構的主要媒介，方東美等以知識分子的身分
對中國傳統思想的闡釋／論述，是國族的重要建構。國民黨政權也常
描述本身爲「傳統中華文化」的保護者。[10]這種概念反映在其對中國

---

[10] 蔣中正於一九六二年的孔孟學會訓詞中，有以下的訓示：「今日之反共鬥
　　爭，追本溯源，實爲思想與文化戰爭，未取決於疆場，先取決於人心；不
　　專恃武力以制敵，而尤繫於道德精神之重振。因此，如何研究孔孟學說之

話、思想與文明的態度上，特別相對於中國大陸，華夏代表一種對歷史傳統的隱喻性捍禦，因此國家、知識分子和其他既得利益者，常以「社會整體」的姿態發言，反共成為全體人民應有的共識。

　　張曉風的〈黑紗〉寫於一九七五年，三年後繼而再寫〈中庭蘭桂〉。按施淑的觀察，六、七〇年代的台灣文藝思潮，「首先是把與五〇年代的官方文藝、反共文學畫清界限，視之為戰後台灣『純文學』或嚴肅的、獨立的文藝創作的真正起點。而後，再以一九七一年的保釣運動作為區隔這兩個十年的文學思潮的分水嶺，以六〇年代的現代主義運動，七〇年代的鄉土文學論戰，標示兩個十年的思想及創作的主導方向，判別從六〇到七〇年代，文學發展上的階段的、實質意義的演變。伴隨這樣的論述，大都會帶出一個價值判斷的結論，那便是無根的、自我放逐的、形式主義的六〇年代，和鄉土的、民族認同的、現實主義的七〇年代」（楊澤編，1990：253）。相對於施淑對六〇年代文藝思潮的描述，張曉風的散文創作卻是一直沿著「小我」與家國之思的「大我」這兩條主軸去發展的，余光中在〈亦秀亦豪的健筆〉一文中指出，張曉風雖成名於六十年代台灣文壇西化的高潮，卻不嘆人生的虛無；雖是女作家，卻無閨秀氣，反有一股勃然的英偉之氣，而且能把小我拓展到大我（何寄澎編，1993：370-371），因此所謂無根的、自我放逐的、形式主義的特色無法涵攝張曉風的特色。如果七〇

精義，弘揚中華文化優美之特質，而能即知即行，實踐於日常生活之中，俾得拯救陷溺之人心，而掃除共匪之思想毒素，發揮成仁取義之精神，以挽回人類空前未有之浩劫，實為今日嚴雖之課題，抑且為吾人義無反顧之責任。」（劉真，1986：43）蔣中正以為，只有復興中華文化，才能反共勝利。類似復興文化的論述，在《自由月刊》、《孔孟月刊》及《中華文藝復興月刊》等俯拾皆是。

年代是屬於鄉土的、民族認同的、現實主義的時代，那麼張曉風毋寧
是中國的、（中國）民族認同的、不屬於任何主義的歧出分子。相較
於詩及小說，散文對主義／思潮的接受幅度本來就不大[11]，況且，張
曉風散文裡的中國認同與其成長背景應當有密切的關係：出生於浙江
金華以及後來的中文系教育，都使她的散文一直與「中國」有緊密的
對話。她在〈步下紅毯之後〉明確的宣示要走出閨閣，出走的方式卻
不是截然與之決裂，而是把大我融入生活細節，以小我見大我、二者
相融的方式招示她在風格上的裂變。

　　在〈你還沒有愛過〉，作者定義「愛」為「國家民族之愛」。她到
紐約找一位據說「左」了的朋友，當大伙兒坐在異國瀟灑地談論中國
時，作者這樣表示：

> 我不要站在隔岸，我既決定縱身入火，就已放棄隔岸觀火的
> 悠閒。我在火裡，和萬千人比肩，這場火會焚我們成灰？抑
> 煉我們成鋼，答案總會分曉。我們要賭這一口氣——跟火，
> 也跟岸上觀火的袖手人。（1988：217）

余光中評張曉風的散文有一股英偉之氣，泰半源於這種家國之愛，以

---

[11] 余光中在《中華現代文學大系》的總序裡論及散文和文藝思潮的關係時
說：散文既是非虛構的常態作品，不像其他文類那麼強調技巧，標榜主義，
所以不是評論的兵家必爭之地，論戰也少。二十年來臺灣散文的變化，顯
然不像詩和小說那麼劇烈。文壇的風潮，從六十年代的現代主義捲向七十
年代的鄉土文學與寫實主義，到了八十年代，又在高度工商化與快速都市
化的壓力之下，引進了後現代主義的理論，並且實驗魔幻寫實，對傳統的
寫實主義有所反動。而漸至八十年代末期，在大陸政策開放之下，文革以
後「新大陸」興起的反樣板、反遵命文學作品紛紛在臺灣轉載、出書，並
引起學者與作家的注意。這一連串的變化對臺灣文類的影響，首在小說，
次及詩，但對散文或戲劇的波及則有限（1989：15-16）。

及類似以上引文的那種「雖千萬人吾往矣」的胸懷。當一個創作者選擇了中國，也意味著選擇了一種發聲的位置和姿態，同時也決定了溝通視域（communication horizon）。作者在書寫／說話的時候，其實已經設定了聆聽的讀者。在六、七〇年代政治文化都披上民族主義外衣、許多作家對中國仍存有幻想的時候，必然有不少隱藏讀者會感同身受，當會接納／同意這樣的說法。張曉風無法同意置身事外的態度，雖然如此可以全身，可以不必為火所傷，作者仍然選擇了介入的敘事策略。

這種介入的勇氣成就了張曉風的散文特色。散文最可以看出一個創作者的世界觀／人生觀，個性、生活往往在散文裡得到最直接的轉化和呈現，介入的態度使張曉風深入生活／事物，並提煉出這樣的句子：「那個溫柔的、巨大的、堅實的、強悍的愛你還不曾經歷。你還是一個筆劃尚未寫完的字，讀不出意義來」，隔岸觀火的人是筆劃尚未寫完的字，讀不出意義，那麼縱身入火的人就是一個筆劃完整的字，不僅完成了自身的意義，也強化了她散文的價值觀和意識形態。她認為隔岸觀火的那人，「你還沒有愛過，雖然你匆匆去找一個對象並且努力認同，雖然你讓自己恍惚感到一分悲壯偉大的情操。而一轉眼，地覆天翻，四人幫萎落塵泥，你才發現你在崇拜一個並不存在的神祇，你發現整個事件是一場虛空的單戀」（218），大部分具有中國情懷的作家基於對文化、歷史的認同，都抗拒共產黨世界觀的極端教條，這固然和台灣的意識形態國家機器的運作有關，但是許多作家對於中國的依戀都起始於對故國的土地認同：他們曾經在那裡生活過，對中國有一分情感，而意識形態國家機器正好利用這樣的關係駁接到政治上，於是我們讀到表面上一致的反共復國，而內裡卻是基於不同的需要和慾望再現的中國圖象。

　　張曉風的中國認同正是建基於這樣的認知上，正因爲不在中國，中國必須以散文的形式而在，只是如此卻更加突顯了中國的不在。周英雄和陳其南在《文化中國》一書的前言指出：「生活在（或文化中國）中的人，他們對於認同的需求，可能遠低於身居文化圈的人」（1994：9），如果這項假設成立，那麼在中國（中心）的人本身不會像台灣、或海外華人那麼急切追求中國認同。台灣在中國的邊緣，邊緣的位置不只是地理的，更是心理的，因此創作者得以按照自身對中國的詮釋和慾望再現他們的中國。

　　張曉風所形構的中國圖象，常以「在風雨裡」，也即在苦難中的形態出現，以期喚起／凝聚中國認同，以風雨喻時局不安典出有故，〈詩經‧鄭風‧風雨〉有「風雨如晦，雞鳴不已」的句子。〈你還沒有愛過〉其中一節，寫一本民國十四年黃埔一期的那本畢業年刊，「怎麼也曾有此一本同學錄，沒有彩色，只有風雨」（224），「每翻一張扉頁，竟覺得在腕底翻起的是颯颯然的八方風雨」（227）；所謂沒有色彩，只有風雨，是因這些畢業學生的未來必須交給戰爭，前程生死未卜，所以在那本同學錄裡沒有人寫上鵬程萬里，也沒有前途光明。雖然如此，但作者認爲他們爲國家愛過，生命因此而有了重量。她認爲這樣的人是中國最需要的：「一種殉道者，或活著、或死去，他們必須是在某種關頭將身家姓命付之一炬的人」（1977：52）。

　　作者在〈愁鄉石〉一文同樣傳達這種人生觀：

　　　　在這個無奈的多風的下午，我只剩下一個愛情，愛我自己國家
　　　　的名字，愛這個藍得近乎哀愁的中國海。
　　　　而一個中國人站在中國海的沙灘上遙望中國，這是一個怎樣鹹
　　　　澀的下午！（1982：32）

望鄉的結果最後只能愁鄉，這是作者在沖繩島極北之鵝庫瑪海灘遙望

中國所產生的喟嘆，風聲不只是時局不安，亦以喻心情不寧，更何況一個中國人只能在「中國」海的沙灘上遙望中國，更使人意識到不在中國，因此無奈的豈止是風，那更是作者的心理寫照。

當她懷著故國之思時，亟目所見，無非鄉愁，沙灘上的小石子也令她想起故鄉的雨花石，於是她撿了幾顆帶走，理由是這些石頭日夜被來自中國海的浪頭所沖刷，它們或許藏著故鄉的消息；另外一個理由是，這些石頭和作者一樣，都來自一個島，都曾日夜的凝望著相同的方向。把個人的情感比附在石頭上的擬人化寫法，充分傳達出作者的去國之思，從去國之思的角度觀看事物，自然有了以下的結論：

> 我木然地坐在許多石塊之間，那些灰色的，輪流著被海水和陽光煎熬的小圓石。
>
> 那些島上的人很幸福地過著他們的日子，他們在歷史上從來不曾輝煌過，所以他們不必痛心。他們沒有驕傲過，所以無須悲哀。他們那樣坦然地說著日本話，給小孩子起日本名字，在國民學校的旗竿上豎著別人的太陽旗，他們那樣怡然地頂著東西、唱著歌，走在美國人為他們鋪的柏油路上。
>
> 他們有他們的快樂。那種快樂是我們永遠不會有也不屑有的。
>
> 我們所有的只是超載的鄉愁，只是世家子弟的那分矜獨。(33)

從作者對沖繩島居民的批評，我們可以看出作者對中國的自豪，一個曾經在漢唐創造出輝煌歷史的民族，曾經擁有政治、文化霸權的中國，確實令許多中國人引以為傲，這種文化優越感或中國中心、文化本體化的視野固然有違後現代「去中心」的精神，但是這樣的想法卻是在六、七○年代政治文化都披上民族外衣之下的產品。孤臣孽子的流亡心態，普遍反映了他們的鄉愁；作者在後記嘗言：「余今秋曾往一遊，去國十八年。雖望鄉情亦怯矣。是日徘徊低吟，黯然久之」

（35）。他們追求一個無法企及的中國，眼前的現實對比之下就顯得欠缺／不完美。正如卡露兒・符蓮（Caryl Flinn）談到美國普及文化的懷舊潮時所說：「不論是經典或是當代的故事，總把現在看成充滿缺陷和不足，而過去則表現得相對地完整，具權威性及充滿希望，是一塊『較好』的地方」（轉引自周蕾，1995b：41）。因此不在的中國是一個較好的所在，所有的所在相對之下都顯得不那麼完美。

　　「中國」作為一個符號，其實指意義已被膨漲、擴大，甚而架空，作者填進個體的想像，所謂的家國認同，已經越過了「現實」中國，而指義「過去式」的中國，因此我們讀到的中國圖象有兩個特色：一是中國（自我）中心，一種對偉大文明的歸屬感和依照知識精英的行為標準而恰當地行動，王賡武所謂的「歷史身分認同」（historical identity），這是源於民族情感，亦是安德遜一再強調的想像共同體的特色；源自這種情感，面對現實中國，他們必然要批判、反共。

　　張曉風的散文明顯體現了以上兩種特色，身分認同使得她的散文和中國形成綿密的對話關係，譬如「我一向不敢多碰『中國』那兩個字，他太巨大、太沉重、太美、太神聖！那樣簡單的兩個字，卻也是那樣生生世世說不完的兩個字」；「這樣的一個民族，一個一個守著他們的姓，守著他們的祖塋，守著幾畝薄田，咬住牙把日子熬下來了」（1976：50-51）；「當我在東京撫摸皇宛中的老舊城門，我想的是居庸關，當我在午後睏意的風中聽密西西比，我想的是瀑布一般的黃河，血管中一旦有中國，你就永遠不安」（1985a：62）；「丈夫喜歡瓜子，我漸漸也喜歡上了，老遠跑到西寧南路去買，只為他們在封套上印著『徐州』兩個字。徐州是我沒有去過的故鄉」（161）；「六月裡一個下午，我坐在延吉街陶藝教室裡拉坯，滿身滿手都是泥——那泥不是我所嚮往的塞北莽莽黃沙，也不是魂夢裡的江南沃腴」（1985b：

163）。張曉風擅長在生活細節中尋找不在的中國，中國或許因此而變成一種生活態度，一種思考方式，中國確實巨大而沉重，正如她在〈黑紗〉和〈中庭蘭桂〉中所傳達的，中國人才配有這麼沉重的苦難，苦難變成一種正面的價值，是高尚的情操，這是作爲中國的孩子所必得要承擔的，不只如此，張曉風的中國也含攝海外華人：

> 這樣的一個民族，不管在南洋，在加州，他們仍然住在寫著「居仁」、「由義」或「桂馥」、「蘭馨」的屋子裡，仍然用長布帶條背負著孩子，並用「牛郎織女」、「桃園三結義」的故事把他們餵大。而且，仍然可以五代同堂！他們可以把任何異域住成中國。
>
> 用一種倔強的手勢緊緊抱住傳統，讓別人訕笑唐人街，但我總覺得那種執著的擁抱裡有些讓人忍不住要落淚的甚麼東西！
>
> 一種極美極莊嚴的甚麼東西。（1987：51-52）

我們可以就這段文字對比周蕾在《寫在家國以外》所說的：「『中國人』由於缺乏一個民族宗教，一個強大統一的政體及一種建基於國家統一之上的身分，甚至許多時也缺乏在中國大陸生活的可能，所以必須以『中國種族一體性』這樣的號召作爲一種回歸的滿足，儘管這些號召是虛幻，又具操縱性的」（1995：34）。張曉風在引文第一段所傳達的，正是周蕾所謂「中國種族一體性」的觀念，它具有想像的特質，就像安德遜定義民族的時候所說，因爲作者不可能都認識他們，也不可能聽說過他們，但是緣於血緣、語言、文化等相同的推論，我們認同他們爲一個共同的群體。

杜維明在一九九一年的 *Daedalus* 雜誌所提出的文化中國（Cultural China），就試圖建構一個更新的「中國性」基礎，他把文化中國看成是三個象徵世界，第一象徵是以華人爲主要居民的大陸、

台灣、香港、新加坡四地；第二象徵世界是以海外華人為主，包括馬
來西亞華人及美國的華人；第三象徵世界包含了關心華人世界的知識
分子和學者（1994：13-14）[12]，張曉風的這段文字特別能夠以杜的文
化中國概念去闡釋，杜的文化中國試圖超越國家界線，「華人流離鄉
愁的經驗代表各種可能的中國性建構的光譜，至少後者在傳統上由中
國中心的中央權威所形塑的」（陳奕麟，1999/03：117-118），這是一
種新的中國性之延伸，以文化為主體，建構無疆界的中國認同。不過
杜所倡導的文化中國其實是一個較著重於上層士大夫或士紳階級的
精緻文化所構成的模型，是所謂的大傳統[13]。張曉風所舉的「居仁」、
「由義」、「桂馥」和「蘭馨」的例子，源自孟子與屈原，是杜所謂的
精緻文化；至於「桃園三結義」或「牛郎織女」的例子，則是屬於「小
傳統」。此乃杜所沒有論及，而李亦園在〈以民間文化看文化中國〉
所補充的民間文化部分。

　　張曉風在〈扛負一句叮嚀的人〉藉索忍尼辛訪台，抒發中華民族
離散之傷。作者把索忍尼辛比之於中國的岳飛，都是「以天下為己任」
的文人，背上都扛負著「精忠報國」這四個字，「那也是我們的母親
在我們少年時期就為我們刺上的，那母親是我們歷盡劫難的文化和傳

---

[12] 杜維明的「文化中國」自一九九一年提出之後，受到華人世界廣泛討論，
亦有學者作不同的補充和延伸，詳見周英雄和陳其南編《文化中國》所收
論文；周蕾亦有相關的評述，見《寫在家國以外》。以及陳奕麟〈解構中
國性〉一文。杜所劃分的三個象徵世界尚有商榷的餘地，尤其以華人人口
比例把新加坡列為第一象徵世界，而忽視了華文在新加坡實際上並非第一
語文的情況，而華人文化經過新加坡化之後，是否能符合杜所定義的文化
中國，第三章將再論述。

[13] 李亦園以〈從民間文化看文化中國〉補充杜的論述，收入《文化中國》，
11-28。

統」（1985b：51），這是張曉風在〈黑紗〉就說過的，我們（中國人）只有一位共同的母親，母親所象徵的除了中國鄉土之外，就是文化母體。在張曉風看來，這兩者最後必然是二而一的：

> 我們是 Chinas，僅僅多了一個 s 的悲劇啊！我們是硬生生被折斷的銅鏡，但堅信華夏的光榮仍有一天會重新鎔鑄破鏡為完整的圓。……沒有一個淵深博大的文化會長期被共產主義擊倒，像人體，自有其自衛機能，所有的病態終有一日會恢復為生理常態，而且，自此以後，永遠免疫。中國當有此一日，俄國亦當有此一日。(53)

從以上引文，我們發現作者深信蔣中正所說的，只有復興中華文化，才能抗衡共產主義。其二，作者以台灣為復興基地，終有一天，我們會是 China，而非 Chinas。這是對中國遠景的美好想像，正如作者說的，「年年暮春，我們不會忘記江南的鶯飛草長，雜花生樹」（54），「必然有風在江南，吹綠了兩岸，兩岸的楊柳帷幕……必然有風在塞北，撥開野草，讓你驚見大漠的牛羊……」（1985b：169）前者的想像來自丘遲的〈與陳伯之書〉，後者則出自王安石的詩句「春風又綠江南岸」，以及〈敕勒歌〉，這是把古典中國加諸於現實中國的想像，這樣的想像使作者深信為一段大愛所受的苦，是應該，也值得的。

　　張曉風以「我在」的介入態度去追尋不在的中國，這是流離之子對文化、鄉土母親的情感，其中固然有時代的因素，但是作為一個曾經在那塊土地居住過的「中國人」，土地認同加上文化認同，使中國相對於台灣，呈現中心／邊緣，完美／缺陷的鮮明對比。這樣的書寫角度，只有突顯中國的不在，「中國」成為作者所苦苦追尋／等待，卻永遠無法企及的符號。

第三節　追尋與再現失落的中國

　　綜觀台灣散文與中國的對話，可以發現以下的現象：創作者在作品中透過對歷史／記憶的敘述，緬懷過去為我（中國）的黃金時代，由此標舉某個被詩化的時間／空間，成為他們緬懷時的凝視對象，對比現實的沒落／缺陷，因此我們讀到被作者美化過的記憶，他們再現的是由個人的想像修飾過的現實。中國既是他們依賴的大主體，也是被凝視的客體。其二，歷史記憶可以滲透到民族意識中，體現族群特徵的歷史事件或人物，都成為凝聚認同的媒介或符號，尤其在國族／國家受到外力挑戰時，民族情感最易被激發，前者表現在多篇以蔣中正為書寫主題的散文上。後者則表現在中（台）美斷交時，國族認同的書寫湧現的原因。第三，文化想像必須以他者來突顯自我，於是我們看到美國、中共表面上如何被形塑成為他者，而其實是互為他者的過程。

　　在書寫策略上，這類慣常以偏好閱讀（preferred reading）來誘導讀者的閱讀方向，這乃是因為書寫者多來自中國，他們從血濃於水的本質論思維模式設定讀者都是「中國」人，復以相同的歷史文化想像彼此乃為共同體，從這樣的認知出發，只要是中國人，都應當有同樣的國族認同。這樣的認知自然有其社會政治脈絡可尋：中國認同在國民黨政權的護航之下，一直佔有宰制地位，其背後的意識形態是中國國族主義。在種族血緣、歷史文化及共同利益為前提之下，國民黨政權又是中國人的唯一合法政權，把台灣人涵攝於中國人，以復興中華

文化爲大任，合理化的捍衛華夏傳統，把台灣定位爲復興基地，是國民黨遷台以來，官方所極力提倡的意識形態。

一九七五年蔣介石過世，蔣經國就任總統，國家機器透過文教、宣傳機構所播散的中華民族概念已然深入社會各階層，雖然一九七五年至一九七九年已先後有《台灣政論》和《美麗島》雜誌澆灌本土意識，並且在一九七八年蔣經國將副總統、省府主席以及台北市長開放給台籍人士擔任，但一九七九年的《美麗島》事件，國民黨當局將黨外菁英入獄，卻是本土運動的一大打擊。國民黨政權至一九八七年戒嚴法解除之前，所受的壓力挑戰主要來自黨外刊物，可黨外雜誌的影響力畢竟有限，中華民族的國族神話仍在，一直到一九九一年國民大會改選，台籍的國大代表保障了台籍總統的必然產生，大中國主義的信從者漸少，本土意識抬頭。本節所論述的具有大中國視域的散文，大都在九〇年代以前的作品，尤其是一九七九年天視版的《當代中國新文學大系》所收散文，在比例上，明顯較一九七〇年巨人版《中國現代文學大系》更多國族認同的篇章，後者以家國懷念之情居多，前者編選期間則因爲中美斷交和蔣中正的過世，所收錄的散文充滿熱愛（中）國的情操，充分體現文學和歷史語境之間的對話。一九八九年九歌版的《中華現代文學大系》，具有大中國視域的散文數量銳減，雖然選集無法排除編選者個人風格的主觀因素，但它在一定程度上反映了社會和文學的互動。因此我們觀察到，在社會變遷的脈絡裡，文學確實體現了各種文化體系的交互作用。

以下的論述就嘗試把有大中國視域的散文放在社會脈絡裡，檢試其如何參與，並建構國族認同。

一．主體位置與國族認同

　　一九四九年後許多從大陸來台的作家，對中國仍然充滿想像，他們所形塑的台灣誠如國民黨所致力宣揚的，是一個復興基地的角色。這些作家從民族英雄、國旗等凝聚認同的符號尋找中國，在中美斷交之後竭力鼓動中國自強，其散文書寫帶著強烈的文宣和口號性格，反共復國的大一統意識形態成為國族認同的重要認知。主體是在特定時空下所建構出來的產物，無法自外於社會，因此本文論述時特別強調「主體位置」，也即書寫者的社會文化和政治背景，從主體位置所在的時空，我們可以發現文學如何受到社會脈絡的影響。

　　司馬中原[14]在蔣中正逝世後，他先後以〈在啟明的年代〉、〈濯心的祭獻〉和〈永恆不滅的心燈〉三篇散文哀悼蔣氏。〈在啟明的年代〉一開始，首先肯定台灣作為復興基地的角色，繼而推崇蔣公在民族黑暗的時代作為啟明和點火的英雄形象。作者先以「我們」的愚昧之性和懺悔之心，對比出蔣公先驅者的崇高形象：

　　　　他老人家在世時，我們是太愚懞？太疏懶了？所示、所教、所

---

[14] 司馬中原的小說《流星雨》於一九七五年由高雄水芙蓉出版社出版，他告訴讀者說，台灣人就是中國人，是清代閩粵一代兩省移民的後裔。現在自稱「台灣人」的族群與新近一批外省移民，都是自己人，都是有相同民族印記的中國人。根據司馬中原的推論，台灣人等同於中國人，而國民黨政權是中國人的唯一合法政權，那麼，國民黨統治台灣人乃是順理成章之事。本書於一九九二年另委稻田出版社改裝出版，內容沒有更動，在原書名上加了副標「一百五十年前台灣漳泉械鬥的故事」。九一年國民大會改選，大陸籍國會代表改為台籍國代，九二年國會全而改選，司氏此舉意在挽救已走下坡的大中國主義，更詳細的分析參見盧建榮著《分裂的國族認同》第二章〈國族的發明〉，頁 26-79。

言，那許多講詞和訓誨所顯示的意陳、境界，和無比殷切的寄望，無比寬廣的仁懷，有幾人能領略感悟於萬一？慈湖一集中，作者們的淚水，實含有深深自省自責的痛傷，全國全民之淚，更足匯為慈湖，這該是醒覺之淚、啟明之淚，最適於獻祭蔣公靈前。(1990：212)

作為大中國主義的擁護者，司馬氏的這段文字充滿生聚教訓的意味，對民族英雄的行為和個性的美化，其實在召喚中國認同，同時也召喚民族情緒／情感。蔣中正不只是民族英雄，更是「中華」的象徵，令人上溯中日抗戰、國共內戰、國民黨在台的建國史等。簡而言之，他代表的是一種歷史的道統和華夏的正統，如此也就把三民主義歷史化／合理化，也把個人主體化，植入中華民族這個大主體之中，因而使個體有了歸屬感。因此作者有所謂「每個人燃心誓許的人，拔精神為劍，都將許為蔣公革命衣缽相傳的子弟，宏仁道而安天下，沒有甚麼樣的暴力，能阻擋源迫生命，發諸心靈的春風」（213），都是一再肯定蔣作為道統的合法維護者／繼承者。

同樣的寫作方式出現在〈濯心的獻祭〉。作者再一次深化對蔣的崇敬之情，把蔣置於無可取代的位置，同時把個人渺小化，一再宣稱「我們」是「愚昧的中國孩童」，作者選擇以我們取代我的敘述方式，試圖以發言人的身分涵蓋所有的中華民族，又以「愚昧」的「中國孩童」對比蔣作為領袖和父親合一的身分。父親／孩子是血緣關係，是無可違逆的先天宿命，小孩需要父親的庇護和教誨，如此蔣便成為中華民族的共同父親，他的逝世是中華民族的創痛。從道統的合理化繼承到中華民族父親的確立，司馬氏在〈永恆不滅的心燈〉更把蔣氏化為與大自然同在的典型和精神，傳達「典型在夙昔」的意識：「您的呼吸為雲，覆在山河之上，而億萬人的心靈中，卻從您那裡取得火種，

點燃起盞盞連結的心燈」（222）。徐薏藍在〈夜霧中的哀思〉和〈風雨謁慈湖〉同樣哀悼偉人之殤，把暴雨狂風的大作詮釋為萬物與我（我們）同悲：「原來天也悲愴著巨人崩殂，傳說巨星歸位，巨雷就天鼓」（1977：52）。從作者的詮釋方式我們可以讀到被神聖化的集體超我，此集體超我被壯大，成為道德的指標，民族的救星，國族認同的基石，而成為超越世俗的聖人賢哲。

　　鳳兮（馮放民）在其收入《當代中國新文學大系》的散文〈敬愛中華民國〉無疑是一篇政治文宣，一開始就開宗明義的表示「中國祇有一個，那就是中華民國」（王文漪編，1979：73）。綜觀全文，強調「青天白日滿地紅的國旗」和「偉大的中華民國憲法」都是凝聚認同的方式，並由此上溯歷史，肯定國民政府推翻「外族」滿清、消滅北洋軍閥、擊敗日本帝國主義、光復台灣，以及向「邪惡」共產主義奮戰的正統／正義地位。由此推論中華民國的國旗和憲法是屬於全中華民族，有朝一日應該把它帶回中國，並非僅限於「一千七百萬人」的台灣。這是民間版的反共復國文宣，大部分作家的中國認同都表現在文化認同上，政治認同附屬於文化認同，或是由文化認同而導向批判中共他者，鳳兮的這篇散文卻通篇都在傳達其政治認同。鳳兮和第一代遷台作家徐鍾珮、張秀亞、劉心皇、王藍、孫如陵、鍾鼎文等在五〇年代都是右翼文化圈的核心人物，他們後來多半成為中國文藝協會或中國青年寫作協會的核心人物，與官方頒布的文藝政策有密切關係[15]。

　　徐薏藍在〈梅花精神〉一文記述一九七六年在加拿大的世運會，

大會因不准升起中華民國國旗，而中華民國代表憤而退出的經歷。國旗代表一個國家／國族，不能升起國旗，無異於喪權辱國。王鼎鈞在〈我們的旗・我們的歌・飛揚在異國山河〉同樣以旗作為凝聚國族認同的媒介；中華民國國旗在哥斯達黎加昇起時，想像也隨之而高升：

> 國歌唱到「終」字國旗冉冉升起，國旗歌隨著飄揚。山川壯麗，物資豐隆，那是我們的天地。風小心拂拭旗面，翻成柔軟的波紋。……毋自暴自棄，毋固步自封，我們的旗已與異國的山巒等高……創業維艱，守成不易，歌聲裡，我的眼睛濕透，盈盈欲滴。這是仁愛的旗，也是正義的旗，庇護善良的人，助燃將殘殘的燈火，醫治壓傷的蘆葦，孵化破巢下的完卵。青天白日滿地紅，你升到桿頂了。青天白日滿地紅，你與青天白日化而為一。東半球、西半球，有千張萬張億張臉仰起來向你。天啊！請你仔細看，你一定得看看這些白髮黑髮。（同前引，260）

國旗作為一種意識形態機器的延伸，也是創造的媒介，它引發鳳兮、王鼎鈞的家國／民族認同，也召喚民族想像，因為作者不在「中國」，國旗遂成了中國的替代物，國歌終了，而愛國情操卻隨國旗不斷的升高，作者眼觀國旗，腦海裡浮現的卻是中國的地理；耳裡聽的是國歌，想的是中國的命運。一實一虛兩條線路構成敘述的特色，同時也投射作者的意識形態，作者賦予旗幟仁愛和正義的意義，乃是因為這兩者在中國傳統文化裡是美好的品性，它的象徵意義乃在於把中共政權下的中國人解救出來，並且完成中國的統一；其次，青天白日的國旗顏色正好比附於天空和太陽的組合，它受到仰望，遂也添增了崇高的特質。

王鼎鈞所寫的國旗表達出他和鳳兮一樣的大一統思想，正如陳香梅也認為「青天白日滿地紅才是真正的中國國旗」（308）一樣，對國

旗的敬愛是因爲對「自由中國」的熱愛。自由中國是中共集權政治的
對立面，立足於自由的立場發言，自然引發作者對中共的批判：「代
表中共的中國人竟有點像機械人，他們穿同一樣的衣服，梳同一樣的
髮型，說同一樣的話，甚至有同一樣的表情。」（308），較諸一般只
針對中共政權的批判，陳香梅顯然對老百姓也「厭屋及烏」，她在〈雙
橡園滄桑〉一文所呈現的完全是國家（中華民國）主義，而非國族認
同。

　　地點同樣是在雙橡園這中華民國駐美大使的公館，厲威廉的〈青
天白日〉卻充滿哀傷。作者參加的不是升旗禮，而是降旗禮，時間是
一九七八年十二月三十一日下午，在中美斷交的前夕。國旗伴著國旗
歌緩緩下降，時值隆冬，陰霾的雨天正是中國人內心情緒的隱喻，這
是台灣在外交上的一大挫敗，作者看著國旗逐寸降落，在雨淚交錯
中，升起強烈的國家認同：「觀眾中的炎黃子孫忘卻了身處異邦。刹
時間，每個人見到的，祇是那幅美麗莊嚴青天白日滿地紅旗幟；聽到
的，祇是那首寓意深遠的動人心扉的國旗歌；想到的，祇是那股濃濃
化不開愛國思鄉的意念」（林黛嫚編，1999：201），或許我們可以從
這段文字來思考「一個人依甚麼思考方式決定其國家認同」的問題。
作者所說的炎黃子孫，指的是以黃河發源地發展出來，以中華文明爲
文化準則的後裔。這也是具有大中國視域作者的普遍認知，如此輕易
可以對比出中國／台灣，中心／邊緣，歸人／過客的二元思考；其次，
國旗與國旗歌從視覺與聽覺凝聚愛國情操，因此作者有所謂「國旗
啊！國旗！六十多年來，你默默承受了多少侮辱」（201），這樣的感
嘆來自中國的近代史，從一九一一年建國至中美斷交止，中國的內憂
外患似乎從未停止過。作者所謂的愛「國」思「鄉」指的自然是中國
故鄉，由此我們看到自我與政治和社會脈絡之間的互動。

　　台灣在國民黨打造之下，一直以復興基地的姿態出現，江宜樺在《自由主義、民族主義與國家認同》歸納森德爾（Sandel）、麥金泰爾（MacIntyre）、華滋（Walzer）、泰勒（Taylor）四位學者對「自我」概念的理解，有以下三點：「第一，自我是著根於特定的歷史社會文化脈絡之中，社群關係是自我認同的既定素材，無所謂純然中性的本體我；第二，自我認同的形成主要靠成長過程中，不斷探求本身在社群脈絡中的角色而定，不是靠所謂自由的選擇能力來完成；第三，選擇能力固然是人類諸多能力之一，但選擇能力不至於大到可以任意改變自我在社群中的歸屬。換言之，不管一個人的社會角色可以有多大調整，他仍然不能從所置身的系絡中完全拔出，任意地安置到別的系絡去」（1998：78），台灣的社會發展脈絡致力於形塑的自我隸屬於中華民族的一分子，中華民族的源遠流長，上下五千多年等概念是國民教育重要的一環，亦是國家機器所極力散播的意識形態，「我們愛國必須是因為知道自己的國家有何偉大之處」。這些想法最後都可以在散文裡得到印證，譬如「我們不僅有著世界最美麗的國旗，我們的國旗歌也最為恢宏與寓意深遠」（208）；「青天白日滿地紅旗幟終必飄揚在全中國，並且作為全世界倫理、民主與科學的象徵，對所有開發中民主國家的實行現代化，產生最大的啟發作用」（同前引），這兩段文字實可與鳳兮的〈敬愛中華民國〉為互文，亦與王鼎鈞〈我們的旗·我們的歌·飛揚在異國山河〉中所說「青天白日滿地紅，你升到桿頂了。青天白日滿地紅，你與青天白日化而為一」（王文漪編，260）的想法，同為民族主義方式所論證的國家認同。雖然民族主義的認同方式在台灣並沒有一個準則，有的人從血緣、文化到利益都認為中國（或台灣）是一個完整不可分割的民族，亦有人以共同歷史記憶和生活經驗為認同判斷。但是不論是那一種，這些散文所透顯的，都是台灣必

須與中國統一，從邊緣返回中心的大一統想像。

在中美斷交這件事情的反映上，司馬中原較諸以上所提的幾位作者更爲激烈，身爲揮舞大中國主義大纛的旗手，除了一方面以善感的懷鄉散文表達故國之思[16]，更以〈美國，你該如何羞泣！中國，你該如何奮起！〉一文表達他的憤慨。他的「自我」／中國認同太強，「他者」包括美國、中共、日本以及不認同中國者，都成爲被批判的對象，「在國族危難之中，我們需要講道義的朋友，卻絕不依賴朋友」（王文漪編，1979：347），「幾十年和匪共戰鬥，我們不惜浴血犧牲，爲的是甚麼？不是爲實現我們的主義，爲維護人權嗎？」（349），「少部分人受了日本意識形態的影響，圖急功，貪近利，使金錢過分凸出，造成社會趨向淫靡」（351）；乃至排斥西化：「甚至一般談話，也習慣在三句中夾上一句洋文，至於 OK、拜拜、媽咪，早已在感覺上和中文無異矣！」（1981：88）；或者把中共視爲「披上人皮的狼」（司馬中原，1981：88），如此一再批判他者（美國、中共和日本）的目的，爲的是確認中國的主體性，強調國民黨的合法性和正當性。

顏元叔在〈熊掌與罕不拉〉裡，透過這兩種食物批判共產政權，調侃洋人。中共當局以熊掌這道名菜招待外賓，在顏元叔看來，一是「產可以共，食不可共」，因爲昂貴的食物只有當官的吃得起，赤貧的老百姓不可能共享；其二，熊掌在顏元叔看來，是非常典型的中國象徵，他這樣敘述：

> 所謂熊掌，對我而言，一直是孟子書裡的一個象徵——「魚與
> 熊掌不可得兼，捨魚而取熊掌也」。如今，面前坐著的這個美
> 國佬，居然實實在在咀嚼了，吞食了孟老夫子的「文學象徵」，

---

[16] 這個部分將在下一個小節詳論。

　　我真有些肅然起敬。(1976：364)

外國人不僅吃了孟子的文學象徵，還吃了一種叫「罕不拉」的珍饈，
令顏元叔氣結的是，外國人不知道那是甚麼，只知道是東北山裡一種
很稀有的動物，很好吃。他於是想起余光中寫過一篇〈萬里長城〉的
散文，覺得季辛吉站在「我們」的萬里長城上，是件很「他媽的」事，
因而這件事也讓他感覺到非常「他媽的」，在幽默的筆觸中，不難見
出他的大中國情懷。

　　陳之藩的〈他媽的共產主義〉在題目上表達了他對共產主義的唾
棄和憤怒，但行文卻是節制而冷靜。散文一開始就陳述中美斷交的
事，通篇夾議夾述的寫作策略，是引導閱讀方向的「偏好閱讀」書寫
方式。「述」的部分是事件的指陳，呈現中共如何落後、中共政權如
何被中共人民所唾罵、在中共的統治之下又如何扭曲了人性和人格；
「議」的部分則在引領讀者同意作者的觀點，譬如「我勸這些朋友說，
共產主義已經破了產，大陸上的四個現代化，就是向資本主義投了
降。不止是共產主義破了產；社會主義也在破產中。因為這些主義好
像蘊藏著內在的崩潰因素，好像是根本不會穩定的系統」(399)，換
而言之，共產主義的對立面三民主義才是穩定的、不會破產的政治制
度。

　　作者的高明之處是在借他人的口吻說出自己的觀點，譬如在飛機
上他告訴一位女孩中美斷交的消息，女孩「一堆笑容忽然收起，好像
在一聲霹靂一道閃光過後一朵蒼白的花在震顫」(王文漪編，398)，
繼而便說：「你看台灣多像一條船，但這條船是大船，是不會動搖的
船，是一塊巨大的岩立在堅實的地球上的石船」(398)。這一小節到
此便戛然而止，但是作者卻已成功傳遞他的國族認同。

　　姜穆在〈死與勝利——寫給中正預校受訓的孩子〉一文，則從歷

史的角度把美國塑造成出賣中國的敵人，以此淡化與美國的斷交之
痛，作者並勸勉孩子：

> 你身上流的是一個老軍人的血液，須知你的父親，為這個國家
> 付出了一生，今後，你也將為這個苦難的國家付出你的一生。
> 孩子，這不是你父親的偉大，也不是你的偉大，而是全中國人
> 都應當如此。(王鼎鈞等合著，88)

在中美斷交這件事上，有人哀痛，有人希望藉此凝聚民族認同，姜穆
從中國國族主義的角度鼓勵孩子對中國的效忠，也暗示作為老軍人的
後代，孩子就有為國捐軀的遺傳；也有人卻立刻武裝起情緒，從人民
遊行、捐血、示威抗議等現象／表象樂觀的以為，這頭睡獅終於醒了。
畢璞的〈怒吼的醒獅〉就是如此，作者形容「這頭中華醒獅又怒吼了」
（404），把各種行動歷史化：八年抗戰勝利是第一次的睡獅之吼，而
這次的中美斷交之後，各種抗議行動是第二次凝聚國族認同的表現。
當年讀此文或有振作民心的時效性，今日重讀，卻成為具史料性的時
代見證；八年抗戰和中美斷交這兩者的類比，尤其可以見出作者的國
族想像。

　　以上針對作者處理特定人事物的書寫角度，分析這些散文如何透
過民族英雄、國旗、物象等凝聚認同的符號尋找中國。我們可以看到
文學和政治社會脈絡的緊密連結。中美斷交影響所及，連散文也都帶
著強烈的文宣和口號性格，而《當代中國新文學大系》所收的散文，
也清楚的反映時代的脈搏，從作者們一再使用「共匪」這一具時代意
義的符具，文學和時代的對話於焉明白可見。

二・中國：安身立命的所在

陳曉林《青青子衿》的自序裡有一段話，可以作爲有大中國視野知識分子的心聲：

> 有一種關心、有一分熱愛、有一抹淒楚，是這些布衣青衿的學生浪子，永遠擺脫不了的，永遠甘心負荷的，那就是他們對苦難的中國所具有的刻骨銘心的感情。無論他們在國內還是國外，無論他們是得意還是失意，自學生時代初具心智能力起，中國的一切，就成為他們靈魂深處無時或忘的事象。經過這些年歲月的洗煉，含淚的浪漫激情固然早已褪盡，中國的苦難形象卻更清晰地浮現在每一個人的心頭。(1977：12)

這段話充分體現知識分子對中國的熱情，以苦難定義中國，偏重中國的歷史，尤其是清末民初以來，中國一直處在內憂外患的局勢，然而作者所要強調的目的並不在此，而是以苦難的中國形象喚起中國認同。作者涵蓋的對象包括海外（特別是美國）的中國人，杜維明所提倡的文化中國的概念中，第三實體就包括了海外關心中國的知識分子和學者。《青青子衿》一書所書寫的理想，是一個大中國主義知識分子的憂患：

> 在中國的悲劇落幕之前，我們很難想像，有哪一個曾經在中國的河山大地上生長過的華裔子民，能夠在內心深處，找回他失去的樂園？「一照若耶溪畔月，始知楊柳隔天涯」，在整個民族劫火方昇花果飄零的時代裡，我們一向所嚮往的那種「楊柳岸，曉風殘月」的寧謐優美的歲月或心境，是早就遠在天涯了；甚至，連楊柳所象徵的那種中國泥土的芬芳、中國情調的悠揚，都已逐漸黯然消沉，在功利思潮泛濫的現代工商社會中，

　　　　失去了它原有的芳澤。(14-15)
這段文字傳達華人流離的心態，流離不只是失去故土，更是精神上的
飄泊，循著中國傳統文學的意境去尋覓，中國必然成為永遠被追憶的
對象，古典的唯美世界已然消失，而遷台之後，連可以撫今追昔的地
理也已失落。在台灣現代化的過程中，中國人必然也會拋棄許多農業
社會時期美好的質素，這些質素是中國人所引以為傲的。這段引文使
用了高度象徵的意象，楊柳所表徵的是一個模糊隱約的古典時空，代
表的是緩慢而悠雅的文化。文化是一種實踐，也即一種生活態度，特
別是傳統士大夫的生活方式。這樣的生活方式常與發生的空間有緊切
的關係，只是如今俱已往矣，中國在中共政權手裡，作者對中共的批
判，因此也從挽救文化，或是文化救國的觀點出發。

　　在〈龍山極目煙塵滿〉裡，陳曉林批判中共對中國文化的污衊，
以及這個政權的必然走向崩落，但是我們也可以看出作者受儒家思想
影響的傳統讀書人性格。除了對士大夫生活的追求，作者把中共統治
中華民族喻為「亡國」和「亡天下」，充分顯露作者的儒家／大一統
思想的認同，巴赫汀認為意識形態顯現在對語言的追求（選擇）上，
敘事永不休止地建構身分，去抗衡差異。陳曉林以中華文化為主體的
書寫，必然導向文化救國的論點；他把中國文化視為中國人所以安身
立命，凝聚民族生命力的核心所在。這本散文集的最大特色在於作者
的理想化性格（也是大部分知識分子的共同性格），他試圖以「博大
悠久深入人心的文化力量」（1977：101），來抗衡中共的思想箝制，
喚起人性的良知。從這樣的文化觀點思索中國未來的方向，作者思索
中國往何處去的結論仍然不離復興文化：

　　　　也許，未來我們復國的契機，不在軍事、不在武力，而正在於
　　　　能夠以純正深摯的文化理想，來與大陸上千千萬萬為救國而獻

身的仁人志士相結合！……歷史是不會等我們的，必須我們自
己迎上去創造歷史。中國大陸的變局，眼看立刻就要開始，我
們如何在這翻天覆地的轉捩點關鍵上，把民族的命運導向光明
而建設的一面，是我們當前最大的課題。我們還能繼續玩弄學
術、漠視思想、坐令「亡天下」的慘劇發生嗎？（104）

這樣的觀點今日觀之或有彼一時此一時之嘆，此書初版於一九七七年
十二月，蔣中正逝世兩年多的時間，過渡政權的嚴家淦總統大致上沿
襲蔣中正的文藝政策，指示文藝發展方向結合民族文化和時代精神，
加強文藝的戰鬥力量，以對抗頹靡的文藝逆流，導向以「仁」爲本的
發展潮流。文藝報國的思潮仍是政策主導。對「共匪」仍舊採取不遺
餘力的批判，形塑對方是暴力的製造者，對比國民政府的仁政。我們
從《青青子衿》看到創作者對政策或隱或顯的回應，以及陳一再強調
的知識分子使命感，也觀察到時代潮流對文學的影響。

　　陳曉林曾經寫道，對於流離海外（尤其是美加）的華人知識分子，
他們仍然無時或忘中國的一切，經過年歲的洗禮，他們的浪漫已然褪
盡，但是一直不褪對中國的關愛與熱愛。朋友批評海外知識分子滯留
不歸，是因爲祖國太窮。身在紐約的王鼎鈞以〈舊曲〉一文則反駁：

這些年，紐約對我，可是進行了一場觸及靈魂的文化大革命
哪。每年有六萬中國人從亞洲各地移居美國，他們有幾人是為
了美國的財富？又有幾人能夠得到財富？照我們流行的說
法，他們絕大多數是來「墮胎」，並且以後再也不能生育。他
們何苦，何苦來呢！……海外華人往往自比花果飄零，我看也
許更像大額小額的鈔票。當初豪客萬金一擲，從他手指縫裡流
出來的鈔票散落江湖，有幾張還能回籠？他可以另外蓄聚更多
的資本，但，能都是原來的鈔票嗎？（1998：54-55）

　　作者把流離海外的中國人譬喻爲去「墮胎」，是指那些人其實是後顧無路的，是在無從選擇之下所作的決定，與其說那些人的流離是爲了財富，不如說他們本身就是中國的財富，千金散去之後，就不可能再回頭了。這是中國的不幸，也是中國人的命運。正如陳之藩在〈失根的蘭花〉所寫的，人在海外，才會意識到離開國土，便如同失根的蘭花無以爲據，對於這些流離的一代，中國是流放者，也是被流放者。在創作者不斷回顧／追憶故國的同時，他們也確立了自我是隸屬於中國的主體。陳之藩十幾歲離家，即無家可歸，並不覺得苦，可是「十幾年後，祖國已破，卻深覺箇中滋味了」（王文漪編，384）。中國因此成了被凝視／追懷的客體，表面上是中國流放了他們，實際上他們也流放了中國。

　　王鼎鈞的〈讀江〉以江爲閱讀的對象，文中的「你」所指既是聆聽者，同時也是中國：

　　　　我每天讀那條江如讀一厚冊哲理，同時我讀你如讀那條江。我
　　　　拼命探索你說過的每一句話，詮釋你的每一個表情，審問你的
　　　　細微的動作所揚動的灰塵，重數你臨風昂首時的頭髮，溫習你
　　　　微笑時眼中閃耀的光線。我想像你的一生。一如那條江，我相
　　　　信你是統一的。可是讀江不易，讀你更難。（1998：49）

這段以象徵寫成的文字，簡而言之，其實是在表達作者對中國土地的懷念和歷史的回顧，以及由此引發的反思和回想。作者所寫的江水既是地理也是符號，全文藉著環繞著江水發生的事情反思中國人的生命以及命運。作者從江水領悟人生，反思人性，也反省中國的未來。作者相信中國仍然是統一的，這和早期大部分來台的作家一樣，他們都希望兩岸統一，有返鄉的一天。王鼎鈞曾是流亡學生，也曾當過軍人，在流亡和行軍的過程中，在與中國的地理面對面之際，作者這麼敘述

他對故國的情感：

> 在那次有組織的流浪中，我又仔細的、熱烈的、憂傷的看了我
> 們的國家。……那一次，我算是體認了土的親切，土的偉大，
> 土的華麗。同伴相看，皆成土偶。我對自己說，不但人是塵土
> 造的，國家也是。（同前引，36）

人既是土造的，就如同植物也必須要土才能生長，土是國家的轉喻；
作者用以形容土的辭彙：親切、偉大和華麗，其實指的都是中國。在
流浪的途中，作者已經隱然感受到一股離情，那觀看國家的角度和對
土地的情感，在在透露著即將的別離。或許是行軍和流亡的經歷，王
鼎鈞慣常以地理表達他的思鄉之情。在〈中國在我牆上〉，他用象徵
的筆法寫道：

> 經過鯨吞之後，中國早已不像秋海棠的葉子。第一個拿秋海棠
> 的葉子作比喻的人是誰？他是不是貧血、胃酸過多而且嚴重失
> 眠？他使用的意象為甚麼這樣纖弱？……我花了整整一個上
> 午。正看反看，橫看豎看，看疆界道路山脈河流，看五千年，
> 看十億人。……中國啊，你這皺起的老臉，流淚的苦臉，銷鑠
> 水蝕過、紋身術污染過的臉啊，誰夠資格來替你看相，看你的
> 天庭、印堂、法令紋，為你斷未來一個世紀的休咎？（1998：
> 115-116）

地圖是地理的縮影，也是一種媒介，作者閱讀地圖的時候，可以想起
行走過的中國地理，並由此穿越時空的距離，回想中國的歷史，以及
那塊土地上生活的百姓。閱讀一張地圖不必用多少時間，尤其一張已
經十分熟悉的中國地圖，而作者竟然用了整整一個晚上。其實，他閱
讀的不止是地圖，而是試圖藉由地圖喚回歷史記憶。秋海棠這樣纖弱
的意象正是象徵積弱不振的中國近代史，作者以為中國是一張受盡蹂

躪的臉，沒有人能夠預知它的未來。作者曾表示自己「實在太累，實在希望靜止，我羨慕深山裡的那些樹」（117），這應該也是大部分遠離家國的中國人共同的願望。〈園藝〉一文寫他在後院種花，連花圃也是中國地理的轉喻：

> 去年，我把小院規劃成山東、江蘇、安徽三省的形狀全種上金錢菊，分三種不同的顏色，爛漫了六個多月。今年換了疆土，我統治雲南、貴州和廣西，殘雪未融，去年深秋埋下的鬱金香的球根就吐出葉子來。（同前引，177）

作者的去國懷鄉之情在園藝中充分流露，故國回不去，他在生活中實踐歸鄉之夢。換言之，王鼎鈞其實是生活在兩度時空裡，現實生活往往揉合了大量的中國回憶。柯慶明在〈六十年代現代主義文學？〉一文中指出，六十年代的文學作品在基本結構上，常充滿兩度以上時空並置，錯綜、交揉、滲溶的表現方式；他並分析了白先勇、王文興的小說，認為二人所寫的台北現在時空往往是反襯延伸過去中國的種種（張寶琴等編，134-136）。柯氏的分析亦適用於王鼎鈞等對中國充滿緬懷之情的散文作者。

　　像陳曉林、王鼎鈞這一代流離的中國人，他們往往有感時憂國的包袱。司馬中原就形容自己是一隻駱駝，背負中國這多苦難的民族（1981：5）。在這裡，駱駝成了一個圖象（icon），駱駝負重行走在風沙裡的形象，好比戰亂時，中國人肩上背著歷史和現實的苦難；而且這樣的苦難帶著宿命，不但無從選擇，終其一生，也無法擺脫，只有像駱駝那樣，不斷的向前走。司馬中原堅信，「我們的前進就是中國的前進」（6）。那麼，司馬中原的「前進」究竟所指為何？在〈駝隊〉中，他這樣寫著：「讓我們在月明之夜，以東古拉伴奏，歌一曲瀚海明駝吧，清越的駝鈴聲入夢，正足以喚起我們誓復山河的壯志雄

圖」（1981：126），因此他所謂「中國的前進」，其實是期許未來的反
共復國，再回到海那邊的故鄉。司馬中原的中國夢在〈狼與豬〉、〈自
由的約許〉、〈磨劍〉、〈春天的花環〉等篇章多所著墨，甚至他對東南
亞「華僑」的情感，都是因為緣於相同的血源，而產生期許：「來自
唐山的後裔，必將肩承撥亂反正的歷史重擔，不但要融和當地各族，
還要像當年協助　中山先生一樣，更熱切的為中國大陸上億萬同源的
人們，覓取一個春天永拂的生存天地而盡力」（1981：138）。

　　如果出生於大陸的創作者的流離之情是人性之常，那麼，對於在
台灣出生的一輩，他們的流離之情又從何而來？高大鵬在〈縳歌行〉
一文中從自己的生辰寫起，繼而擴及整體中國人的命運：

> 民國三十八年——而我正是那年從大陸到台灣的孩子中，一下
> 船就生下來的孩子中的一個。換言之，就在我們背後伸手可及
> 之處，卻有一個遙不可及的歷史斷層和地理深淵，那孕育我們
> 的海上波濤，把我們這一代斷然「分別」出來了。……三十八
> 年前的孩子今年正好三十八歲，數字上的巧合本身未必能代表
> 甚麼，不過試把開國以來的七十六年折半，正好一邊各是三十
> 八年。前三十八年在大陸，後三十八年在台灣，中間隔了一道
> 波濤洶湧的台灣海峽，這裡面的意義就不同凡響了。（1989：
> 57）

作者的中國認同接續的是從中國流離來台的父執輩，以上所引的文字
傳達一種歷史的宿命。正是這種歷史宿命，為作者提供了想像的故
土，「就在我們背後伸手可及之處，卻有一個遙不可及的歷史斷層和
地理深淵」，這個斷層和深淵既是不可逆轉的歷史，也意味著台灣和
中國的地理位置。台灣海峽既是地理的，同時也是歷史的鴻溝，它生
產了台灣創作者的流離鄉愁。

　　中國認同不是本質的存在，而是一種社會化的建構，對於高大鵬而言，最早意識到流離的況味，是因為清明時節無墓可掃。在〈清明上河圖〉一開始他就說：「一直到母親過世，記憶裡才有了清明。在這以前的二十五年裡，清明對我只不過是一個名詞，夾雜著幾句唐人的詩境」（1989：67）。在這之前，作者只是望著父親點蠟燒紙，遙隔著山川向天涯拜祭，這是流離的具象存在。因此作者不禁要問：

> 這三十年來的變動，豈不比任何時代都巨大、都悲哀？……那一道波濤洶湧的海峽，豈不就是中國人內在生命的裂痕？天柱斷、地維折、綱常絕、祖孫散，上帝之鞭狠狠地抽打著濺血的海棠葉，然而蒼天啊蒼天，中國人究竟犯了甚麼大罪？古典的中國死了不夠，還要分屍，分屍不足還要滅跡，滅跡之不足還繼以詛咒！（1989：72）

和大部分具有大中國意識的作家一樣，這段引文使用了典型的中國意象「海棠葉」象徵中國地理，然而作者的用意並不止於呈現他的地理認同，而是傳達強烈的民族情感和一統的意圖，所謂的天柱地維綱常和祖孫的分散斷裂，說明中國一分而為二：一是共產政權，一是國民政府，由此導致的中國人的骨肉分離，更加以共產政權對中國文化的踐踏和摧折，作者都歸之於上天對中國詛咒的宿命感。

　　相較於〈清明上河圖〉激越的情感，在〈黑面女神與我〉一文中，高大鵬記述他對媽祖情感的轉變，從童年時期的畏懼、恐怖到成年後的接受和親近，其實是從排斥到認同台灣的轉變。作者描寫自己童年時，是「我避著他們的神，他們避著我的人，一個庭院裡兩個天地，一塊土地上兩樣人。我至今不能忘卻那分孤絕感，無望地感覺著自己是這塊土地上外來的陌生客」（1989：105）。齊默爾（Georg Simmel）所謂漂泊的異鄉人，是綜合了漂泊與固著兩種特質的人，在異鄉人與

其他團員的關係中，空間往往顯現出親近、疏遠的糾結——與他們距離近的關係較疏遠；與他們關係近的，空間距離反而較遙遠（94-95）。高大鵬所謂「這塊土地上外來的陌生客」傳達的正是這種情感。對他而言，與他關係近的，反而是中國那塊土地上的外省籍中國人，在台灣這個距離較近的空間，他和台灣人，乃至台灣神，都是疏遠的。作者後來在馬祖當兵，才有機會去了解並親近這個黑面女神，儘管認同了這位屬於台灣的神，卻仍舊希望有一天能夠回去：

> 我相信我們是中國這一千年來移民潮中最後的一批，天道周星，往極必返，這一千年的南移運動也要由我們開始沛然莫之禦的回流巨潮。挾著延平郡王未竟的遺志，這一代自由的中國人誓將倒提海水，滌盪山河！讓黑面女神眉開眼笑，看她的香火終於遍插在她祖籍所出的遙遠邊闊、渾沌無際的大北方！
>
> （1989：110）

由此可知，作者雖然能夠瞭解並接受台灣這塊土地，可他的流離鄉愁並沒有因此而得到化解；作者和大部分以台灣為復興基地的外省作家一樣，希望有一天能夠光復中國，終止流離的命運。作者把自己的中國認同也投射到媽祖身上，媽祖隨宋室南遷的歷史，正是中國人一千年來不斷南遷的隱喻，因此作者認為祂必然也和所有南來的中國人一樣，希望有一天能夠再回到北方的故鄉。

　　相較於陳曉林、王鼎鈞出生於南京而後來台，或者高大鵬出生於台灣的背景，張錯（翱翱）的中國認同與其身分的定位毋寧是更複雜的。張錯出生於澳門，在香港成長，來台政大讀書四年，復又長期留美，間中曾回政大與中山客座，但他在〈檳榔花〉一文表示：

> 縱觀半生的萍蹤，在美居停最久，長達二十多年，港澳為次，各為六年，臺灣最短，僅四年。然一生對家國的認定，卻以臺

　　　灣為始，在那兒我不但發現我的中國，同時更恆以臺灣的本
　　　土，作為我家鄉的歸屬，我原籍客家惠州，也曾一度與潮籍的
　　　母親回訪，但隨後發覺，惠州是父親的故鄉，對我而言，亦僅
　　　是我父親故鄉的伸延，以血緣而言，我對父親的憶愛加深我對
　　　惠州的懷戀，然以感情而言，卻甘願選擇一塊自己生長的土
　　　地，以為家鄉，猶似每人他日的故鄉！我底童年往事，雖是為
　　　凜冽情懷，然而我厭惡殖民地種種的專橫跋扈，以及大不列顛
　　　的帝國優越。（1990：82）

從作者的夫子自道，我們知道他把自己的情感歸屬到台灣，不過台灣
在他的認知裡卻是等於中國的，「台灣心‧中國情」是他安身立命的
所在，[17]在還是翱翔時期的張錯，曾經寫過多篇具有大中國視域的散
文，一直到檳榔花這篇散文，作者才進入反省的層次，解剖自己的中
國認同的過程。如果以時間計算，作者滯留美國的時間最長，然而作
者卻認為在外是「飄流」，是「在異域居留」（83），台灣則是他對家
國認定的開始，他在台灣發現中國，也把鄉土認同歸屬於此。美國作
為異域，我們可以輕易理解，那是種族、語言、文化和血緣完全不同
的國家，可是澳門和香港卻沒有這些問題。作者之所以沒有產生認
同，是因為他排斥成為被殖民的對象，一直到抵台為止，他才確認了
自己應該在台灣安身立命。

---

[17] 張錯對台灣的認同，卻被一些「血統論」者以為不夠格，他在接受胡衍南
　　採訪時表示，沒有想到認同竟然成為他一生最大的挫敗，本來作品中濃重
　　的鄉愁，還只是「位置」的問題，如今因為「血統」不良，反倒形成一種
　　宿命。以「檳榔花」命名的詩集，代表作家對台灣的愛戀，可是回首過往
　　台灣經驗，他卻認為，《檳榔花》之後，就確定成為一個永遠的流浪者了，
　　詳見《文訊》1999/07：69-72。

　　早期的翱翱無疑是非常浪漫的，儘管如此，我們仍然能夠從他的抒情散文發現他的中國情懷。在〈花季後〉這篇交織著春天和愛情憧憬的散文，作者抒發春天的愛情與輕愁，筆鋒一轉，卻從四處綻放的花海中，寫出這樣的句子：

　　　　可是異國的櫻花就不同於中國的櫻花；維多利亞公園的杜鵑就
　　　　不及木柵盆地的杜鵑。（1976：28）

前一句是中國人對自身的認同，乃就中國人的立場和身分發言；至於後一句，則是呼應張錯自己在〈檳榔花〉的表白，維多利亞公園的杜鵑不及木柵盆地的杜鵑，純粹是作者的主觀情感——「中國心，台灣情」的認知在作用，因此殖民地香港（維多利亞公園）的杜鵑花，自然就比不上台灣杜鵑。由於對中國的強烈認同，張錯很自然會排斥大英帝國這個「他者」，無論就歷史、文化或民族情感，從清末民初以來，大英帝國之於中國都是殖民者，在對待帝國主義的態度上，有中國情感的創作者／人民，很自然會產生敵對／排他的情緒／情感。

　　安德遜分析民族的自我往往在想像中逐漸凝聚／產生，因此有所謂的想像共同體之說，這意味著民族（情感）的誕生乃是一種社會建構物，張錯的中國認同之路，正是如此。他起初只是因為無法對港澳產生認同，「奔流在我體內的民族血液，卻依然混沌一片，無所適從」（1990：82）；到來台時「厭惡別人加諸我之僑生異樣身分」；而後在美國覺得華人是所有「熔爐底下的柴薪」（83）而無法有家國之情，作者歸之於「以我黑白分明性格而言，時俗從流，我卻更臨睨舊鄉」（83）。

　　最後他卻在檳榔花中找到一種特殊象徵：「它代表了我對台灣的留戀……我確實把台灣看作我的中國夢了」（86）。在一篇名為〈他們從來就未離開過〉的回應文章中，他替留台的幾位馬來西亞友人辯駁

「自我放逐」是否成立時，也提到自身的定位：

> 每一個回台升學的所謂「僑生」都必得承認，那四年的經驗，
> 無論苦的甜的，都是一種感情的培植，至少，對我來說，四年
> 時間便把我一個身分上所謂「香港僑生」變成一個真真正正的
> 中國人，我不是說除了台灣以外，別的地方的中國人就不是「真
> 真正正的」，我是說經過四年的時間，我發覺自己像一個屈原，
> 嫁了給楚國，而我亦承認這是個人單純的一種感情作用，沒有
> 意思去引申到別人身上。（1976：180）

張錯認為留台四年是他中國意識紮根的起始，他一再強調這純粹是個
人的認同問題，不可一概而論，對於所謂「僑生」（這是中國國族主
義向外擴張時以刺激中國認同的說法，包括散居海外的僑民；僑者，
旅居國外的中國人民）身分認同的轉變因人而異。可是身分認同過程
對張錯卻是挫折又沉重的，「一個無國籍的中國人竟然是最愛中國的
人」（1976：183）；「美國人通通不懂中國人為甚麼那末渴望要做一個
中國人，我說你們通通都不懂一個黃皮膚黑頭髮的中國人是怎樣的不
可能變成一個美國人」（184）；「我不要在海外抗議一輩子，中國，中
國啊！如果抗議的人回來，你說有多少雙拳頭」（185）。在這些苦悶
的表白中，充分顯示他流離的情感。

　　張錯寫於一九七一年六月三十日的散文〈中國，我們令您太傷
心〉，是記述一次遊行的心情，遊行的原因為何，作者沒有說明，從
時間上推測，應該是與這兩件事情有關：一九七一年四月十日，美國
宣稱擬於一九七二年將釣魚台交給日本；或是同年十月二十六日，聯
合國大會以七十六對三十六票通過排台納中共案，台灣退出聯合國。
對於像張錯這樣流離的身分，又常與台灣（他認定的家國）常保持聯
繫的人而言，他和身在台灣的作家不同之處，是從自己在異國他鄉（不

論是港澳或美國）的經歷，透過追尋的過程建構出自我的主體性，這是安身立命，也是能夠與目前不在中國的現實和諧相處的方式。杜維明所謂的文化中國有第三象徵世界，是由關心中國的海外知識分子所構成，杜的觀點是以中國（文化／政治）為中心的思考方式，台灣是第一象徵實體，而面對張錯這樣以台灣為中國（中心）的海外作家，中國是文化母體，而台灣是政治實體的分裂認知，杜的觀點恐怕也要重新再思量吧！

　　在追尋與認同的過程中，中國是慢慢被確認的，認同不是本質的存在，而是一種在象徵層面上的構成，是社會化之後的產物。以上論述的創作者，不論是出生於中國的或者台灣，乃至出生於澳門而把家國認同定位於台灣的張錯，中國對於他們既是被流放的客體，也是追尋的對象，更是安身立命的所在。

三·虛位化的當下現實

　　一九四九年後來台的外省作家，大部分都還懷著返鄉夢，在整個時代環境都瀰漫著台灣是復興基地的氛圍之下，他們都以為總有一天會反攻大陸回到故鄉。「當下現實」（actuality）在他們的生活和意識裡是不存在的，反而是國家機器意識形態所宣導的統一理想，疊架在當下現實之上。如果有所謂相對的真實，則台灣（本土）現實的一切，對於他們都是虛位化的存在。實際上，他們的生活包裹在一種虛構的時間裡[18]，這種意識形態呈現在散文裡，一是今昔之比，以過往的美

---

[18] 陳傳興在「兩岸三邊華文小說研討會論文集」評葉石濤時亦使用了「當下現實」的概念，見楊澤編《從四〇年代到九〇年代》，頁 45-62；楊照則以

好對照今日的缺憾；二是循入古典情境中，以古典時空覆壓當下現實。

劉枋在〈柳〉中藉柳懷鄉，散文一開始便批評台灣的種種不是：

> 在所謂「四季常綠」的島上，終年觸目的，除了鬚鬚滿身的榕樹，就是呆若木雞的冬青，再說是體態笨拙高大的椰子，或矮胖的棕櫚，極難看到一株可愛，嫋娜多姿的碧柳垂楊，因之，使我這外省之郎，每年總有秋老冬殘，猶不識春的悵然；原因是，我生長在「四面荷花三面柳，一城山色半城湖」的歷下名城，看慣了春來後「家家流水，戶戶垂楊」的好風光。（王文漪編，280）

其實，亞熱帶的台灣之春或許不及溫帶地區，卻決計不至於「每年秋老冬殘，猶不識春」。柳樹在台灣也不會稀少到如同作者所說的「極難看到」，這樣的心態很顯然是把故鄉美化了，從而對比出台灣的缺憾；其次，從作者所使用的形容詞，無論「呆若木雞」、「笨拙高大」或是「矮胖」，都是從故土的「好」對比出台灣的「不好」，完全是主觀的情感在作祟，因此所謂「蟄居島上生活如一泓死水」云云，實是作者的今昔對比出來的感受。

金溟若〈冬的感覺〉同樣以今昔之比對照出昔日的美好：

> 我老說台灣的冬天不夠味兒，沒有一絲冬的感覺。晴天不說，就是颳陣風、下場雨，氣候還是半溫不冷的。說冷不冷，看書寫字久了，冷兮兮的薄寒侵人，連周遭都霎時空曠了，好像心無著落。……靠火，又嫌熱，火氣太重了。脫了衣服怕受涼，在室內也同出門一樣，把衣服穿得結結實實地，教人累贅。（齊

「當下現實」和「虛構時間」的對比概念分析朱天心，詳見〈兩尾逡巡洄游的魚〉，收入楊照《文學、社會與歷史想像》，160-170。

益壽編，322）

無論是嫌台灣的冬天不夠冷，或是如劉枋批評台灣的植物長得不討好，歸咎原因，都非事實如此，而是情感作用。金溟若所敘述這種無所適從的感覺，其實是內心投射出來的感受。正如張雪茵在〈春思在天涯〉所說的，「儘管我今日有雪的懷念，柳的縈思，而時間空間，都已相去遙遠」（同前引，315），這是時空的距離美感美化了昔日的種種。

對往昔的懷念也使這些離鄉遊子試圖在台灣尋找中國的影子，譬如歸人在〈城〉中寫道：「島上是富於山水之勝的，祇是無法尋到「城」的遺跡。前幾年遊『赤嵌城』，大約是惟一象徵性的城了」（齊益壽編，318）。因為中國有萬里長城，作者希望在台灣也找到一座城，但他只找到台南的「赤崁樓」聊慰故國之思。顏元叔〈豆「尿」油〉一文，則以詼諧的筆調戲謔台灣的醬油吃不得：

> 記得來台不久，父親的一位朋友警告我們，說台灣的醬油吃不得。「都是化學原料做的呀，」他說，「你拿一隻鋁瓢匙浸在醬油裡，第二天早晨起來，鋁瓢匙會生鏽的。不信，試試看！」
> （1978：193）

透過醬油這個民生用品，作者傳遞出外省人初到台灣時，對台灣的陌生感和不信任，尤其是誇張的戲謔手法，把台灣貶成落後、沒有衛生觀念、無法保障民生安全的所在，其隱藏訊息是：「中國便沒有這層疑慮」。

從這些作者的今昔對比，我們可以讀到他們的當下現實仍延續著中國的生活時空；至於第二種遁逃當下現實的方式，則是以古典情境裹覆起現實生活。寫詩也寫散文的大荒，他坦承「身上還殘留古老中國一絲泥土氣息」（1979：193）。所謂的古老中國，其實是對中國古

典文學情境的追尋。他散文中的家國之思，有著李后主那種「往事只
堪哀，對景徘徊」的悲戚，不若余光中即使懷鄉，也充塞一股陽剛之
氣。在〈猿嘯〉一文中，他因爲被猿的悲戚叫聲所觸動，繼而想起猿
嘯是在秋天萬物蕭煞，草木搖落之時，每每令飄泊者頓起棲身無所之
悲。這棲身無所，自是少時離家之痛。換而言之，大荒認定的家，是
在海那邊，因此猿嘯引發的不只是情緒上的「悲」，更有去鄉的「戚」。
由此而想起古人屢以「哀」字捕猿入詩，如「風緊天高猿嘯哀」、「山
暝聽猿愁」或是「月苦清猿哀」等，因此猿嘯不只是哀傷的象徵，其
背後更有古典中國的情感積累。它喚起的是集體文化記憶，同時也喚
醒了（鄉愁）壓抑，被政治阻隔的家園之思。

　　與一群學生遊八斗子時，浪花溝通了他和蘇軾的對話，他形容眼
前的景色，是直接襲用蘇軾的〈浪淘沙〉：「亂石崩雲，驚濤裂岸，捲
起千堆雪」。離開八斗子，他以古典的聲調默誦著「暮春者，春服既
成，冠者五六人，童子六七人，浴乎沂，食乎舞雩，詠而歸」，這分
明是《論語》中的孔子和他的學生，行走在七〇年代的北台灣海域了。

　　至於在淡煙稀雨的淡水，則令他想到江南，因而一時間有些時空
錯置，他把一片片的蘆葉摺成舟，要學李白在黃鶴樓送孟浩然到廣陵
那樣，必得把舟送到「孤帆遠影碧山盡，惟見長江天際流」。於是，
眼前的淡水變成長江，順著這樣的古典思路一直想下去，他寫道：「名
符其實的一葉扁舟，又能載得動甚麼呢？能載的無非是一分遠遊者的
落寞吧？」（1979：95），這裡是由李清照的〈武陵春〉「只恐雙溪舴
艋舟，載不動許多愁」變化而來。李清照的「許多愁」包含了家國之
痛（當時金人已南下），悼夫之悲，一種物是人非事事休的倦怠，而
大荒歷經戰亂，家人分離，情感上和這闋詞頗有近似之處，誠如他的
自白：「做一個中國人，命定要能負重重的包袱」（同前引，92）。個

人的家國之思，很輕易的就會把它放大爲全中國的整體命運，除了在文學上尋找可供寄託情感的對象，在理智上，也會思考／反省其所以然。當然，這樣的詮釋或是後見之明，作者寫作時可能並不自覺，他只隱約的感到那是「文化歷史薰陶的結果，或倦於漂泊的反應」（1979：91）。實際上，他潛意識所沉澱的中國鄉愁是極爲沉重的，因而輕易被景物召喚出來，使得隱藏的中國符碼相繼顯影。

如果說大荒的散文基調是哀傷而古典的，蕭白則是把古典的情境直接拓入散文裡。〈煙雨〉和〈黃梅時節〉是對故鄉景物和人事的懷念，其意象的選擇，氛圍的營造，卻是複寫賀鑄〈橫塘路〉的「試問閒愁都幾許？一川煙草，滿城風絮，梅子黃時雨」而來，譬如「極目盡是花如雲，波波細雨籠煙色，多少鶯聲啼春曉，遍地落英逐流水，而水也似煙且生煙，三千里山川煙雨中，無邊煙水織成好春景」（1979：27），組成的意象宛如一闋現代版的宋詞，只不過在賀鑄是輕輕的閒愁，而在蕭白那裡，卻是沉重的鄉愁：

> 稱作灞橋的灞橋已經棄失了，長安也在荒煙衰草裡，是以便得
> 一次次乘風而去，乘風而去也一樣是握別。（1978：52）

灞橋、長安、荒煙衰草、乘風而去，這一組意象也能組成一首唐詩，或一闋宋詞，其時空應該是古典的中國。或者這樣的句子，「昨夜西風在窗前聽說浪跡，更冷了白荻頭上的落月」（1973：143），情感和意象都十分古典。蕭白似乎十分喜愛「煙」的意象，因爲煙霧有著生命的蒼涼美，最能契合他的心境。在一條溪水邊，他對著煙霧和槳聲，開始想到離別，想到關於離別的句子「十里長亭一杯酒」，「送君千里終有別」。想像的維度必須透過各種象徵符號而有所發揮，蕭白的散文彷彿在台灣的地理劈開一個角落，安置一棟由古典詩詞構成的海市蜃樓。

　　同樣的故國之思，司馬中原的〈月光河〉寫來不但古典，更直接遙契古人：

　　　　離國之後，看明月昇自海上，人坐在船舷邊的救生艇上，默念
　　　　著：海上生明月，天涯共此時的詩，一心都難以一般語言難以
　　　　宣述的詩情，那種銘心刻骨的痛傷之感，不知曾活在秦漢的古
　　　　人是否同樣有過？（1990：133）

古人常以明月（月圓則明）象徵團聚，對於離人而言，明月卻是最令
人起故國／故人之思的，無論是王昌齡的「海上生明月，天涯共此
時」，或是蘇軾的「千里共嬋娟」，寫的都是不能相聚而遙遙相憶之情，
因此作者在問問題時其實已經有了肯定的答案。

　　這些書寫故園的散文，可以羅蘭在〈千里故園〉描寫馬思聰的表
演做為總結，「傾訴著只有我們中國人才能聽懂的話。那憂傷的琴絃，
細細道出一位屬於那一片老大中國的、經過了無數戰亂與播遷的音樂
家，為那古老的黃土曠原上的每一粒風砂歡欣過、哭泣過、留戀過、
感嘆過，如今卻更加魂牽夢縈，無時或忘過的、深沉無底的感情，他
的感情正是我們每一個人的感情」（1974：121）。無論是從古典時空
覆壓當下現實，或是以今昔之比對照過往的美好，以顯出今日的缺
憾，從這些虛位化的當下現實，我們讀到的是創作者的思鄉之情。

結　語：反思台灣文學主體

　　尋找故鄉是人類境況（human condition）的本能，當中國被凝視／書寫時，創作者其實同時是在確立／誤立，重新定位／移位中國。作者以文字去接近中國，看到的其實是自己的家國想像，與其說他們書寫記憶，追溯昨日，不如說是再度以記憶來填充與撫慰今日。在「賦予意義」的過程中，這些創作者同時也建構／確立了主體，找到安身立命的所在。主體是在特定時空下文化所建構出來的產物，因此本文論述時特別強調「主體位置」，也即書寫者的社會文化和政治背景，主體位置所在的時空，對創作者的影響是顯而易見的。余光中在異國風景中照見中國的地理，充分印證在海外時，對中國性的需求更迫切也更明顯。蔣中正逝世、中美斷交的七〇年代，更加強國族認同的書寫；官方自遷台後所遂行的文藝政策，也曾經在文學作品得到印證。除了這些外緣因素，正如本章一開始即強調的，尋找原鄉／故鄉是人類的本能，無法回去的故鄉只好凝固在創作裡，成為被追尋的對象／客體，同時也建構了那個時代的（中）國族認同。

　　這些具有大中國視域的散文在進入九〇年代以後逐漸減少，隨著政治和社會的開放，本土文學建構的論述和創作的成長，如何建構台灣文學的主體呼聲取代了反共復國神話，也取代了對中國的追尋。創作者／評論者反身省思中心／邊陲，中國／台灣，以及「中國中心論」或「中原史觀」等等，台灣文學主體性的討論成為當前最迫切的課題。面對這些充滿中國符號的散文，台灣文學的論者或許可以深入思索，

台灣文學的主體性究竟爲何。

第三章　　從生命記憶到文化母體

緒　言：轉變中的認同

　　本章討論香港、新加坡、馬來西亞、印尼、泰國及菲律賓華文散文中的中國情懷。溯源血緣、種族、語言、文化等因素，這些所謂的「海外華人」[1]都和中國有著若即若離的關係。從早期的移民身分，到後來因為各國政局的變化而定居，這些華人的國家認同亦有所轉變。從中國認同到本土認同的轉變過程因地／國之不同而有所差異，當地政府的政策同時也對華人的國家認同產生不同程度的影響。例如新加坡雖然是個多元種族的國家，華人由於佔人口比例最大，執政者又是華人，華文文學是國家文學的一環，加上新加坡在國際上的經濟地位，新加坡華人普遍具有很強的新加坡意識，當代新華作家對中國的情感，純粹來自對中華文化的認同。

　　「中華」文化或許比「中國」文化更能說明海外華人和中國之間的關係。「中華」強調文化的影響和傳承，而與「中國」這個國家沒

---

[1] 海外華人只是權宜性用法，因地／國乃至創作主體對自身的定位而常有差異，新加坡或馬來西亞華人大都認為自己是新加坡人或馬來西亞人，為了更清楚標示自己的族群，則以「馬來西亞華人」稱之。

有必然的關係。實際上，從印華的散文顯示，即使在印尼這個華人備受排擠和壓迫的國家，當地華人儘管認同中華文化，其國家認同的對象卻仍然是印尼。其次，「中華」文化到了海外，其文化內涵必然與當地文化產生變化，形成具有當地色彩的華人文化。馬來西亞的「峇峇」（baba）和印尼土生華人（peranakan）便是最好的例子，他們仍然認同自己是華人，保留華人的生活習俗和宗教，他們也許會講一點福建方言，可是大部分不會講華語。在泰國和菲律賓，由於混血的情況普遍，華人人數甚至無法統計。如果從中國中心的角度來看，必然生出像劉紹銘那樣的疑問：究竟甚麼是華族文化，華裔大馬人是否有失去自己文化的恐懼？（劉的問題轉引張錦忠，張京媛編，93）

　　這個問題的背後顯然預設了中華文化（或中國文化）的內涵，再以之質詰當今馬來西亞的華人文化。實際上，也只有「文化是一成不變」的前提之下，這個假設方有成立的可能。以儒家為中心的中國／中華文化在幾千來的發展過程中，也並非一成不變，佛學曾經為中國／中華文化注入新的內涵，用張錦忠的說法，「中國文化傳統在異域的解體（如果已經解體）反而證明文化的變遷性。而促成一種文化轉變的主觀與客觀、內在與外延的因素甚多，政治與經濟更是箇中關鍵。換句話說，中國傳統文化在南洋沒落，只是華族文化本質的演變或中華文化離開中國情境後的命運，並不表示華裔東南亞人從此就沒有文化」（張京媛編，1995：94），東南亞各國的華人文化問題在於，如何融合他族的文化而鑄成具當地色彩的華人文化。

　　東南亞國家之外，香港是另一個特殊的例子。一八四二年中英兩國簽下南京條約，香港即成為殖民地，本節論述香港著力於它的夾縫性格：國民政府撤退到台灣，香港夾在中共和台灣兩個政權之間；在九七之前，香港處於中、英之間。香港的歷史打造了它的混雜性和夾

縫性，它既是一個以「中國人」爲主要人口構成的城市，卻也因爲殖民身分而使其文化起了混血性格，位於中國邊緣的地理位置歷史地隱喻了它的不純粹，而這正是「香港性」的基礎。香港人說不純的普通話和英語，相較於外國人，他們是中國人；可是相較於更典型的中國或台灣人，他們又像是「外人」，所使用的廣東話是方言，同樣具有夾縫性格。因此筆者從夾縫的角度論述其中國性。

本節論述香港、新加坡、馬來西亞、印尼、泰國及菲律賓。以下則先簡述沒有論及的地區／國家及其沒有論述的原因。

甫回歸的澳門是另一個特殊的例子，澳門的散文風格閒適平淡，篇幅短小，多在幾百字至一千多字之間，以抒發心情和生活小細節的題材爲多，出版品極少，搜尋過《澳門華文文學研究資料目錄初編》的書目及林中英主編的《澳門散文選》、陳浩星編的《七星篇》乃至重要的散文作者如林中英的《眼色朦朧》等等，沒有發現可供論述的資料。施建偉和汪義生認爲澳門的散文「有強烈藝術感染力的作品並不多見，作品缺乏大氣，游離於時代潮流之外……屬於單純消遣性的『小擺設』（1998/11：20）；丘峰所寫的〈試論澳門過渡期的散文創作〉，則指出澳門生活節奏快，創作者寫報刊專欄，講究時效性和通俗性，因此散文以「文化快餐」的方式出現（1999/03，222）。把澳門散文喻爲「小擺設」或「文化快餐」頗有貶意，然澳門散文以小品居多則是事實。

日本的漢學頗爲發達，能以華文論述的漢學家不少，但能以華文創作者，卻是鳳毛麟角。從中國移民日本的蔣濮和黑孩續有創作，然創作文類主要是小說，黑孩去國之後少有戀鄉思鄉，其散文更多的是此時此地的生活記錄。韓國華文文學獨有以寫詩聞名的許世旭，散文記述親情友情，溫柔敦厚而平靜淡泊，然許的散文創作量不多；其二，

韓國華文文學僅許一人，亦無法構成論述規模。越南一九四一年爲日軍佔領之後，華文文學活動被迫停止；一九七五年華人受到政治迫害，在五〇年代創辦的華文報紙全部停刊，一九七七年越南政府的「淨化邊境」運動使大批華人流亡海外，留在國內的由於生活壓力，已沒有餘力創作，相較之下，較爲活躍的創作文類是現代詩。柬埔寨的華文文學則以小說創作居多，且由於刊物出版不易，散文比起小說和詩，質量相去甚遠，以生活片斷和感想爲多，加上長期以來的政局不隱定，文學發展深受限制。緬甸的華文文學發展柬埔寨相似。六十年代，在緬甸政府強烈的國家主義驅使下，吊銷所有報紙執照，連緬人經營的報紙也收爲國有，華文學校也全部關閉，更遑論華文創作。至於人口不到三十萬人的汶萊，由於沒有華文報，也沒有華文文學團體，少數的創作者把作品投到東馬，加上汶萊豐衣足食，少數的創作離不開風花雪月，因此不論。

第一節　夾縫裡的中國性

　　討論香港散文的中國想像,首先必須略論香港的歷史背景和政治身分。一八四二年六月二十六日,滿清在「南京條約」裡把香港割讓給英國,香港從此即成為英國殖民地,歷經長達一百五十三年的英殖民統治,一直到一九九七年七月回歸中國為止。在英國統治期間,香港是「倚賴性的政治實體」(dependent entity),九七年主權移交,香港脫離殖民地身分,成為中國「一國兩制」的行政特區,表面上是「港人治港,高度自治」,中共政權卻仍然是主導,因此仍然不脫「倚賴性的政治實體」的身分。

　　在經濟上,香港卻是一個國際金融中心,是亞洲四小龍之一,享有「海外華人」首都的地位,更在中國七八年開放改革的新局面中,大力支援中國內陸的經濟發展,因此一度使不少文化論者產生「北進想像」與「大香港主義」。

　　政治與經濟影響香港文化／文學至鉅,香港有百分之九十七的人口是華人,但卻是一個以廣東話為口頭語的地區,其書面語是中文,殖民地身分使英文又具有優勢地位,香港因此具有中西文化的雙元混雜性。在文化論述中,香港深受「借來的空間」、「借來的時間」(borrowed place, borrowed time)觀念的影響。曉士(Richard Hughes)在一九六八年提出這個觀點,充分顯示在主權移交中國之前的香港夾縫性(gap-ism)特色,何況香港在一九四九年以後,大量難民、移民湧入,所謂南來作家都是為逃避中共的統治,香港彼時是英國殖民

地，卻處於中共和英國的夾縫中間。國民政府撤退到台灣，香港夾在
中共和台灣兩個政權之間，形成另一種政治夾縫。這個夾縫的地位，
微妙地爲香港保留了一定的言論自由。

　　香港的國際城市性格，使它具有西化、商業性、消費性的特色，
反映在文學／文化上，出現了大量的愛情小說、推理小說、武俠小說、
專欄方塊，以及武俠電影、搞笑電影和神怪片等，同時它也有西西、
黃碧雲、董橋、梁秉鈞、董啓章和盧瑋鑾等這種所謂「嚴肅」的作家，
以及頗具國際地位的演員如成龍，以及導演如許鞍華，文學評論者如
周蕾等。在當代的香港論述中，香港被視爲深具後現代所謂「混雜性」
（hybridity）和「邊緣性」（marginality）性格，如李歐梵認爲香港的
文化特色是「雜種」（1995：80），它處在幾種文化的邊緣——中國、
日本、印度、美國，卻不受其中心的宰制，從各種形式的拼湊中現出
異彩。

　　周蕾則認爲香港是個「雜種和孤兒」（1995b：101），她的論述亦
著力於香港的夾縫性：

> 香港最獨特的，正是一種處於夾縫的特性，以及對不純粹的根
> 源或對根源本身不純粹性質的一種自覺。香港的後殖民境況顯
> 示了本土主義與後現代主義兩者的不足。這種特性，彰顯了香
> 港的「中國人」自我意識，也突出了它與其他中國城市的不同。
> 因為作為一個殖民地，香港的日常生活與發展一早已被看成是
> 「腐朽」的，所以香港對文化純潔性沒有幻想，也不會對可能
> 被「平反」而感到興奮。這個後殖民的城市知道自己是個雜種
> 和孤兒。……香港不會以延續的純民族文化為自傲；反之，它
> 的文化生產往往是一種特殊的協商。在這個協商之中，它要穿
> 梭於中、英這兩個侵略者之間，努力尋找自我的空間，而不要

淪為英國殖民主義或中國權威主義的區區玩偶。（1995b：
101-102）

香港的歷史打造了它的混雜性和夾縫性，它既是一個以「中國人」為
主要人口構成的城市，卻也因為殖民身分而使文化有混血性格。它和
中國其他的城市不同，位於中國邊緣的地理位置歷史地隱喻了它的不
純粹，正是這種不純粹形成香港的本土主義，或者為「香港性」奠下
基礎，李歐梵稱之為打破精英和通俗之分的「邊緣文化」。香港的文
化動力正是像自由市場一樣，自有其生產和消費的內在規律，因此即
使是中國文化傳統，也要重新處理過，作商業性的轉化，例如《西遊
記》拍成電影《齊天大聖東遊記》，由周星馳主演的孫悟空不只穿越
前世今生，尚有轉世情緣，其中又插入搞笑的片斷等等。李碧華的小
說《青蛇》、《霸王別姬》改編成電影，亦是把傳統文學視覺化／商業
化，充分展現香港的文化／文學的生產和消費機制。

　　香港混雜性的文化特色凝聚了港人的自我認同，香港人的身分也
像文化般混雜，梁秉鈞指出，「香港人相對於外國人當然是中國人，
但相對於來自內地或台灣的中國人，又好像帶一點外國的影響。他可
能是四九年後來港的，對於原來在本地出生的人，他當然是『外來』
或『南來』了；但對於七八十年代南來的，他又已經是『本地』了，
他可能會說英語或普通話，但那到底不是自小熟習的言語，他最熟悉
粵語，卻不方便使用於書寫；他唸書時背誦古文，到社會工作卻得熟
悉商業信札的格式、廣告文末的諧謔與簡略，這種文字上的混雜不純
也是文化身分的一個縮影」（梁秉鈞編，1997：9-10），在這樣「混雜
不純」（說不純的普通話和英語），又充滿相對性（連本地都是相對於
外來和南來而得出的評比）的城市，香港性的夾縫性處處可見。相較
於外國人，他們是中國人；可是相較於更典型的中國或台灣人，他們

又像是「外人」（非外國人，又非中國人），所使用的語言（廣東話是方言，但在香港等於「國語」）同樣具有夾縫性格。

從這樣的夾縫性格我們可以對比香港人的身分認同調查資料，據中文大學社會系劉兆佳在八八年及九四年的問卷調查中顯示，各有百分之六十三點五及百分之五十六點五的香港華人自認爲「香港人」，各有百分之二十八點八及百分之二十四點二自認爲「中國人」。在八五年的調查中，百分之六十點五的被訪者同意，或十分同意中國文化是世界上最優秀的文化，而百分之七十八點六的人則以能稱做一個中國人爲榮。九四年的調查中則發現百分之九十二點九的「香港人」同意在今天的香港，中國傳統的道德觀念仍然應該受尊重（以上資料轉引金耀基，2000/03：30）。從以上數據顯示，香港華人大部分認同「香港人」的政治身分，而非「中國人」（主權隸屬於中國的政治實體）；然而他們仍然認同傳統的中國文化，表示香港本土主義雖然成形，但是其價值觀仍然建基於中國文化。因此金耀基認爲「香港的『本地性』的文化資源主要地是「中國的」。因爲香港有百分之九十七的人口是華人，他們對中國文化有深刻的認同，所以香港是命定地會以中國文化爲其『主體性』構成要素的。只有當香港擁有『文化的主體性』時，她才能擺脫其文化邊緣性」（31）。杜維明把香港視爲文化中國的第一象徵實體，這項調查結果無疑爲他的理念背書，以爲中國文化是香港性構成的主要部分。

文化乃生活的實踐，文化可以很低層次地落實到生活中，成爲一種生活習慣。李亦園指出，無論是生活於中國、台灣、香港、新加坡的人，以及僑居各地的華裔人士，構成他們在日常生活上的共同特點似乎可以歸納爲三項：某種程度的中國飲食習慣、中國式家庭倫理以及其延伸的人際行爲準則、以命相與風水爲主體的宇宙觀（陳其南、

周英雄編，1994：13），毫無疑問，如果香港人認同中國傳統道德觀念，也具備李亦園所指出的三種特點（特別是香港人篤信的風水），中國文化是香港性的主要成分，但是否構成文化認同的歸依，尚有待商榷。這是因為殖民和移民，使香港文化匯集了各種文化，彼此相互滲透，中國文化經過生活化、社會化、脈絡化（contextualized）之後，香港文化的多層次融合是否與傳統觀念一致，須再作細部討論。

郭少棠認為「香港對傳統中國文化沒有多大的依戀」（陳清僑編，1997：171）。他指出，雖然在五十年代，一批流亡學者在香港試圖發展傳統中國文化，卻只是侷限於少數精英分子，普羅大眾並不見得受影響。而香港卻是一個大眾／流行文化取向的城市，探討香港散文的中國意識，必須了解香港深具混雜性／夾縫性的處境，方能見出其特色。其次，大部分具有中國情懷的作家都是南來作家，或是出生前、中生代的創作者，新生代多半已經具有香港認同，這顯示中國性逐漸的被香港性所取代，香港市政局自一九七九年起，舉辦中文文學獎，第四屆的散文評審黃康顯指出，過去的四屆散文作品中，以中國為題材的佔了很重的比例，都以懷鄉、旅遊和新移民為書寫主題，到了第四屆，逐漸以香港為焦點（1988：284-285）。以下論述具有中國情懷的散文，並將略述新生代的認同。

柯達群的〈黃河的怨與怒〉是第七屆中文文學獎的得獎散文，作者以一條泥黃色的小河為主軸，由此延伸出黃河和中國人的命運，「故土那黃色的河流雖然令我讚頌，但卻更使我悲哀；令我神往卻又更使我有不堪回首之嘆。它們是怨與怒的組合，是歷史與哀歌的化身」（1991：227），這篇散文寫於八九年北京天安門事件之後，他認為中國人的歷史就是一部怨怒史，充滿血腥和疲憊，中國太老了，需要重新注入新鮮的血液，隱喻中國（政權）必須改變以因應潮流。

黃河的象徵意義有二：首先，是指黃皮膚的中國人；其次，則指中國的歷史。柯一開始就說：

> 我見過的河流是黃色的，混濁、沉悶。江河的黃色就像祖上遺傳給我的膚色一樣，歷經滄海桑田的巨變而依然故我。那顏色，有時看來就像秋天的田野一般，充滿季節更替的生氣，飄溢著收穫的歡欣與喜悅；但更多的時候，那黃色卻像威嚴而慈祥的曾祖講述的古老傳統一樣，雖然沒有新意也閃現不出碰擊的火花，然而那厚蒙著歷史煙塵的陳舊色彩卻帶著神秘的永恆力量，撞擊著一代又一代稚童的心靈，使他們對世界的起源充滿好奇，對歷史的久遠充滿陶醉的敬畏，從而養就了逆來順受的民族天性，在貧困中歌功頌德，在掙扎中膜拜。(227)

這段文字充滿隱喻，尤其以「混濁」和「沉悶」指涉中國人的性格，以及中國歷經變動卻依然落後的歷史。黃色是中國人的膚色，作者賦予它頑強固執，以及神秘偉大的特性。這是股正反面兼具的頑固力量，既讓後代子孫引以為傲，也養成了他們逆來順受的個性，就像中國人喜歡強調中國曾有的輝煌歷史，然而無論再怎麼輝煌，畢竟也已成為過去。尤其以過去的光榮對比近代的敗落，更令人感傷；可是「炎黃子孫」卻仍然以此津津樂道，於是作者才有「令我神往卻又更使我有不堪回首之嘆」。

作者所寫的黃河並不拘泥於我們所認定的黃河——那中國文明的發源地，而是從家鄉的一條流著黃濁泥水的「小黃河」引伸開來，譬如寫小黃河裡時而飄浮著一兩具小生命，那是被拋棄的女嬰，由此擴充到大黃河，那和中國以及中國人命運緊密相連的地理：「一條貧困的小河就有如許悲哀，那偉大的黃河載著的悲哀又如何計算？」（229）；「是人，是黃皮膚的黃河後裔，成千上萬，成萬上千，匯集

在長城之下享華大道，像洪流一樣咆哮，像洪流一樣想滌蕩古老的世界，想喚醒沉睡的黃河」（231）。從這樣的句子可以發現作者對中國充滿期盼，希望中國再次重振昔日繁華。作者是南來文人，因此在這篇散文裡也表達了他的故國之思，流離之情：「我祇能躲在這藍濤環抱的南疆小島將你日思夜想」（231），而將日思夜想的結果，化爲這篇充滿中國符號和中國情懷的散文。

　　小思（盧瑋鑾）在〈黃河石雕〉裡，記載一塊黃河石頭雕成的貓，作者認爲它「該有一段深邃的歷史可說，或者，千歲以來，浪淘盡的英雄事跡」（1997：27），這裡傾訴的對象既是石頭，也是黃河，來自黃河的石頭自然也旁觀了歷史的盛衰，英雄的成敗，因此，作者才會忽然因爲這塊石頭而想起「我們祖先的樣子」。作者第一段既寫黃河來的石頭，同時也寫她對黃河的情感：

> 讀過的地理太遙遠，我都忘卻黃河有多長，只記住你從黃河來。泥黃的顏色，很配黃河來的身分——我看過黃河，真的，正是你這一身的顏色。圓渾的線條，證實河水在身上傾注了多少歲月，逝者如斯，磨去多少稜角？觸手冰涼，你在傳遞著河水的感覺，奪去我掌中的熱忱。（27）

這段文字把來自黃河的石頭類比爲來自黃河的中國人，作者最後一句「奪去我掌中的熱忱」並未明說原因，我們對照這篇文章最後一小段有「那，你爲甚麼到這喧鬧的城市來？」（28）可知，作者以石頭的流離之情，隱喻中國人流離到香港，頗有今非昔是的意味。

　　南來作家李敬的中國情懷除了對故土的懷念，中心／邊陲的中華文化優越感對比今日香港的不完美，故鄉／他鄉的優劣在他的〈土〉一文表達得淋漓盡致。作者的故鄉印象未必是現實中國，從他一昧對故鄉的禮讚可以得知，那是經過美化的記憶：

　　叫人忘不了那精悍豪爽的牧民，純樸勤勞的農民；叫人忘不了
　　那綺麗如畫的風光，優美高吭的民歌……它常常縈繞迴腸的悲
　　歌，切不斷對鄉土的赤子情。

　　黃土，金不換的大地上，聳立著多少高山疊巒、奔騰著多少長
　　河大江、覆蓋著多少茂密的森林？長江黃河如同鐵臂環抱，孕
　　育了五千年中華民族的文明；長城萬里蜿蜒崇山峻嶺，氣象萬
　　千屹立千古，拱衛著巨龍的故鄉（1999：76）

第一段引文不見得是寫實，牧民和農民也不盡然如同作者所說的那
樣，都是「精悍豪爽」或「純樸勤勞」，而是在懷鄉之餘，把故鄉／
中華文化美化。人在記憶的過程中，常常會把美好的留下，而忘記痛
苦，或者經過時間的刷洗之後，痛苦也會在回憶的過程中質變成美
好。懷鄉屬於懷舊的一種，同為對記憶、歷史的追思與回想，從懷鄉
得出過去的美好，對比今日香港的不好，亦是建構身分的一種方式。
因為肯定過去，所以作者諷刺香港是一隻香蕉船，黃皮白肉，雖然經
濟起飛，是世界海空的重要樞紐，卻是一個令人不快樂的地方。作者
的敘述充滿「借來的時間」和「借來的空間」那種過客心態。他對於
香港沒有歸屬感，可是彼岸的故鄉已經成為極權、專制的土地，落葉
歸根的夢想成為空想，由於回不去，遂只能由想像去修飾記憶，並且
融入集體記憶以尋找安身立命的所在。作者在這篇散文裡使用許多典
型的中國符號如龍、長城、黃河，或是以龍的傳人比喻華人等。

　　李敬的另外一篇散文〈杜鵑花〉寫春天的杜鵑花開遍香港，作者
卻由其紅艷聯想中國的流血歷史：「五千年的歲月中，杜鵑花開在華
夏的詩篇中，開在華夏的血淚中，也開在新一代人的心中」（1999：
15），杜鵑花不只開在香港，也綻放在中國，作者思及此不由得生出
流離之感：

> 一帶川流一抹紅杜鵑，同是中華雄偉無垠的土地，各踞一方，
> 民老死不相往來。同一血統、同一文化，卻在東岸西岸，北岸
> 南岸，矗立了多少望夫石？留連著多少流落他鄉的遊魂？甚麼
> 時候，東西南北的中華兒女，捧著紫鵑花，歡聚一堂，踏著春
> 光，高唱一曲「龍的傳人」！（15）

從血統、文化的角度出發，則香港、台灣和中國都是中華民族，從歷
史來看，這三者同樣隸屬於中國，本該是統一的國家，這是大一統的
民族主義觀點。文化是否同一，尤其值得商榷，當文化抽取到理論層
次，或從士紳傳統的大傳統來看，文化同一的觀點愈可能成立，然而
當文化落實到很實際的生活層次，所謂的小傳統時，歧異性可能就愈
大，尤其是少數民族的文化與中原文化相去甚遠，遑論是小傳統，即
使推展到大傳統的層次，也未必相同，這段文字的流離之感從中華兒
女、龍的傳人等符號使用明白可見。

　　部分香港散文裡的中國意識充滿「借來的空間和時間」的飄泊
感，有的作者對中國則是全然的擁抱，例如梁荔玲就表示回歸之後，
香港人必須適應中國的國家民族觀點，歌頌祖國、戰士為主題，發揚
代表中國的京劇，她更明白宣示作為一個從事文學創作的人，民族意
識是十分重要的。所謂的民族意識，也即是大中國的民族主義認同。
這種認同的產生卻又是十分矛盾的，一種典型的夾縫裡的中國性：

> 過去，我們數十年生活於殖民地，事實上大陸不理我們，台灣
> 也不管我們，這種彷彿沒有國籍的痛苦煎熬了數十年，說來痛
> 心，也引致我們怨恨自己的國家，負氣的說「我沒有國籍」！
> 但，當你填寫證件的時候，國籍的一欄不又是填上「中國」嗎？
> 　（1993：86）

這段引文呈現的是孤兒和棄子的心態。自南京條約之後，香港歷史地

被定位為養子的殖民地身分，大中國國族主義者論及香港不免充滿失落，在中國和台灣之間，或者在英國和中國之間的夾縫身分，一種妾身未明的尷尬，那是對中心的過度依賴所產生的失落。這樣的態度使創作者看不到當前香港的活力，邊緣性給予香港一個自由的空間去容納不同型態的文化與文學形態，可對於大中國國族主義者，他們卻看不到當下現實，誠如梁荔玲的另一篇散文題目所說的：「唯一記掛的，只有中國」，他們仍然在大一統的迷思裡，執著於「中國血統」。因此在南來作家張詩劍的眼裡，便出現「香港的月明不明，我無心欣賞」（潘亞暾編，1995：120）的心情，並非香港的月亮沒有中國的圓，而是作者的懷鄉心情使然，就像思果自十七歲離家後，再也沒有回去過，因此才有「故鄉的山永遠是最美麗的」（1990：137）的想法。

　　除了文化血統等較抽象的認同之外，中國認同也可以透過典型的中國符號被召喚出來，一張印著長城的明信片，便喚起了黃鳳瓊的中國鄉愁，作者由長城想到黃河、長江，以及許多古典詩詞裡的地理和中國的歷史。在這篇名為〈夢鄉〉（1990：125）的散文裡，盈篇都是中國符號：「混濁的黃河不來自天上，一片弧城，萬壑群山，春風總不渡過玉門關。大漠孤煙，長河落日，無涯無垠的黃沙是無邊無際的傷痛──傷五千年來如一夢，痛千里江山幾度紅。千年來，神州幾經浩劫，幾度花開花落，而青山依舊，西湖依舊，金陵依舊，子規啼血依舊，海棠葉幾時又被染紅？是匈奴的覬覦？八國聯軍的囂張？抑是日人的跋扈？那時候，聲聲杜宇似聲聲泣怨，滾滾江水似滾滾狂飆，打在每一個中國人的心上」（1990：125），這樣短短的一段文字融入了岑參、王維的詩，以及海棠葉等，乃至中國的古代到近代的歷史，而作者的鄉愁緣起卻只是一張長城的明信片。就像張銳釗表示，對著一張地圖，他曾想過有一天要在長城上留下腳印。或許我們會問，為

甚麼一定是長城而不是別的地景？由此可見長城作爲一種中國認同的符號，它象徵的是大一統、中國富強的過去，它召喚個人的想像，當作者把長城視爲中國的象徵，他看到的其實是自己的意識形態——作者的中國想像。因此張銳釗會對著地圖幻想，希望有一天能夠不再神遊，真正踏上中國的土地；地圖召喚中國地理認同的書寫，也同樣出現在余光中的散文。

這些作家的中國情懷對於新一代的香港青年，或許是遙遠而無從感受的。在回歸中國之前的《中國學生周報》專輯就以「個人？香港？中國？世界？——香港青年何去何從？」爲主題，請香港青年，（包括大學生）討論他們的認同。他們的發言大部分都已擺脫「中國人」的身分，從香港和個人利益的角度去談論身分認同，有的人表示他們對中國地理不熟，也從來不曾爲中國的過去、現在、未來驕傲或失望過；中國地圖就像是地理老師教導的那樣，「只是一塊桑葉——有高山、流水、平原，再沒有其他（沒有中國的人民）」（1997：180）。他對中國國歌的印象模糊，倒是對英國國歌耳熟能詳，「中國對我，不是一個回憶，也不是一件新的事物，它只是一個個模糊又極之模糊的意象」（182）。模糊也意味著新一代對身分認同的曖昧，尤其表現在對國歌的態度上，夾縫身分清楚可見。

在具有中國認同的創作者那裡，這樣一個個模糊的意象卻是充滿想像的清晰符號。有的青年則表示對中國地理歷史不熟，但並無礙於自己作爲一個中國人的身分，因爲在西風洗禮之下，他仍保持了大部分的中國傳統生活方式（188）。這樣的認同是把文化落實到較生活化的層次，而不考慮所謂歷史感的部分。亦有人從利益的角度考量，表示如果要從香港、中國、世界、自己從中選擇，則「那一種歸屬感對我而言有利，我便歸屬那一個」（185）。這樣的認同方式正是郭少棠

所指出的，香港對中國傳統文化沒有多大的依戀（陳清僑編，1997：171）。

　　從這些青年模糊的認同對比大中國主義者的清晰態度，我們可以看到認同在香港是十分具有爭議性的，無論是創作者或是文化論述者，各說各話的情況十分明顯，「香港的身分認同不是一個追尋的故事，而是一個揉性身分不斷打造形塑的作用」（王宏志、李小良、陳清僑合著，257）。香港的多元性文化生態，正在打造香港——那裡面有中國性，香港性，乃至成分複雜的混雜性，李歐梵所謂的雜種特質。

　　王宏志、李小良、陳清僑合著《否想香港》的第六章〈揉性的身分認同〉，作者轉化蘇珊・桑塔格的話：「我是香港人，因為我不被允許成為完全的中國人，我想我會這樣界定我的香港特質」（257）。所謂不被充許，顯露的正是一種文化和政治上的夾縫性：在中國和英國，台灣和中國之間，香港散文的中國性，無疑也是在夾縫裡生產出來的。

第二節　中國性與新加坡認同

新加坡跟香港一樣，人口以華人為主，也同是杜維明文化中國所認定的第一象徵實體，然而新加坡的散文（詩、小說亦然）裡的中國性，卻是微乎其微的。新加坡本是馬來亞的領土，在一九五七年脫離英國獨立，一九六五年八月九日脫離馬來亞獨立。據一九九九年十一月二十八日在馬尼拉的東協高峰會所做的統計，新加坡人口三百二十萬人（1999/11/29《中國時報》第十三版），而人口比例有百分之七十五以上是華人，這建國將近四十年的新興島國，雖是以華人為主要構成的國家，政府實行雙語（英、華）政策，卻是一個以英文為主要媒介語的地方。尤其是一九六七年以後，新加坡政府放棄了以馬來語為共同語的政策，而恢復到殖民時期的以英語為尊的語言政策（郭振羽，轉引自李威宜，99）。新加坡的政治領袖如李光耀、吳作棟、楊榮文等都是受英文教育者，無論是經濟、行政、科技到文化藝術，英文的地位凌駕於華文之上，推廣華語運動和儒家思想看似對中國文化的重視，其實正突顯了新加坡過分西化的隱憂。文化需要被提醒，或以外力推動的時候，正意味著它被忽視／忽略了。

新加坡自獨立以來，努力推動新加坡的國家意識，從教育、經濟和社會等各個角度著手，譬如改編教科書、創設混合學校、建設公共組屋、強制兵役，乃至箝制輿論自由，以強化新加坡認同感[2]。從南

---

[2] 早在獨立以前，五十年代初期，新馬即已著手改編教科書，使其富有新馬

洋大學到新加坡大學的過程，是新加坡「華人社會」到「新加坡社會」的產物[3]。崔貴強在〈國家認同與國家意識〉一文指出，獨立後出生的新加坡人，在特定的教育和生活環境之下，正逐漸具有新加坡認同感，而且國家意識也與日俱增。一九九〇年六月舉行的一次大學先修班研討會，討論「在多元種族與文化下，可否形成國家認同感」，多

色彩，增加本地認同；六十年代，中學課程也改用新課本。同時為了培養國家意識，教育部於一九六六年八月二十四日第三學期開始，通令各族學生，舉行升降旗意識，宣誓效忠新加坡，並唱國歌。一九六九年，混合學校成立，安排不同源流的學校參與共同的課外活動。公共組屋除了實現居者有其屋的目標，主要是讓組屋裡不同種族的居民有接觸交往的機會。征召各族青年入伍，主要是讓多元種族的青年歷經一種共同的經驗與目標，以消弭分裂的危機。新加坡箝制輿論自由，包括印刷出版法令，主要是防範自由的言論破壞種族和諧，因此規定出版物得申請准證，每年更新一次，政府如認為不當，可隨時禁止出版。從一九八八年起，每年都舉辦國民意識週，藉各種文化表演，文化展覽會和庭談會、攝影展以及組團參觀各族歷史文物、各族人士互訪、嘉年華會等，以進一步培養國家意識。更詳細的資料見崔貴強，297-300。

[3] 李威宜碩士論文《新加坡華人游移變異的我群觀》指出，南洋大學約有 60% 學生來自馬來聯邦，到了一九六五年獨立後，馬來西亞學生被視為外國學生收費較高，而轉往台灣就學；此外，南大經費不足等都是造成後來終於與新大合併，成為新加坡國立大學。李並認為，南洋大學發展的挫折，最主要在於它與「政治結構性」環境的抵觸使然。新時代的環境，是以新加坡人為典範；至於新加坡人是甚麼，是由掌有政治權力的人來規劃主導。李並且定義「新加坡人絕不是華人」，南洋大學的興起，是新加坡的華人民族主義的產物，但是，南洋大學的挫折，卻是新加坡民族主義的產物（97）。李顯然認為新加坡人是華人、馬來人、印度人以及其他民族的綜合體，不必區分種族的差異，新加坡華人的特性在建國的過程中已經完全被政治權力置換、取代。至於華人究竟要保留多少的華文文化方能稱之為華人，李文並未再深入分析。

位參加者都表示，他們是新加坡人，而不再是他們各自的種族，並以新加坡人自豪（崔貴強，1994：298）。

　　搜尋新加坡的各重要選集，包括柏楊編時報出版的《新加坡共和國華文文學選集（散文）》、黃孟文編《新加坡當代散文精選》、新加坡當代文藝協會編的《新加坡華文文學大系（散文）》以及新華年度文選或是個集等，大量以當地社會為書寫背景的題材，充分流露新加坡的國族認同。

　　蓉子的《中國情》是一本中國旅遊散文集，中國故土／古土的人物風景，本來最容易召喚中國認同或大中國主義，然而這本散文集呈現的卻是道地的新加坡人意識。沒有返鄉散文中的唏噓、感嘆，或是對中華文化的讚美嚮往之情，而是以一個外人／旅人的眼光觀察這個國家，特別是「我們是新加坡人」一輯，以新加坡人之眼光觀賞中國土地，和懷鄉作家余光中等在異國照見中國的情懷無乃天壤之別。作者提了沉重的行李到廣州，他的堂弟戲謔的問她是否把新加坡搬來了，她回答：「新加坡永遠在我心裡，誰也提不動」（1994：3）。洪生的《啊！新加坡》，是以新加坡為題材的散文集，作者禮讚新加坡的繁榮、種族和諧、乾淨美麗的市容，稱新加坡河為母親的河（1987：11），充分顯現作者的新加坡認同。

　　在新加坡尚未獨立之前，通常以「馬華文學」涵蓋新馬兩地的華文文學，方修所編收錄一九一九年到一九四五年的作品的《馬華新文學大系》，或是趙戎所主編的《新馬華文文學大系（散文）》收錄一九四五到一九六五年作品，也都新馬作家不分，不少創作者可能出生於馬來西亞而最後定居新加坡，如王潤華、淡瑩、尤今、黃孟文等都是馬來西亞人，因此本文定義的新加坡創作者，以最後定居新加坡者為準。至於論述年代，則以新加坡獨立後一九六五年始，王潤華所定義

的新加坡華文文學，則是「指用白話文或西方文學形式所創作的作品，除了文字與作品形式，新加坡文學作品的作者，通常在感情、認同感上跟新加坡有著密切的關係。戰前被接受爲新加坡的作者，一定在新加坡有過相當長期的生活經驗；戰後至今的新加坡作者，他們必是永久居民或公民」（1994：16）。

　　新加坡政府大力形塑新加坡國家認同，因此新華散文的新加坡意識頗強，中國認同／意識相對其他國家非常薄弱，對比鄰邦馬來西亞馬華文學被拒於國家文學之外的情況，新華文學是構成新加坡國家文學的一環，受到國家的重視，東南亞重要的獎助如亞細亞文化獎、東南亞文學獎等都須經過國家提名，這些待遇都有助於凝聚新華作家的認同感。例如駱明在《新加坡華文文學大系（散文）》的序文裡就表示：「我們將這兒當爲自己的國家，當爲自己的祖國。我們現在的觀點是：我們生於斯，長於斯，也應死於斯。我們已經變落葉歸根爲落葉生根了。我們大家都有一個同一的概念，我們都有一致的認同」（1991：8）。

　　新加坡散文裡的中國情感可以歸納爲三種：一是南來作家的中國鄉愁；其次是對中華文化的認同；第三是對古典的追尋。早期從中國南來而後定居新加坡的作家郭史翼有〈醜陋的外形〉一文，從其批評南洋水果的情緒性語言，可以反證他的中國情懷。此文一開始便說「南洋的水果無論在外形在色澤，幾乎全是非常醜陋，不只是醜陋，簡直招人嫌惡」（柏楊編，70），作者先一竿子打翻所有南洋水果，認爲它們醜陋到令人厭惡，繼而再一一批評，譬如榴槤：「它們生下來以人們爲假想敵，以憎恨人爲不變的意志，堅強地保衛自己，用醜陋的外牙，甚至用刺鼻的味道，來避免永遠是貪饞的人類的染指」（71），這樣過度的把榴槤擬人化，甚至說榴槤憎恨人類，其實是作者跟南洋格

格不入的表現。榴槤是最具當地色彩的水果，當地人愛吃昂貴的果中之王，南洋諺語指「榴槤出，沙籠脫」──也就是當地人對榴槤十分喜愛，甚至可以把身上穿的沙籠都拿去典當。

　　郭又批評成熟的椰子「變成醜陋的焦褐色，它和榴槤一樣披著一身堅甲──不用刀是削不開那厚殼的。它那一分重量，甚至掉在人的頭上發生過了命案。這一切似乎也是有意識的」（71），其實這是作者內心對椰子的憎惡，卻說成椰子是有意識殺人一樣。對於種類繁多的香蕉，作者也同樣不假於辭色：「除了少數可供飯後助消化者外，大半形態非常醜陋，且不被人嘗試過。大者有如牛角的牛角蕉，其醜可知，還有稜角崢嶸的三角蕉，一副尊容非親眼看過是不可想像的」（71），這裡面充滿了作者的偏見，美醜本是非常主觀的認知，而且往往是作者的情感投射。實際上，牛角蕉並非如作者所說的那樣沒有人吃，而是以之沾麵粉炸成香蕉糕。不過作者的重點並非批評，而是以之烘托出「南洋的水果比不上中國的」，因此他覺得南洋的水果沒有香味，多數以甜取勝，其他如嫌棄山竹之汁液，形容紅毛丹如「瘋婦一樣散髮」（72）等，其形容之咬牙切齒，彷彿與它們有深仇大恨，而箇中原因，正如文章的結尾「南洋的水果，為甚麼會有憎恨人的情感，這問題是值得玩味的」（73），同樣值得讀者玩味。

　　並非所有南來作家都像郭史翼那樣無法產生認同，王梅窗定居新加坡二十五年，雖然懷念家鄉，卻已經融入當地社會，「二十五年來，南國已經成為我的第二個家鄉──我從沒有在任何一個地方待過這麼久」（柏楊編，99）。這是雙重認同，作者雖然以中國為故鄉，但久居新加坡，他仍然能夠以第二故鄉接納它。畢業於南大的貝夢寒是新加坡人，但他卻頗有中國情懷，自喻為是「貧血的龍族」（同前引：594）：

> 我們是貧血的龍族，流浪是我們另一種無根的名詞。帶著古老
> 的記憶，浪跡千里，記憶裡有滄桑斑爛的圖騰，在水聲四濺的
> 海濱，裸裎祈告──用我肝膽，還我家園。(594)

這段象徵性的文字使用了典型的符碼，如龍族、古老的記憶、流浪和
圖騰組合而成，隱約透露了流離之情。所謂隱約的流離之情，是指作
者這篇散文本爲抒發與情人離情，這段文字從個人的離情引伸民族流
離，應該是作者潛意識中的中國文化鄉愁使然。

梁文福的〈漢語辭典〉收錄在散文集《最後的牛車水》裡，藉著
漢語辭典的破舊脫落隱喻中國文化的多災多難；其次，破舊脫落的辭
典也隱喻了華語／中華文化在新加坡的敗落狀況，反映了新加坡英語
教育施行的成果，是培養了一群像文中那位「連自己的中文名字也不
會寫」的半調子華人。那個人的形象頗具典型，看不起舊辭典（表示
看不起中華文化），操著半調子不純正的英文（華文不會，英文是所
謂的 Singlish，Singaporean English）。雖然如此，他卻以不懂華文爲
傲，因爲「我還是活得好好的，甚麼也不缺，也沒有甚麼不便」(1988:
54)。這種現象在新加坡十分普遍，反而像梁文福仍執著於中華文化
者幾稀。他表示中華文化「已成爲他的一部分，或者說，他已成爲前
者的一部分」(56-57)，華人「繼承炎黃子孫世代相傳的溫良性情」
(89)。他在〈再生盟〉表示：

> 今天我以自己淵深丰博的文化而自豪，以自己家國的自強上進
> 而驕傲，因為抵犢情深手足和睦因為所愛及愛我的人而滿足，
> 因為不缺衣食，更可饕餮群書，可撫琴縱唱而快慰。(70)

作者雖然以中華文化爲榮，卻也僅以中華文化爲榮，不像台灣的懷鄉
作家或是大中國情懷的作者充滿返回中心的想像，這是因爲新加坡
（馬來西亞也是）華人絕大部分認同新加坡，但同時也以中華文化爲

依歸，譬如作者表示「中華民族又豈止表現了他們的智慧呢？善良，仁愛，溫厚，耐心，細膩，想像力等等民族特質，不也盡在針灸的動作裡，那些迷人的穴位與藥材的名字裡，流露無遺？」（87），因此所謂的國家意識和文化是並行不悖的。張錦忠在〈南洋論述／本土知識——他者的局限〉一文指出，「中國文化傳統在異域的解體（如果已經解體）反而證明文化的變遷性。而促成一種文化轉變的主觀與客觀、內在與外延因素甚多，政治與經濟更是箇中關鍵。換句話說，中國傳統華族文化在南洋沒落，只是華族文化本質的演變或中華文化離開中國情境後的命運，並不表示華裔東南亞人從此就沒有文化」（張京媛編，1995：93）。中華文化在新加坡的情況毫無疑問已在某種程度上被本土化／轉化。譬如梁文福所說的針灸，這是中國文化實用性的部分，因其實用而被保留，其他如舞獅、功夫、舞龍、中華料理、祭拜祖先神佛、中華義山，乃至風水算命等，或是以節慶形式流傳的文化，都是所謂民間文化的小傳統，當地華人俱視為中華文化的重要表現。大傳統的所謂士大夫／精英文化則在中文系知識分子中流傳，當然亦有不少人動輒以「五千年傳統」的空洞口號作為擁護中華文化的象徵。

　　出生於新加坡的非心，對籍貫所在地「潮洲澄海」有一分特殊的感情：「澄海在我的心裡是一個詭秘而又實在的地方了。那種既親昵又陌生的矛盾之感縈繞著，久久不息。祖母已經說不清澄海的樣貌，爸爸已經忘記了澄海，我還在堅持尋找自己的出處麼？」（新加坡文藝協會編，279）。這種尋找的熱情，正是尋根的文化特質，籍貫是祖先所在的地方，代表一種遙遠的家族記憶，也表示生命因此有了著落之處，並非飄泊無依。如同宗親會館在南洋地區的作用一樣，同樣有慎終追遠的意義（雖然後來已變質，成為發放獎學金、打麻將的地

方）。

　　中國有時則存在古典詩詞之中。中國透過古典詩詞所召喚的地理和歷史而重現。追求古典最大的弊病是規範化的寫作模式，譬如寫月必然是大家所熟知的蘇軾〈水調歌頭〉。在謝清所寫的〈看那盤冷冷的秋月〉，一開頭就引用了這首寫月的典範，接著說「在清冷的月光下，周君手上的電晶體播讀著這首詞。兩個人不知是被詞中的意境所陶醉，或是感懷於那冷冷的月色」（《蕉風》275 期，1976：69）。作者引用這闋詞或是純粹出於美感的追尋，然而「由樹椏間望月，更是一分秋意」（同前引）則可以看出作者對四季的嚮往。新加坡地處赤道，唯有中國之秋始合詞裡的意境，於是把季節按自己的需求而改成秋。作者喜歡這闋詞或許不是偶然，因為接下來他引了蘇軾的〈西江月〉「人生幾度秋涼，世事一場大夢」（原為「世事一場大夢，人生幾度秋涼」），在修辭裡浮現的那枚月亮是蘇軾的，而不是作者的。

　　另一個追求古典的例子是杜雪美。她的散文《青青子衿》有兩個主題，一是青春的浪漫，二則是對古典中國唯美的緬懷。因為浸潤古典詩詞，她的散文時而出現「四季」，例如「在消瘦的日子裡沉默了四季，啊啊，四季為何如此失調得令我心悸？為何春不媚呵夏無陽呵不見詩意呵多蕭條呵？」（1996：14）。新加坡並無所謂春夏秋冬，更無失調的四季，這樣的心情故且稱之為強說愁，而且必然要有四季作為烘托，乃是古典詩詞的傷春悲秋情懷所致。

　　作者常常在語言上夾雜文言，例如「且住！且住」（18），「你的雙目汨汨流著大江南北堆滿浩然之氣，挺立杭州西湖亭亭錦繡山河之勢」（22）；道離別則必然引用柳永的〈雨霖鈴〉或是王勃的〈藤王閣序〉，愁緒則是李清照的「怎一個愁字了得」（74）。作者把古典直接夾雜現代散文之中，正如她說的「恨熟讀詩三百，更添情思憂郁」

（24），古典詩詞影響的不只是語言，更是一種思維模式，對古典的熱愛使得她的散文彷彿現代人著古裝，而她猶惦念「踱向古典，回去五千年的傳統」（24），以古裝策略向她所熱愛的「中華的精華」致敬。

　　中華的精華或許更應該像伍木在〈無弦月〉所說的那樣，使之表現在日常生活中：「儒家思想強調有教無類。中華文化的滔滔長河中，若我能憑一己之薄力，助一個行將溺水的人涵詔彼岸，一起享受泅泳的樂趣，那我尚遲疑甚麼」（黃孟文編，285）。秉持這樣的想法，作者很有耐心的教導一位對華文沒甚麼學習興趣的中學生。作者所敘述的家教經驗，其實正反映了華語在新加坡的尷尬地位，以及利益取向的社會風氣。在政府實行雙語政策之後，作者為一位即將參加會考的中學生志鴻補習華文，志鴻的家庭以英語交談，其母請家教的目的在使志鴻考試順利過關。志鴻的華文在作者調教之下漸有進境，作文投稿之後刊登在某副刊，他的母親卻潑冷水，認為不必花那麼多心力在作文上（Perhaps you don't have to try so hard in compositon）。她的對話全用英文，反映英文在新加坡是最強勢的溝通用語。作者認為她的人生唯一可以稱得上的缺憾，大概是不會華語。以下所引的文字，很能概括部分新加坡華人的情況：

> 我始終不認為不懂華文華語是一種恥辱。歷史的客觀因素使得許多海峽原住民（俗稱「峇峇」）失去母語教育的機會，但設若在主觀意願上就排除探討母族文化的價值，則著實令人難過與費解了。
>
> 半年來與陳家建立起微妙的感情，使我意識到他們既未繼承峇峇文化的特點，也不曾在精神上認同傳統的中華文化。（黃孟文編，285）

或許作者的感嘆，也是許多對中華文化有使命感的人所曾有的。峇峇

文化是中華文化和馬來文化結合的產物，張錦忠所謂「中華文化在異域的解體」正可以形容峇峇化之後的中華文化；可是在新加坡，部分華人卻是因為使用英文，長期浸染之下，自動放棄華文。父母態度如此，下一代何嘗不然？根據《星洲日報》一九九九年十二月五日的報導，新加坡國立大學社會系高級講師張漢音博士所作的調查發現，近四分之一的新加坡華族學生不想做華人，其中百分之十一點八想做洋人，百分之八點二想當日本人，想當洋人的學生表示，有機會希望移民到白人國家去。顯見新加坡華人從早期對新加坡強烈的認同，到今日的崇洋的大幅變化，箇中原因，必然與新加坡長期以英語為第一語言的政策有密切關係。語言不只是溝通的工具，它更是一套價值觀，對使用者有文化和視野上的影響。

其次，新加坡政府曾經在八十年代推動儒家傳統為中心的中國文化運動，新加坡的領袖雖肯定西方的科技促進現代化，卻擔憂西方文化頹廢的一面會影響新加坡人，使新加坡成為「僞西方」社會[4]，不過推行儒家文化並非純粹只為復興中國文化，而是因為儒家倫理價值與資本主義相容的特色[5]。九十年代推動第二次儒學文化工程時，杜維明提出「文化中國」，把華人人口數佔大多數的新加坡放在第一象徵實體，實在是太過高估新加坡保留或推動中國文化的能力。長遠累積下來對英文的優越感，要改變恐怕是一項長遠的艱鉅工程。尤其從新加坡認同的自豪感，到如今捨棄新加坡人身分的思維轉變，顯然與杜維明海外中國文化中心的理想，有頗大的落差。

---

[4] 關於李光耀、吳作棟的演講資料，參見崔貴強，303-305。
[5] 儒家和資本主義的論述，參見 1995 年香港教育圖書出版梁元生的《歷史探索與文化反思》。

第三節 離析家國想像與文化認同

　　馬來西亞於一九五七年脫離英國殖民地的身分而獨立,論者討論馬華文學,一般推前到一九一九年,從五四運動開始。[6]方修所主編的《馬華新文學大系》是早期新馬創作文獻的珍貴史料,收錄一九一九年到一九四五年間的作品,他在散文卷的序文即說:「散文是馬華新文學最早誕生的一種文體。一九一九年十月起,隨著馬華新文學史的發端,它就以戰鬥的姿態出現(1971:1)。這時期的散文以政論和雜文的形式出現,因爲南來文人有感於中國處在內憂外患之下,以文筆針砭時弊,感時憂國,反映當時文人強烈的愛(中)國意識。強烈的社會意識和批判精神相對削弱了散文的藝術性,加上文白夾雜的句法和語言,王潤華評之爲「社會意識很強,不過技巧很差」(1994:12-13)。這些散文普遍反映了當時的華人心態,大致上他們認爲自己仍是中國的一分子,因此在中共政權成立以前,一些華僑將大部分財產移回中國,也嘗在抗日時期爲中國募款,他們並不熱衷參與當地的政治活動,僑民心態顯而易見。一直到戰後,馬來西亞華人

---

[6] 關於馬華文學的論述,詳見方修著《馬華新文學簡史》及《馬華新文學及其歷史輪廓》。五四運動對馬來西亞華文文學確實有很大的影響,各地的華文報刊、雜誌蓬勃出現,並開始推廣話劇運動,對華人思想起了革命性的啓發。《南洋商報》創刊於一九二三年,《星洲日報》創刊於一九二九年,《星檳日報》創刊於一九三九年,皆與新文化運動有關,可參見謝詩堅著《馬來西亞華人政治思潮演變》,15-20。

才慢慢從傾向中國政治轉向認同馬來西亞，這與馬華公會的成立有密切的關係[7]。

在《馬華新文學大系》之外，方修又另外編了《馬華文學作品選》，分戰前（一九一九～一九四二）和戰後馬來西亞獨立前（一九四五～一九五六），可與他所寫的《馬華新文學簡史》和《戰後馬華文學史初稿》互為補充，但這兩套書收入的散文以敍述文和雜文為多，兩本選集中，懷鄉散文只有一篇，相較《馬華新文學大系》，作者顯然為了配合《馬華新文學簡史》和《戰後馬華文學史初稿》的寫作，把具有中國情感的篇章刪去，以呈現馬華文學的特色。因此本節的論述年限將推前到二〇年代，以《馬華新文學大系》收錄的文本為主，略論早期南來作家的中國鄉愁，以見出華人如何從中國與文化認同合一，轉變／演化為國家與文化認同分離的進程。

早期的南來作家譚雲山，從他紀年的方式即可讀出其中國情懷。記述一次郊遊，他寫道：「時間是我們大中華民國十四年十月二十三

---

[7] 馬華公會成立於一九四九年，發起人兼首任會長陳禎祿表示：「一九四九年二月馬華公會成立，其近因主要就是因為馬來亞的忠誠華人在緊急狀態下受到苦難。緊急狀態不但危及許多華人的性命，威脅華人的切身利益，而且還使人懷疑我們對本邦的傳統忠誠感，雖然我們之中已有許多人以馬來亞為永久家鄉。」由於華人分左傾和親國民黨，以及峇峇（Baba）親英國人三種，馬華公會努力消除英國對左傾華人的疑慮，並協助發展新村，爭取華人的公民權，促進華巫之間的合作，使他族不再懷疑華人對馬來西亞的忠誠。在一九五七年的獨立談判中，在短短的一年內，為一百萬非巫人取得公民權，其中八十萬是華人（謝詩堅，40-43）。一九七二年，馬華提出「華人精神革命」，從抨擊華人陋習和華社弊痛之外，當時的馬華領袖之一李三春促請華人忘掉對中國和台灣的感情，不再因襲於血統和感情，希望華人以馬來西亞人自居，決定自己在馬來西亞的前途。（同前引，214-221）

日」（方修編，1971：37），從「大中華民國」的曆法可知，作者顯然還生活在中華民國，而非馬來西亞的時空裡，他稱呼當地的華人爲「華僑」，亦充分顯示他的意識形態。「華僑」是當時中國民族主義向外擴張時試圖引發中國認同的一種說法，而當時的華人確實也充滿移民心態，他們視孫中山爲國父，如孫藝文即呼籲當地華人「當我們追崇中山先生之偉大，尤要記著中國革命之偉大」（同前引，106）。或者像陳南批判「漢奸」汪精衛，懷念故鄉的人事風物（311-315），乃至於如葉尼記述當地華人如何爲抗戰募款，在抗戰紀念日時小至十四、五歲的女孩，用賣花所得的錢爲中國盡力（342-356），皆可見出早期華人的中國情感。

　　南來作家而今已定居怡保的翠園，她在〈我的故鄉戀〉抒發懷鄉之情，同時也寫自己如何本土化的經驗：

> 是謝先生的文章引起我的鄉愁！是她那充滿感情的文字重燃起我對長沙的眷戀！雖然我離開他已二十多年，我早已成為本邦的公民。猶記我初來時不吃榴槤，如今我已能一口氣吃下二三十粒果肉。從前我不慣這兒的氣候，常常熱得頭昏，睡在洋灰地上過夜，如今任它怎樣熱，我已能在厚厚的南洛膠墊褥上酣睡到天明。這兒的一切一切……我差不多都習慣！祇有這一點故鄉之戀仍縈迴於我的心底，常常驅之又來，拂之不去。我走遍了南中國的許多省分，如湖北貴州江西廣東廣西都滿布我的足跡，但我還是永遠喜歡我的長沙！長沙有一分說不出的神韻！（1982：35）

她的懷鄉之情是被謝冰瑩的〈愛晚亭〉所引起的，這段文字既寫懷鄉之情，復有本土情感。馬來西亞人往往以「唐山佬」戲謔不吃榴槤者，榴槤濃重的味道就像臭豆腐，愛之者視爲人間美味，惡之者避之唯恐

不及，能夠接受這果中之王（既指其價錢高，又指味道美），可視為本地化的第一步；翠園已經習慣了馬來西亞的生活，但是她對長沙仍有一分眷戀之情，從作者足跡遍佈中國，而仍以長沙為最美可知，這是鄉愁使然。

趙戎在《新馬華文文學大系》（一九四五～一九六五）的散文導論指出，戰後二十年的新馬華文散文可以分成兩個階段，第一個階段雜文與敘述文較多，抒情文很少；第二個階段的散文，是以抒情文為主流，這是因為戰後的馬華文藝界，僑民意識仍然很重，散文作者除了敘述當地的奇風異俗，就是諷刺不合理的現象，所以這時期以雜文和敘述文為多，一直到中共成立政權，具有宣傳意識的書籍被禁止入口，才使僑民意識日漸稀釋，取而代之的是帶有馬華色彩的文學，這些後來者大多是土生土長，或從小就在馬來西亞長大，因此大部分以馬華為題材（1971：1）。

《新馬華文文學大系》中書寫馬來西亞和新加坡的題材俯拾即是，如苗秀的〈柔佛行腳〉、金丁的〈新加坡散記〉、米軍的〈記芙蓉〉、史汀的〈懷檳榔嶼〉等即是馬來西亞的地方誌；至於蕭村的〈在木廊裡〉、吳進的〈熱帶三友〉、〈紗籠木屐〉、〈涼爽的亞答厝〉、君紹的〈當紅毛丹成熟時〉、慧適的〈橡實爆裂的時節〉等等，是記述馬來西亞本地的風物誌，乃至於像吳進考證被馬來人涵化（Acculturation）的〈峇峇〉和〈娘惹〉[8]，或是以〈頭家〉（即老闆）為題，描述當地的

---

[8] 十五世紀時，一些華裔移民和當地居民通婚，他們的後代男的稱為峇峇（Baba），女的稱為娘惹（Nyonya），在生活方式上，他們受到馬來文化很大的影響，但是在日常生活中，他們同時還保留一些華人傳統，以及風俗信仰。他們通常以馬來語、福建方言、英語為溝通用語，但是並不信奉回教，馬來社會不接受他們為馬來人，而把他們當成華裔，華裔社會也接受

社會現狀，都是十分具馬華性的例子。

　　方修主編的《戰後馬華文學作品選》的散文卷中，其中收錄苗芒的〈祖國〉一文，寫於一九五六年五月，是為即將獨立的馬來西亞而歡呼歌頌，文中充滿對「祖國」的熱烈情感，描寫土地豐饒和國民的團結，希望自己生於斯長於斯也要埋骨於斯，獨立自由的欣喜耀然紙上。謝詩堅認為馬來亞的獨立是歷史的轉振點，也是人民政治思潮變化的分水嶺：「如果說獨立之前，一些華人在政治上還有所徘徊和不知如何作選擇，那麼從獨立的那一天開始，華人已經必須自己決定自己的命運，而唯一正確的選擇是效忠於馬來亞，成為這個國家的公民，共同建設一個新生的國家」（1984：63）。

　　出生於七〇年代的創作者游以飄（1971~）面對來自中國的友人，他認為「我們是華人」，而非華僑：

> 「華僑」在這裡（新加坡）及我的國度裡，是件陳舊爛朽的衣服，年輕一輩不知曉它的剪裁款式，父老只能憑記憶勾勒。我再給你上一堂政治史：1950 年代開始，當東南亞各國紛紛從西方殖民統轄中獨立起來，許多當地華人也在掙扎中漸漸轉移效忠對象。在政局變動裡，「華僑」往往成為鮮艷刺目的靶子，容易遭另有企圖的利箭射中。現在，土生土長的一代數目漸多，「華人」是更普遍的字眼。（文藝春秋，99/06/07）

華人而非華僑的觀念說明一個事實：在國家認同上，華人是馬來西亞國民，但「華」又意味著在語言、文化和血統上和中國的關係，因此游以飄認為他和中國的朋友「分享著那非常母親的文化感覺」；「那非常母性的文化，令我與你們有著千絲萬縷，近乎血緣親情的關係，和

他們為華人。詳見林廷輝、宋婉瑩合著《華人社會觀察》，66-73。

不陌生的感覺」（同前引），顯見新生一輩清楚離析文化母國和國家認同。就像林金城在〈三代成峇〉所說的，「我們不可能要求自己保持百分之百的文化傳統，但絕不能數典忘祖地做個沒有文化根源的民族」（鍾怡雯編，1969：128），因此這篇散文旨在闡釋華文文化「馬華」化後，或是「峇峇」化之後，已經不是原來移植自中國的中國文化；作者的不少友人因為無法理解電影《霸王別姬》和《滾滾紅塵》的歷史背景，感嘆現代華人對中國歷史及文化的思想的真空狀態。可是作者卻不以為然，他反駁道：「他們這種愛之深切的感受我是可以理解的，但令我不解的卻是，當我反問他們有關馬華移民史，甚至最基本的一些大馬歷史、文化等等，有不少的人竟然腦袋一片模糊，整理不出個概念來」（128）。華人已經不再是移民，當他們從移民轉變成公民，不能再以民族的原初情感（primordial sentiment）定義華人，中國文化必須再納入馬來西亞的歷史和文化脈絡裡，文化認同的內涵也必須重新再定義：

> 三代成峇，對於傳統文化，民族根源絕不能像閩南語中對「峇」的語音解釋一般，變成「麻木不仁」；但實際的溶入這片蕉風椰雨，反而成為同樣重要的步驟。當我們維護傳統的同時，不妨放開胸懷，真切地關心發生在這片土地上的一切，做個實實在在的第三代「現代峇峇」。（128）

馬來西亞和新加坡一再強調他們是多元文化的國家，也希望通過多元文化塑造國家文化，林金城反省的便是這個議題。因此他所謂的「峇」，其實是中國性與馬華性的融合，他的視野毋寧是朝向建立一個本土的馬華文學的方向而前進。

　　馬來西亞的族群政治過程的制度化及政治發展的結果，卻常常使華文教育和華文文學成為華人的心結，華文文學不是國家文學，華文

教育的發展不受鼓勵，華文教育（尤其是獨中）是華人戮力維護自身文化的象徵。一九七二年起馬華公會的「華人精神改革」其實一直是華社的主要課題，要求華人自我改革種種陋習以達到自力自強和團結一致。在馬來西亞的華人史上，馬華公會和董教總之間長期的不和[9]，固然因爲雙方對華人和文化上的理解不同，無可否認的，也涉及彼此的利益／利害關係。辛金順的〈圖騰〉便是批評這種現象：

> 如今，我們的族人在做些甚麼？爭鬧的笑劇如昏鴉的喧吵，醜態太多，民族的人格和自尊被削成了畸形。目光如豆，舞獅竟成了五千年優秀文化的統稱。酒後大談團結，醉醒各散西東，一片段一片段悲恥辱屈的歷史，讀到的只是手足相殘和爭名奪權，前途是迷茫，希望也是迷茫。這樣的歷史，難道還要我忍著心痛和淚泣的讀下去嗎？（張永修編，1986：94）

長期以來華社被冠以一盤散沙的形容，而維護舞獅傳統就被視爲維護華文文化，友族也視之爲華人文化的象徵：一九九一年舞獅也曾被批評爲「不合國情」，要求改以「舞虎」，曾引起華社的反彈[10]。舞獅當然是華人文化中的小傳統，所謂的民間文化，可是更重大的教育問題，華社的反映卻常是無力的。辛金順一九六三年生，和林金城同年，他們關心的問題是馬來西亞的華人，以及華文文化的問題，而非如懷

---

[9] 馬華公會和董教總之間的不和從一九六八年董教總提出創辦獨立大學始，馬華公會後來創立拉曼學院作爲回應。雙方在教育問題始終無法達成協議，華人也因此常被批評爲一盤散沙。

[10] 舞獅等同於華人文化的論調普遍的存在華人社會裡，馬來西亞曾有世界上最大的醒獅國，舞獅也出現在喜慶和過年，或是歡迎其他種族的政府官員，在民間被爲最具華人象徵之物。當舞獅被批評，華社視爲文化受壓迫，因而引發更多的文化訴求和華人文化的問題，詳見林開忠，143-158。

鄉作家那樣，所思所想無非中國。

　　李憶莙的〈黃河〉談鄭義的《老井》一書，她表示那種中國人的感情她無法理解，因為「我到底不是中國人，我沒有那種感情」；「一個海外華人，是看不懂中國的，主要的原因是沒有那種感情」（1997：78）；她對黃河的感覺是「黃河與我是沒有關係的。黃河水不是養育我的奶汁。就好像登上了長城，也只虛榮一下自己的腳力，其他的甚麼都不是」（同前引）。何國忠〈家〉一文，可以作為大多數馬來西亞華人的觀點：家國認同和文化認同二分，他們的家國是馬來西亞，而文化上認同中華文化：

> 這些一度失去了家，又在另一個地方建立起另一個家，有了新家的遊子，實在已失去遊子的資格了。中國文化思想上的「根」、「本」問題，自然也已重新修剪，不再是自我放逐，而是心安理得地把他鄉當故鄉。……河山依舊，自然也盼望有朝一日能踏步曾經孕育過唐宗宋祖，子瞻子美的大地。然而，萬里長城，江南江北，只是一種古典傳統美的遐思，只想以一個觀光身分去瀏覽一留而已。……因為心早已付託給另一片土地，另一個歸宿。仍然愛讀唐詩，仍然愛讀宋詞，仍然愛寫毛筆字，只是往日甘苦，一切都有憑藉。因為根早已移植，故鄉早已更換。（1995：118-119）

何國忠把華人視為歸根落葉，而非飄泊（譬如林幸謙的散文所形塑的流離形象，將在下一個小節論述），他清楚的把文化歸根於中華，而在家國認同上，則是馬來西亞國民，中華文化仍然是華人生活的依據，但這種文化是經過「重新修剪」的，這意味著文化經過混血、馬華化的變遷性過程，這個過程並非同化（Assimilation），而是文化與文化之間碰撞融合產生的變化。峇峇即是一例，雖然他們的生活習慣

已深深本土地化，甚至可能不會講華語，但他們認同自己是華人。至於會講華語會寫華文的華人，他們也可能在華語融入了不少馬來語彙，在食物（如在新年製作馬來糕點、食用馬來式咖哩、喝當地的咖啡 kopi）、衣著（穿峇迪 batik）受馬來人的影響，卻無損於他們對中國文化的認同。例如何國忠認為他仍然愛讀唐詩宋詞，也寫書法，可卻不認為自己是華僑，甚至不是海外華人。

　　林廷輝和宋婉瑩在其論述中即表示：「我國的華裔是國家公民，不是海外華人。也因此，我們應自稱為華裔馬來西亞人（Chinese Malaysian）」（1999：65）。何國忠「華裔馬來西亞人」的想法，特別表現在面對典型的中國地景時，他只想以一個「觀光客」的身分去瀏覽，這和所謂有大中國情懷的作家截然有別，也不同於早期南來的作家對中國在茲念茲的情感。至於有文化鄉愁的創作者，他們的中國想像或是透過古典得到最好的發揮，亦有特殊的例子如林幸謙，把自我定位於本體論的流離，以下就從這兩點展開論述。

一‧古裝策略

　　這些生於斯長於斯的華人創作者，既能夠清楚劃分國家與文化認同之別，因此我們讀到的散文是一種對中國文化／文學的孺慕之情——他們的中國慾望完全被古裝化／古典化，成為一種文化鄉愁，而非對中國土地的認同。對創作者而言，文字是首要之務——甚麼樣的文學語言才足以達意？除了達意之外，甚麼樣的文字形式可美化修辭，也同時提升文學性／藝術性？這本來屬於修辭的範疇，但是修辭的選擇其實暴露了意識形態，語言洩露作者的慾望。正如巴赫汀（Mikhail Bakhtin）所說的，意識形態本來就顯現在對語言的追求（選擇）上，

敘事永不休止地建構身分，去抗衡差異（1987：295）。馬來西亞散文裡的中國慾望，往往體現於大量古典詩詞的挪用。相較於日常可習而得之，或使用的白話文，古典文學的文言文是書面之物——文字最精粹者，尤其是馬來西亞的華文，經過本土化之後，日常用語裡不免摻雜太多雜質，因此挪用詩詞往往成為許多散文慣有的現象。

　　對於有大中國視域的創作者，現實中國已經回不去，中國慾望只有投射到散文裡，最好的中國化方式無疑是古典／古裝策略：想像的維度透過各種詩詞的化裝而得到最好的發揮，亦可從自身的形像分化出一個想像客體，寄情於古典時空。何棨良在〈這種眼神〉裡所投射的感時憂國情感，就挪移自屈原：

> 我已相忘於江湖，江湖落魄，壯志飄零，你我都是漂泊的族類，沒有故鄉，只有孤獨與唱不起的悲歌。……我已看到屈原底黝黑的靈，挾以霜風冷劍，從汨羅江娘娘昇起，披頭散髮，何奈憂國的人啊！屈原啊屈原，吾應擬汝？……我又能幹些甚麼呢，我自己再強也不能再寫一部無韻的離騷啊，再強也不能重演七步成詩的故事了。……昨夜我酩酊大醉，酒入愁腸，沒有相思淚，只有滴滴紅血！我哭泣了一夜，這十九生命！我右手握一截長劍，左手執著詞卷，迷惑而倦睡於蓮池邊，檀香裊裊，蟬聲悠悠，猛烈醒來，竟發覺每一朵蓮都已凋謝。(《蕉風》259期，1974：60)

這段文字可以說是以白話文寫成的古典文學，情感和意象都十分古典，劍與詞是兩條主線：江湖（武俠）和古典的混合和溫瑞安殊幾近之，然而其孤獨之情究竟從何而來，散文並沒有交代。作者以屈原為傾訴的對象，而屈原的憂國在這篇散文並沒有寄託，如果有，只是借屈原的愁以澆個人塊壘。「酒入愁腸，沒有相思淚」，是從范仲淹的〈蘇

幕遮〉「酒入愁腸，化作相思淚」而來，其他如以紅血喻淚、蓮、檀香等都是從詩詞中來。

　　這篇散文穿上古人的衣服，不見今人的情感和個人的意象，浪漫情懷漫漶。譬如走在冷風落葉裡，他把那些飄落的葉子想成是林黛玉的化身，「輕輕把古代的幽怨全部交給我們這一代人」（1983：3），想像他自己是「一個醉裡看劍的白髮書生」（6），「醉裡挑燈看劍，夢回吹角連營」出自辛棄疾的〈破陣子〉，這是把自己的個人情懷古典化。或者是從武俠小說裡得到觸發，譬如從古龍的小說裡挪用〈十年磨劍〉一句為題目，繼而以「江湖秋水，何其滿漲，我的江湖，又何其影單魂孤。我寫下了我底濺淚的悲憤」（《蕉風》273 期，1975：56）模擬江湖的情境和感覺，抒發其孤獨之情。然而所謂孤獨，作者只以一種文藝腔說：「沒有練武，沒有名師，也沒有破缸救友的故事」（同前引）。另外一篇名為〈愛蓮說〉亦然，開始第一句「這樣下去我會很快死的」（《蕉風》268 期，1975：42），彷彿為這篇散文的浪漫基調做了最佳開場：

> 周敦頤說蓮是君子。你不是君子。你是，你是我整座東方的王朝。想起太白的藥酒，河西的船家，櫓聲隱隱，雙槳輕輕，足以代表整個東方民族，我的美，我的荒涼。你是我荒涼中的王朝。此刻只沉浸著太古的靜，我縱有情，亦不會學古人了。我畢竟是一條淨淨的漢子，雖半生殘廢，撫琴落魄，這都不足以阻我奔向盛唐之月。你我靜歌共飲，我酒醉紅顏，卻又怕情多累美人。（同前引）

東方（中國）是美而荒涼的，這段文字的意義表達較為清晰，作者的中國情懷藉幾種意象透顯，蓮、盛唐、琴和月組成古典的時空，一漢子撫琴對月，文字中的「你」具歧義，可以是中國、亦可是蓮、或是

以蓮爲名的女子，總而言之，是作者託以寄懷的對象。對象爲何並不
重要，重點是作者使用了十分中國的意象和語言，甚至情感、思考模
式，一言以蔽之，都是籠罩在古詩詞裡的。根據巴赫汀所說的，這種
對形式和語言的追求，充分展現了作者的文化鄉愁。譬如何綮良寫雨
景的散文〈長雨〉，第一段作者一再以狀聲詞寫雨聲，這段文字是對
余光中的〈聽聽那冷雨〉遙遙致意，把古典詩詞裡的雨景夾入現代散
文，例如：

> 我的盤坐，是一種人間的姿態。我愛人間，高處勝寒？人間的，
> 橙紅的黃昏，清淡的夜。今夏、今夏，渭城輕塵、輕雨。商略
> 黃昏雨。滂滂沱沱。徬徨於雨中，是誰？我的鬼魂？雨的鬼魂？
> 淅瀝淅瀝淅瀝，這真的是雨嗎？不是，不是的。點點滴滴。啊
> 是紅顏的淚，午夜咽落如一首古老的樂曲，古老的，鏗鏗，狠
> 敲家國之痛。家國。
>
> 聽雨、聽雨。
>
> 童年、童年。從童年聽到少年。我的少年。
>
> 又從少年聽到青年，琵琶一夜夜盲奏，奏低調子，奏無調的。
>
> （溫任平編，1982：354）

這段引文的古典出處具在余光中的〈聽聽那冷雨〉裡，渭城聽雨、商
略黃昏雨，或是青少年聽雨，乃至鬼魂（余光中寫過一篇〈鬼雨〉哀
子之早夭），無一不有所出，余光中的中國情懷，以及其融古典入白
話，以及擅用擬聲詞的特色，這篇散文皆有師承。不只是何綮良，〈聽
聽那冷雨〉更爲另一位散文創作者陳蝶所沿襲。

陳蝶認爲「究竟舊體詩的美是比較持久的」（164），因此我們不
難明白爲何她寫雨必得要引蔣捷的〈虞美人〉：

> 卻是雨綿綿的落在古代落在今朝肯定也落在未來的空中街

道，雨是不受時空限制的，古人詠雨今人詠雨，少年中年老年
對雨的感懷又是不同的境界。你聽雨又如何？「少年聽雨歌樓
上，紅燭昏羅帳，中年聽雨客舟中，江闊雲低，斷雁叫西風，
而今聽雨僧廬下，髮已星星也，悲歡離合總無情，一任階前雨
點滴到天明」。滴滴答答的雨，在山間在河上在人的心裡，在
蕭條的午後在冷冽的清晨。（164）

引用古人的語言是一種向古典致意的方式，但在創作中，創意毋寧是
最重要的，如果不能變化其文意而出之，而是全然搬用，自己的風格
和語言同時也被古典掩沒了；其次，這段文字和何繁良的一樣，無疑
是余光中〈聽聽那冷雨〉的再詮釋[11]。陳蝶亦不晦言好作古人吟，「我
心中保有一塊土地，是古畫上江闊雲低的水邊，水邊有垂柳茅屋，屋
旁有長衣人，亦有草鞋的挽魚簍釣者，那畫是無色的，無限的清遠，
萬分的淡美」（168）。這樣的想像令人聯想起柳宗元〈江雪〉中的釣
者，獨釣寒江雪的畫面一片白茫茫，那種悠遠的畫境是屬於傳統山水
詩和山水畫的美感經驗，對陳蝶來說，大概亦是老莊隱逸精神的轉化
吧！何繁良在〈長雨〉同樣以雨、蝴蝶和莊周通往中國，譬如：

多少連綿雨。多少霧雲。多少滅在古代熒熒的青光？急急的蝴
蝶，與急急的莊周，一生中可曾擁有這急急的美麗？栩栩然蝴
蝶，遽遽的莊周。蝴蝶蝴蝶，雨中的蝴蝶，可就是雨中的莊周？

---

[11] 除了宋詞的直接挪用，此文更因襲了余光中〈聽聽那冷雨〉的片斷：「雨
在他的傘上這城市百萬人的傘上雨衣上屋上天線上雨下在基隆港在防波
堤在海峽的船上」。同時余文也援引了〈虞美人〉，但有變化：「一打少年
聽雨，紅燭昏沉。兩打中年聽雨，客舟中，江闊雲低。三打白頭聽雨在僧
廬下，這便是亡宋之痛，一顆敏感心靈的一生；樓上，江上，廟裡，用冷
冷的雨珠子串成」。

　　蝴蝶是我？我是蝴蝶？莊周是我？我是莊周？（溫任平編，
　　1982：354）

這段文字訴說的是強說愁的情感，生澀的古典夾雜白話固然不成熟，
卻是一種對古典的追慕和致意，對於許多以華文創作的創作者來說，
由於對中文／華文的熱愛，他們往往視古典文學為語言最精純者，再
加上余光中對新馬一帶創作者的影響，我們看到古典和余光中的雙重
影象在這些散文中遊移。

　　陳蝶這樣解釋古典和老莊對她的影響：「我能對中文作無盡的禮
讚和響往，對山野之趣作無限的追求與懷念，都是不作漁樵卻有漁樵
之意的父母的影響」（1989：168）。她有「對中文作無盡的禮讚和嚮
往」，證諸陳蝶的散文，所謂的禮讚和嚮往的表達方式有二：一是她
對詩詞多方的援引；二是她對隱逸的興趣。

　　〈上山〉一文中她這樣寫道：

　　　長長的三十年，沒有寒，而只有暑，只有赤道上炎炎的紅，日
　　　日輪迴，月月輪迴，我在頂著紅日的南國之夏，尋遍蓮根；我
　　　在許多相異的族類之中，不能忘懷一種語言，啊死也不能背棄
　　　的語言，死也不能相忘的文字！我在被允許的理智中，把相思
　　　刻在石上，把性情溶在墨裡，把胡琴跟禪師倒的語錄，放在老
　　　子同莊周的中間，啊我的笑與淚，都是那麼有跡可循，寒山子
　　　的智而哭，痴而笑，大醒的醒而淚，悲而吟，連我哭泣的戀愛，
　　　都不能例外地早早就註明在白香詞譜內，讓我讀著的時候，恍
　　　如手捧前世的遺書，憂愁得無以自制。（1989：79）

陳蝶亦以蓮為中國的象徵，尋找「蓮根」頗有尋根的意味，這根即是
中華文化之根，更正確的說法是，古典文學的修辭──所謂「死也不
能背棄的語言和死也不能相忘的文字」方是她所尋的根。引文中的相

思是指對中文的相思，包含了禪和老莊，是隱逸詩人如寒山所宗者。
把典麗的修辭視爲維護中文的根，這樣的確認其實是一種誤認，所移
置的中國或只是其末枝。因爲把中國寄託在修辭上，很自然的把所讀
過的古典詩詞移植，然而古典情境畢竟和馬來西亞格格不入，中國有
四季、有亭台樓閣，更有古人登高望遠以寄悲愁。

　　陳蝶宣稱「這裡有溫柔了一個夏季之後便整裝等雨的蓮，這裡有
禪音古寺，這裡有龍族的舞，有唐人街那裡最常播出的粵曲和民歌，
啊也有最令知覺比較靈敏的人們經常引以爲憂的龍族名分的問題」
（79）。提到華人的處境，亦是輕描淡寫帶過。她寫馬來西亞仍然是
以「中國」爲思考中心；馬來西亞常年如夏，何來「一個夏季」？而
龍和粵曲所指涉的是一個破敗的時代，彷彿是西方眼中神秘而落後的
「中國」，在陳蝶的散文中，這個中國既是前世的中國，也是作者所
誤認的中國。

　　同樣的情況出現在梁紀元的〈散文二則〉，那風景應該出現在唐
宋：

　　　　側耳傾聽，有打更的跫音走過，還有一絲絲遠處的馬嘶，遙遠
　　　　的蹄聲。今夜有唐朝的濃郁，有宋朝的纏綿我已躺在遠古的花
　　　　燭裡。(《蕉風》278 期，1976：6)

打更、馬嘶、蹄聲和花燭都屬於古代，即使這是作者的想像，附著在
想像背後的意識形態是中國古老的靈魂；至於唐朝是否濃郁，宋朝是
否纏綿，那都是作者按自己的想像而任意再現的景況。古典修辭並不
等於作者的文學素養，那是對自己的文字缺乏自信的裸露。

　　溫任平的《黃皮膚的月亮》彌漫著他自己所謂的「孤獨和落寞的
迷霧」（1977：54），這種不說理由而祇是抒情的書寫方式，從其散文
所提供的隱約線索，我們可以溯源古典中國，那是一種古代文人因「不

得志」而生的鬱悶，然而作者自稱自己在工作上面頗爲順利，則這種不得志在現實沒有著落之處，或許可以名之爲「古典策略」──向古人借其鬱悶之情以爲創作之動力。譬如作者在〈黃皮膚的月亮〉所說的：

> 可是銅鈸和鑼鼓的聲浪卻翻湧自我的枕傍，直敲我底耳膜，雖然我甚麼也沒看見，可是我卻敢肯定那晚上映的是「趙氏孤兒」。後來酬神戲還繼續上演了好幾天，每晚我都伏在枕上，凝神聆聽，由始至終，我都沒有去看，我擔心那種燃燒的古典予自己太大的驚嚇（1977：185）

作者所追求的是一種古典情懷，由於使用太多象徵語言，上下文亦沒有交待清楚，以致讀者常常感覺到作者追尋的熱忱卻不明所以，譬如作者有〈天問〉一文，通篇以仿屈原使用疑問句，然而所問常是憑空而降，譬如「牆倒了，石像崩潰了，屋宇倒塌，田園將蕪，沒有人重建，你如何忍心看下去？」（229），此問彷彿對象是陶淵明，但證諸前後文，只能讓讀者讀到他的鬱悶。作者有多篇以古典爲題的散文，例如〈暗香〉、〈朝笏〉、〈天問〉、〈惜誓〉等，溫任平和其弟弟溫瑞安的鬱抑之情近似，然狂放則不及。

　　文字是創作者的利器，它的高度等於思考的高度和深度，倘若文字囿於古典，則其視野和思維模式必然受侷限，因此在向中國致敬的時候，或許也該爲創作主體尋找新的方向。對於在馬來西亞以華文創作的華人，除了身分的追尋和確認這複雜的認同課題之外，更重要的，恐怕是如何運用屬於自己的語言創造個人的風格吧！

二‧本體流離

　　同樣從馬來西亞到台灣，和溫瑞安[12]一樣而今滯留香港的林幸謙，是另外一種類型。中國認同是一個向總體「意象」靠近的過程，相信那裡確實有一物存在，以我們的想像和方式去書寫它，傳達我們的慾望，一種意識形態，逐漸使它變成了我們的信仰。然而「中國」其實並不如表面上那麼單純，它內部蘊藏糾結、矛盾的情感，每一個人都以他自己的方式去想像，於是便呈現了許多不同的面貌。同屬中國認同，溫瑞安體現一種完全感性的，以氣使才的書寫方式，他那由古典和武俠所建構的中國停格在七〇年代；而八、九〇年代的林幸謙則是理性駕馭感性。若以風格論，兩人都同屬雄渾（溫瑞安雖有類似公開情書的散文，然其基調仍是雄渾的），也都先後由馬來台，再居留香港，生命歷程有相似之處，中國認同則有所區隔。溫瑞安尋找身體和精神的雙重回歸，把台灣當中國，稱自己是華僑；林幸謙則是自我邊緣化，他以「海外華人」這稱謂取代華僑，以文化中國為自己的故鄉，現實生活裡故鄉並不存在，身體所在之處都是異鄉，在〈盤古氏的傷口〉一文中他表示：「人類原本就沒有家鄉，鄉園只是一種無可理喻的幻影」（1995：35）。從這樣「本體論的流放」信仰出發，林根本上就否定了一實體的土地／家鄉可以指認：

> 自從祖先離家背景，他們就往回家的路上走，而不是往離鄉的
> 路上走，卻永遠也回不了家，愈走愈遠，終其一生，恐怕都回
> 不到故國。（同前文，35）

引文出現一個悖論，離家如何會是往回家的路走？這意味著家要在離

---

[12] 關於溫瑞安和神州詩社，詳見本論文第四章。

開的時候，鄉愁才出現，就精神層次而言，他們確實是在離家的時候才會意識到回家。而飄泊彷彿是中國人的集體命運，不僅在馬來西亞，許多海外華人終其一生背負著鄉愁，始終都回不了故國，故鄉成了生命中永遠缺席的存在，誠如霍米‧巴巴所說的：「它（認同）在空間上的特徵總是分裂的──它使缺場的東西在場──並暫時延異──它是一種總是在別處的時間的再現，一種重覆。這個意象不過是權威和身分的一個附帶物（appurtenance）；絕不能依詞形的相像而將其讀作某一「現實」的「表象」。接近身分的意象，只能通過總是將其表現爲一種閾限現實的移置和區分原則（缺場／在場；再現／重覆）而否定任何意義上的創新或充足性，才是可能的。這個意象既是一個隱喻的替換，此在的一個幻覺，同時又是一個換喻，標誌其缺失和損失的符號」（羅綱、劉象愚主編，1999：210）。

　　鄉愁總在離去時才產生，因此當我們意識到故鄉時，總是在別的時空中，這是故鄉存在的另一形式。就林幸謙來說，馬來西亞是異鄉，到了台北，故鄉也不在場，他並不像神州成員那樣以爲回到祖國，一再被延異的故鄉遲遲沒有出現，那麼，他的故鄉在哪裡？以甚麼形式存在？

　　就林幸謙的例子而言，中國是一個形而上的存在，它是一種身分的象徵，他的鄉愁是文化／文學的，是一種因爲血緣和歷史而生的，無關乎國界：

> 流放情境，曾經使海外華人失去了他們的身分，渴望著回歸主流。在中國模式的歷史情境中，海外華人最沉痛的記憶不外是這種流離的文化情感。由於歷史文化的牽引，加上個人的選擇，我也走上了尋找回家的路。（〈盤古氏的傷口〉，34）

由此，他十分清楚自己一生都要在失根和尋根中渡過，中國是不斷以

書寫去接近的故鄉,「祖國便是人類心理上的文化故鄉」(〈群雨低濕的海岸〉,51),在「文化鄉愁中意外地解構了飄泊與回歸的迷思」(〈黃河是中國的隱喻〉,74),溫瑞安重構他想像的中國,林幸謙則剛好相反。他不斷的解構及否定,以削去法尋找自己的中國,逼出中國是碎裂的,在每一個海外華人的體內;其次,他在書寫中試圖去探索海外中國人的集體潛意識:

> 我在書寫中力圖尋找海外中國人的某種集體潛意識,以期把自
> 己融入整體幻想之中。對於集體感的追尋,內心殘存的原鄉神
> 話的記憶,一點一點滲入意識層。集體記憶中殘存的痕跡,被
> 理想化了的原鄉以其慾望的面目為我喬裝。我試圖揭開隱密的
> 自我,卻一再受挫於繁瑣的壓抑體制中。(〈狂歡與破碎〉,206)

意識形態和人的潛意識盤根錯結,而文字書寫實難再現/挖掘這裡面的複雜關係,尤其牽涉到集體潛意識的身分認同。林不斷尋找/書寫,卻總是發現自己落入相同的模式之中——身分意識的焦慮之感。他認為自己尋找的是一形而上的文化鄉愁。實則民族身分、文化身分、集體身分以及自我身分的衝突彌漫字裡行間,大量的隱喻和暗喻使得身分曖昧不明,連帶文本也呈曖昧性。林在馬來西亞時異鄉感的來源,就其散文中所能得到的訊息,主要是土著(馬來人)和華人在教育政策上的不公對待:

> 我暗自推度,數十年前,斑黛谷上這片寧靜的處女林如何在鋼
> 齒下被逼改造;而一九六九年的新經濟政策又如何以種族配額
> 制把成績優良的華裔學生拒於高等教育門外。沒有人反對以種
> 族配額去援助較貧苦的土著子弟,可是一些大學的土著配額竟
> 高達九〇%或高達九五%,而全國土著人口卻不佔總數的一
> 半,更何況全國還有專收土著的大專學院。自從高等聯邦法院

> 判決華人不能籌辦以華文為媒介語的獨立大學以後，必有懷著
> 憂憤的詛咒的影子，曾在這片湖岸上嘶聲虐呼；有偷偷流淚走
> 過的，也有無動於衷的來來去去。（〈人類是光明的兒子〉，69）

從引文我們可知，教育政策偏差所引發的疑慮是：同是這一塊土地上
的人民，為何待遇不公？既然待遇不同，意味著在權利分享上有主次
之別，既有主次之別，則有主人和非主人的區隔，華人只有轉而認同
／擁抱自身的文化和歷史。

　　馬來西亞的華人教育史一直是華人對自身利益的抗爭史，一九六
七年教育部宣佈出國留學生必須擁有劍橋文憑方能出國升學，使華人
社會嘩然，深恐華校畢業生難以赴台或其他國家深造，因此董教總想
創辦獨立大學，接續華文小學、華文獨立中學，而成為完整的華文教
育體系。然而進入公元二千年，獨立大學至今未被批准[13]，政府資助
華文小學，而華文獨中卻是華社自資，從一九七五年董教總提呈教育
部的備忘錄可知，華人教育問題荊棘處處[14]。八〇年代，政府中學更
在初級文憑考試（SRP）和高級文憑考試（SPM）設下華文和美術任
選一科的規定，如此使大部分就讀政府學校的華人減少選考華文的機
會。華校畢業生沒有 SPM 文憑不能進入師範學校（必須擁有一等文
憑，馬來文優等），教育問題恆與華人政治權力的消長有關。

　　大環境促使人反省認同是甚麼，而這樣的思考到了台灣，更加弔

---

[13] 獨大未被批准不只是政府當局對華人不公的表現，六、七〇年代在馬華社
　　會後來演變成董教總和馬華公會的利益之爭，詳見謝詩堅，137-143。

[14] 董教總在一九七五年提呈備忘錄分發絡各州的華團簽名蓋章，在民間引起
　　關於華教的熱烈討論，其內容大約可以概括為廢除不利華校（包括華小）
　　的不利法律條文、承認華校高中文憑、廢除大專院校固打制、要求津貼獨
　　立中學等，詳見謝詩堅，275-276。

詭。台灣在血緣和文化上都更接近中國,但是林對台顯然並沒有歸屬感,「南中國海的潮聲夜夜從小窗外傳來。福爾摩沙,北回歸線上的藍天沒有一片屬於我,而我生命中的大花園還遠在遙不可及的前方。」(〈秋,我來到福爾摩沙〉,268),馬來西亞既是異鄉(「我們猶同故國邊陲的客人,在自己的家鄉被眨為他者,並在後殖民的論述中喪失了主體性」,10),到了台灣,本土意識已經茁壯,僑生不再像溫瑞安那時代備受禮遇,台灣成為另一個異鄉,「僑生」的異鄉感可能更甚於馬來西亞。馬來西亞至少是成長的土地,親人都在那裡,若非不公的待遇,可能產生多重認同(multiple identities),如此華人流離(Chinese Diaspora)鄉愁就不會被召喚出來:

> 身為諸神的海外人,一生原就充滿了懷念,充滿迷思。外省族
> 群在台灣,以及台灣在國際社會上的處境,正如僑生在台灣的
> 處境一樣,既不被認可,亦得不到世界各國的尊重,如夢幻的
> 泡沫般被排擠在世界一隅,雖然力圖尋回失落的身分,卻在政
> 權角力中,任憑扭曲。(〈過客的命運〉,91)

林以其論述和抒情雜揉的散文風格反思華人的身分,包括海外華人、在大台灣本土意識高漲之後的外省人、台灣在國際舞台的身分,都是一重又一重的隱喻,以這樣的角度思考華人的位置,凸顯出一種被壓抑的存在,因為被壓抑,便以敘事不休止地建構身分,不斷瓦解又不斷確認,把自我邊陲化,而實際上也只有邊陲化,才能安頓曖昧的身分:

> 從一個他鄉到另一個他鄉,從家鄉的異客到異鄉的他者,我們
> 始終處於邊陲。邊陲的人生,不僅指原鄉的失落,也說出了身
> 分的曖昧性。為了紓解禁忌的威脅,我們拼命地從社會邊緣往
> 中心力溯,內心稍感過度的負荷,壓抑中自有不想啟口的感

觸。個體和民族的壓抑，提早促成我們隸屬歷史的寂寞。(〈盛年的慶典〉，11)

這段文字充滿邊陲性，身分邊陲化是不得不的選擇，如此在「精神祖國與現實家園同樣弔詭十足」(74) 的時代中，才能找到安身立命所在。不過，身分曖昧並無損於文化認同，因為「文化的」就和「歷史的」一樣，帶有中性意味，但在凸顯自身的邊緣性時，文化和歷史被視為主體的支柱，它亦必須被邊緣化，在馬來西亞時必須如此，在台灣，則反而要以馬來西亞華人的身分凸顯自外於台灣（而非中國）。台灣在林的認知裡既是邊緣，和他的身分無異，因而他在台灣形成「邊緣中的邊緣」，與神州（見第四章）「中國裡的中國」形成兩極化的例子。邊緣化的身分讓他無論是在馬在台抑或今之香港，是一種合法化的不歸，因為邊緣化解構了飄泊與回歸的迷思，既然處處是異鄉，處處都是他者，則亦意味著處處可以是故鄉。

小　結

本節論述馬來西亞中國性與馬華性的消長變遷。從早期南來移民的中國鄉愁，到馬華創作者離析中國想像和文化認同——馬來西亞是他們的家國，中國以文化鄉愁的形式而存在，這種現象肇因於創作者使用中文／華文創作，因此無可避免的將牽動文字背後的象徵系統；其二，在華文教育受到脅迫的情況之下，使創作者產生此鄉非吾之鄉之感，因而有林幸謙從本體流放的角度出發，根本否認了故鄉的現實存在，文化祖國成為其精神和身體的回歸。馬來西亞華人的國家認同和文化認同清楚二分，必須釐清的是，文化認同本非一成不變，它在

脈絡化之後，我們讀到的中國文化認同裡面，其實已經經過「峇化」的混血過程。其主體精神仍是中國文化，但在涵化的過程中，一種屬於馬來西亞的華人文化亦在緩慢成形。

第四節　中國與本土的雙重認同

　　論述東南亞華文文學與中國之間的關係，必得觸及當地的政治與社會背景，方能見出華文文學在各國的發展差異。第二節所論述的新加坡和第三節的馬來西亞，他們的華文文學比泰國、菲律賓和印尼三國的豐富，乃是因爲在政治上，新馬二地的華文並未受到政治力的阻斷，馬來西亞的華人教育雖獨立於政府的教育體系之外，卻充分發揮華文文化的傳承功能。本節論述的印尼、泰國和菲律賓的華文散文，不論離析國土認同和文化認同，或是透過懷鄉題材表述其中國鄉愁，乃至以當地爲第二故鄉，意圖俱在辯證本土與中國的關係。

　　緊鄰新馬的印尼，從五〇年代民族主義情緒抬頭，以及對中國的政策改變，印尼政府關閉了所有的華校和民辦的華文報紙，而且禁止華文書報的進口，僅餘的一分《印度尼西亞日報》，是半華文半印度尼西亞文的報紙，以便傳達政府的政策法令。長期在這樣的狀況之下，華文的閱讀人口銳減，更遑論創作。從一九六五年開始的三十年間，印華文學陷於空前的困境和低潮期；進入九〇年代以後，中印關係漸有改善，但仍然不准公開推展華文文學。因此印尼華文作家多在海外發表作品，或在海外結集，如在新加坡出版的《沙漠上的綠洲》即是，新加坡作家駱明在本書之序文中表示：「今年（一九九四）七月間，在馬尼拉參加了第四屆『亞細安華文文藝營』返新時，卻意外跟印尼幾位朋友會了面，說起亞細安好幾個國家的寫作人都出了好多書，只有印尼沒有」（1995：1）。處在這樣不利的環境之下，華文文

學之薄弱可以想知。

印華作者黃東平曾在其散文〈華僑文藝寫作的「條件」〉，反映當地是個不利於寫作的社會，本來有才華的南來作家到了印尼大多封筆做生意，在沒有文學讀物的情況下：「遠離故國的文化，遠離漢字的普遍使用，遠離文藝界前輩的指導和同輩的切磋，而又在這絕難獲得有關的學習和參考資料的環境裡，和在這到處是唯利是圖並且歧視文人的情況下」（1997：23-36），印尼是個「絕難」獲得華文學習機會的國度，而且連華文也不准出現在公共場合；透過作者另外一篇散文〈海南雞飯與「中華文化」〉可知，印尼政府如何透過政治力量壓迫華人。作者甚至表示，習慣了沒有漢字的街道，「偶爾看到華人區有一個漢字街招之類出現，反而覺得意外而且耽心，彷彿誰幹了犯法的行徑」（1997：35）。

黃東平是出生於印尼的華人第二代，自學成功，寫作長篇三部曲《僑歌》反映早年華人的生活。小說的第一部《七洲洋外》和第二部《赤道線上》完成許久，才寫第三部《烈日底下》，而最終草草寫了五萬字了事，原因是「歲不我與，生活條件不我與，政治環境也不我與」（190）。《僑歌》寫作到出版的過程極為崎嶇[15]，政治氣候再加上惡劣的現實環境，無疑是中文書寫的一大阻力。這樣的環境也因此使

---

[15] 黃東平在〈我寫《僑歌》〉記述他寫《僑歌》的艱辛過程，由於印尼政府不准華人使用華文，於是他每寫成一章便立即修改，謄成多分，用複寫紙和圓珠筆，六張稿紙，五張複寫紙，透十一層謄抄，抄後再校對一遍，把錯字修改，分放幾處保存，第一部寫了四十萬字，由於寫時十分用力，手指因此受傷。如此冒著生命危險寫稿，最後交由香港出版，出版後領到四千五百元港幣，後來由於與出版社失去聯繫，連書也下落不明，如同賣斷版權（黃東平，1997：178-191）。

華人產生「華僑」的情感──這塊土地非故鄉吾土，華人在這裡是寄人籬下，例如明芳寫的〈淡淡的鄉愁〉既以生長的萬隆市為故鄉，但是也以從未到過的廣東梅縣為故鄉，那是因為梅縣是父母親的故鄉：

> 父母親就像是生長在北溫帶的兩棵樹，被移植到熱帶；習慣了赤道線上的烈日暴雨之後，開花結果。我們就像樹上的果子，掉在深褐色的大地在風霜雨露的滋潤之下，發芽成長。根，已深深縈進熱帶的泥土裡。無論環境怎樣艱苦，都不輕易倒下；而是去適應環境，默默地忍受著。……我出生在萬隆市，養兒育女也在萬隆市，把美麗的萬隆市當成了家鄉，根本沒甚麼鄉愁可言，只是，當白髮開始冒出來，當一些同輩的朋友探親回來，聽到故鄉的消息時，才會有淡淡的鄉愁。（李莫愁等著，1995：140）

這是海外華人流離的心路歷程，尤其在備受排擠的印尼，作者雖然表示已經對印民產生了鄉土認同，但是對於父祖之國，不必經由實際的生活經驗便能產生認同，或許這與印尼排華的政策有關；同樣是在馬來西亞或新加坡，如同第二和第三節所述，出生於當地的華人已經清楚離析中國鄉愁與文化鄉愁。對於受壓迫的華人，他們一來較易對本土離心，二來當中國重新開放，重履父祖之國復又喚起了中國鄉愁，顯見對於印尼華人，中國仍是他們的集體鄉愁。

　　相對於印尼的排華，泰國的華泰融合過程卻是較溫和的，第二次世界大戰之後，由於泰國政府與日本締造軍事同盟，因此藉口華人反日行動曾逮捕和驅逐華人；當地華人和二、三〇年代的馬來西亞華人一樣救濟中國，導致泰國政府封閉華僑學校和華僑報紙，強迫當地華人學習泰文，削弱華文，取締中文中學。一九四六年後，中學全部停辦。但是在一九五五年，由於左翼分子已經返回中國，華人中更無人

再作革命工作，因此泰國政府開始規勸華人加入泰國國籍，自此泰華通婚者眾，泰國人信奉佛教，更加速華人的同化過程。實際上，華人佔泰國人口多少已無從統計。

泰國只有民辦的華文小學，中學只有五所華文夜校，秦牧指出，「這種學校是培養不出有寫作能力的未來『作家』的。加上一般家長多數不送子女進泰文小學去學華文」（犁青編，1991：43），再加上泰國政變頻仍，一九七六年曾全面關閉中文報紙達十七個月，華文在種種不利的外在環境之下生存，加上年輕一輩的泰化，使得華文文學的創作者高齡化，是泰華文學的最大隱憂。目前的泰華作者，年齡最年輕者是四十歲左右（同前引）。

泰華的創作者大多是來自中國，而後成為泰國公民，或者是早年在當地出生的泰國華人，他們固然產生了本地認同，卻也具有中國情懷，這與他們的生長背景有密切關係。譬如一九三三年出生於泰國的司馬攻，少年曾返回中國居住，他的散文題材兼具當地色彩和中國情懷。在〈在炎熱中微笑〉一文他以隨遇而安的態度面對泰國炎熱的天候，並不像一般過客心態懷念故鄉的四季，而是恬適的表示：「何必有四季分明，只要生活得愉快，生活得有意義，就是只有一個整年皆夏的天氣，人們仍會在炎熱的土地上微笑」（1989：58）。

泰國素有「微笑的土地」之稱，梅影也在〈湄江瑣記〉中表述了認同的轉變：「我來自四季分明的北中國，從開始的不習慣，到能夠適應熱帶的氣候，最後竟愛上這片被稱譽為『微笑的土地』」（湄南河副刊，1987：126）。他自蘆溝橋事變後遷居曼谷，和司馬攻一樣，從適應氣候這個細節上表達對泰國的土地認同。

司馬攻在《明月水中來》這本散文集中書寫泰國的風景人物，使用的不是過客或遊人的眼光，而是當地人民的觀物角度，來記述泰國

的水燈節或是曼谷玉佛寺的十二門神。在部分懷鄉題材中，則流露他
對中國的情感，在〈三個七‧七〉中，他以七月七日串連起三件往事，
從故鄉潮汕的民間習俗寫到七夕，再延伸小我到蘆溝橋的七七事變，
特別是第三節蘆溝橋事變對中國的勝利，他這樣形容：「偉大的中國
人民經過了八年的艱苦作戰，終於得到了最後勝利」（49）。

　　至於〈故鄉的石獅子〉則是記述祖祠前的兩隻石獅，作者曾在歐
洲和香港見過類似的造型，但卻認為「藝術性比不上中國任何時代的
石雕獅子」（3），緬甸和泰國的石獅受中國的影響，作者認為它們比
起歐洲的要具藝術性，「優美多變的線條，威猛中帶著柔順可親的性
格造型，同我家鄉祖祠門前的那對石獅子極為相似，我想同牠們玩玩
一番，但是總覺得有點陌生」（3），或許讓作者產生高下之別的並不
是外觀，而是情感，特別是在外在條件相當時，作者仍然覺得它們「陌
生」，這意味著過去的美好反襯出現在的缺憾，這是作者的中國慾望
想像／生產出來的「過去」。

　　〈明月水中來〉是一篇詠物散文，作者擁有一把宜興出產的朱砂
壺，壺底刻著「明月水中來」五個字，那是他的祖父留給他的紀念品，
作者用它喝茶，目的是藉這把傳了三代的小茶壺解除鄉愁，可惜他的
兒子無法接受茶的熱和苦，使作者深懼「它可能會永遠的寂寞下去」
（11），「我倒後悔把它帶到泰國來了」（12）。小茶壺是中國文化的象
徵，作者憂心的是中國文化在泰國不傳。有一天他發現兒子在用生硬
的手法泡功夫茶，他表達欣喜之情的手法仍是含蓄的：

　　　這把小茶壺將不會寂寞，它又將有新的主人了。它前時是我祖
　　　父的，現在是我的，將來是我的兒子的。

　　　「明月水中來」這個明月，我看得分明；她是故鄉的那輪明月。
　　　這明月我將留過我的兒子，以及他的兒子。（12）

這段結束全文的文字充滿對中國文化的深情，作者仍然以一貫的象徵手法表達他的中國情感，除了以茶壺而喻文化得以流傳之外，明月這個意象更和故鄉互為指涉，海外華人的流離之情顯現。作者雖然已視泰國為第二故鄉，可仍情繫原鄉。就像另一位定居泰國的作者五指山人所說的，泰國華人雖然身為泰國公民要效忠泰國，「但大家都承認是龍的子孫，身上有龍的血液。……泰國當然算是婆家，而中國就是娘家了」（湄南副刊編，1995：65）。

一九四九年以後，中國和泰國斷交，大部分華人回不去，因此長居泰國，成為泰國公民之後，卻仍然以華人自居，有的創作者即使在泰國居住了六十年，仍然記掛著終有一天要回去。例如陳先澤寫〈故園記〉這篇散文時已八十四歲，「我屈指算算，未見故園草木者已逾六十年，而今年紀一大把，仍棲遲千萬里外，『老大回』云乎哉！」（湄南副刊編，1995：138）。陳先澤的鄉愁也同時表現在對中國四季的懷念上，因此〈楓情篇〉一開始表示，「我愛楓而僑居地泰國無楓，輒引為憾事」（《亞華》：1989/03），從「僑居」二字可以清楚知道作者仍以中國為故鄉，在泰國只是過客。〈楓情篇〉所述無非故鄉之美，以對比出今之不如昔。

不只是陳先澤如此，江湖浪子也對故鄉和故人充滿眷戀，只是他卻無法泯除對文革的可怕記憶，「整整離鄉十六年過去了，對故園山河的迷戀始終踢不開淒厲可怖的記憶；對鄉親友人的思念，直到如今還懷著戒懼的心理。只有老母，在那險惡萬端的歲月，一同飲淚一同愁的老母，才是我最懷念的人啊！」（同前引，161）。一旦故鄉成為回不去，或是無法回去的土地，遂更加深流離之感，尤其是江湖浪子被逼流離的狀況，那是時代浪潮之下的產物。何里的〈漢人唐人一家親〉寫道：

> 這些當年被賣豬仔過番的潮州大兄的後代，竟對「國語人」有
> 一種親切感，也以能識華文為榮，因為他們的身體與我的身體
> 同樣流著龍的血液，我的心裡莫名的湧起一陣波濤──像火山
> 剛噴出的火紅岩漿掀起的熾熱波濤！（同前引，77）

故鄉回不去，但是他們卻以能講「國語」為榮。語言和文化一樣，是
民族所以凝聚認同的媒介。所謂的「文化中國」在海外的民間社會，
只是抽象的思維層次，或是知識分子的思考方式，一般華人可能把華
人和食物、習俗、方言、民間信仰和「華」縮連，成為定義華人的主
要部分。各國的唐人街所保留的便是屬於物質的層次，就像泰國的中
國城「耀華力路」，那是全曼谷最繁榮的區域，也是貿易樞紐。顧名
思義，那是一條「炫耀華僑能力的道路」。符徵在一篇名為〈耀華力
路〉的散文，即可見出其中國情感：

> 所有的華裔仍沒有忘卻早期華僑刻苦開發耀華力路的光輝成
> 就，是他們祖先留下來精神上的傳統產業，他們軀體上所流的
> 血液仍是中國人的血液，這個早期華僑的傳統美德，仍是他們
> 今後必須繼往開來發揚光大的歷史使命。（同前引，70）

早期到泰國的華人就和流離南洋的華人一樣，大都是為了經濟因素，
本無久居之意，可是共產黨取得政權之後，他們便再也回不去，乃在
泰國定居，遂把泰國視為第二故鄉，他們仍然認同中國文化和華人，
符徵所表述的華人和許多華裔馬來西亞人一樣，清楚區分國家和文化
認同。他認為華人其實已對泰國產生「水乳交融，榮辱與共，息息相
關，牢不可分的感情，全心全意把智慧、力量奉獻給泰國」（70）。

　　夢莉對中國的情感表露在香港回歸這件事情上。〈歡呼中華民國
的盛事〉充分顯示作者的中國中心主義：

> 香港，這個緊緊貼著中國大陸身邊的土地，不管它是幾個山

頭，幾個海島，幾個漁村，幾間茅屋，或多少高樓大廈，畢竟，它都應是中國人的土地。那是天經地義的。

何況在這裡生活著，勞動著的大多數人民和土著人民，都是中國人；因此，它對我們的感覺永遠是親切的，香的。

香香的海灣，香香的海港，香香的土地，與所有中國的每一吋土地一樣。(《華文文學》1997/12)

這段文字充滿作者的偏見和盲點，首先，作者把所有中國人所在地俱視爲中國的領土，凡是中國人的土地都應該屬於中國；其次，作者是泰國華裔，既然如此，香港主權屬誰與她何關；第三，作者認爲所有中國人都應該爲香港的回歸歡呼，純屬個人觀點，她卻以「我們」一廂情願的代表所有中國人／海外華人發言，是以偏概全。這樣中國中心的看法，無疑背反全球化和多元中心的走向。

菲律賓和泰國一樣，無法正確計算華人人口，這是因爲菲華混血十分普遍，根據菲華作家陳瓊華的說法，菲律賓現代文學的啓蒙，和南洋各國一樣都受五四運動的影響，真正出現作品是一九二八年(《亞華》，1999/03，69)。廈門淪陷之後，許多作家移民到菲律賓。菲律賓獨立於一九四六年，戰後菲律賓推行本土化政策，使五十年代到七十年代華文教育受挫，而一九七二年菲律賓馬可士總統曾實行戒嚴令，一度讓所有的華文報紙停刊，文藝活動停止。直到一九八一年戒嚴令解除，華文報紙方復刊，華人創作大部分發表於五家華文報紙的副刊，不過陳瓊華卻以「沒有著作的作家」來形容七〇年來的菲華文藝，因爲許多作品都發表在報紙上，很少結集成書。菲律賓的印刷費昂貴，加上文藝作品沒有市場，一些作家則自印作品(同前引，73)，林婷婷則認爲菲華文學缺乏專人整理史料(見《文訊・菲律賓華文文學特輯》1986/05，69)。

　　菲律賓的散文顯然較現代詩[16]貧弱，莊子明在〈菲華散文寫作瑣談〉指出，「菲華散文寫作的題材，大略可分爲兩大類別。年長的作者，大多撰寫一些回憶往事的文章，將懷舊與思鄉的感情，發抒於紙筆上。年輕一代的作者，常常取材學校見聞、家庭生活等現實環境的小事，未能擴大視野，寫出一些比較有分量和大氣魄的文章」（同前引，188）。

　　新一代的菲律賓青年，已逐漸西化，英菲語說得比華文更好，他們保留的只是華人的風俗習慣。因此具有中國情感的散文創作者，大多來自中國。譬如中國出生、菲律賓長大的作家小四，她認定的國父是孫中山，菲律賓的國父是黎刹，然而當小孩問她中國的總統是誰，她竟一時語塞。在她的認知裡，台灣和中國分離是兄弟鬩牆，小孩的問題一時動了她的鄉思：

　　　　立立，我如何向你述說咱們的鎬京？咱們的洛邑？咱們的鹿
　　　　港，咱們的杜鵑花城？是神州也好，寶島也好，是黃河也好、
　　　　淡水河也好，都是我們的最親最愛，我們似擁有一切，又似一
　　　　無所有。（莊維民編，1994：4）

作者的中國定義似乎包含台灣，或者台灣也可視爲中國，她在訴說中國時，兩者又似乎合爲一體。〈掌中漢字〉所傳達的則是對中國文化的孺慕之情。一九八八年七月十六日，菲國大地震，挖出一具左掌寫著「戴文全一九九〇年七月十八日」的十三歲童屍，作者在報上讀到這則新聞時，不禁感動落淚；這篇文章不只是悼念，更因爲這件事情引發作者的中國認同：

---

[16] 菲律賓的「萬象詩社」和「千島詩社」在菲之《聯合日報》有固定的發表園地，相較之下，散文就沒有固定的發表空間。

戴文全，我們華族的孩子，你掌中三個方塊字，延長了你短短
的十三年的生命。如果——生命是條奔流不息的大河，戴文
全；長江黃河才是你一心一意尋找的源頭。可憐可敬的孩子，
我可以告訴你，咱們的倉頡不會老，美麗的方塊字不會死——
印證自你的小小掌心。（蕭蕭編，1980：289）

作者把長江和黃河視為孩子應該尋找的源頭，從這兩個典型的中國意
象，可以看出作者的文化和地理認同，作者並且借題發揮，設想中國
對小孩的意義，譬如「中國，是如何的尊貴神聖，又是如何的遙不可
及？……當你一息尚存，生命就在頃刻間，你最難割捨的是甚麼？」
（288），而從作者所預設的答案中，這一句「除了生你育你的菲律賓，
神州赤縣也是你魂魄棲附的歸宿？」（288）最能表達作者的中國想
像。

　　秋笛的散文〈中國心〉描寫帶孩子從加州返回馬尼拉，想讓他們
在眾多親友中認識一些中國人，但是他卻發現馬尼拉的年輕一輩已經
變成不中不菲的一代，因此作者返回美國之後，決定要讓自己的孩子
知道，「洋裝雖穿在身，但祖先已把中國的印記，牢牢地烙在他們的
身上，任你如何染髮、整容、易姓，也除不掉身上的印記，更改變不
了那中國心！」（1988：47），作者從血緣和種族的角度來定義無法選
擇的中國，也試圖說服讀者，中國人的外表無論怎麼改變，也仍然是
中國人。

　　至於南來的創作者，他們的散文則流露強烈的遊子他鄉之感，如
吳澈雲的〈故鄉秋憶〉是懷念故鄉的秋景，以對照出菲律賓的熱帶氣
候的單調（施穎洲編：140-141）；黃春安則在〈萬里鄉情〉中，敘述
自己早年為生計故南來，因此每有故鄉音訊，則必然陷入鄉愁之中不
能自拔，甚而淚流不已（1992，103-109）。

　　本節討論印尼、泰國和菲律賓華文散文的中國情懷，不論是從生命記憶到文化鄉愁，或是中國與本土之間的思考，乃至對主體的定位，俱在突顯中國母體和海外華人或近或遠的關係，無論他們認同中國或本土，乃至雙重認同，當他們使用中文／華文作為書寫媒介，必然就啟動語言的象徵體系。即使如此，中國經過本土的洗禮，涵化的過程之後，必然也將更新原有的「中國」內涵，成為帶有本土色彩的中國性。

結　論：中華與本土

　　從生命記憶到文化母體，用「華文」書寫的散文都體現了中華／本土之間的角力，無論這些華文散文對中國的關係是向心力或離心力，本文的論述旨在釐清現代華文散文在發展過程中曾經存在的現象，中國曾經是早期南來移民的鄉愁，「中華」文化也是他們確立主體，安身立命的所在。然而中國／中華並非一成不變的固有實體，無論是處於中國邊陲的香港，或是東南亞的新加坡、馬來西亞、印尼、泰國和菲律賓，由於各地的社會、政治、文化不同，中國／中華認同的表現方式也不同，因此本文論述時力求脈絡化，試圖從中國／本土，以社會學的角度論述「中國」如何變化／轉化。

第四章　想像「中國」的兩種方式

緒　言：文學介入社會的時代

　　七〇年代的台灣文壇，除了鄉土文學論戰之外，尚有兩個值得留意的文學團體：神州詩社和「三三」集團。這兩個具有大中國情懷的團體，擁有各自的刊物，社員時有往來，也常常巡迴各校演講、辦座談會、賣書（社員的著作和集刊），宣揚他們的大中國理想，在七〇年代曾引起所謂的「神州現象」和「三三現象」（楊照，1996：151）。他們曾經吸引過不少嚮往中國文化，而試圖重建中國文化／政治版圖的年輕人。他們召喚／想像中國，也藉著文學打造一條通往中國的路。大中國情結正好和當時反共復國的政治氣候吻合，因此他們也對統一中國充滿了熱情，反覆在散文裡述說著一統的理想。本章把這兩個團體並列討論，乃是基於下述考量：首先，是他們出現的時間俱在七〇年代末期，團員互有往來。他們對中國充滿熱情，各從不同的角度去想像中國，中國成了不斷被追尋的龐大符旨，而實質的中國則是一虛位化的存在，永遠無法被窮盡；其次，兩個集團除了強烈的大中國情懷之外，團員對社團都有很強的向心力，追尋「中國」的熱情使他們的散文風格甚為一致；第三，他們各有隸屬自己的刊物以供社員投稿，同時也接受外稿；第四：兩個社團都各有一個靈魂人物——神

州是溫瑞安，「三三」是胡蘭成。

　　神州是一個以來自馬來西亞的「僑生」為主的文學社團，成員包括溫瑞安、方娥真、黃昏星、周清嘯和廖雁平等，其中不乏台灣的「本地生」如陳劍誰（陳素芳）、曲鳳還、林燿德等;但整體而言，它的「異國」色彩較濃，溫瑞安強勢的領導風格主導了神州的發展。「三三」則以胡蘭成為精神導師，奉行「中國有三千個士，日後的復國大業就沒有問題了」（朱天文等編，1980a：122）的信條，群士包括朱家姐妹朱天文、朱天心，此外尚有馬叔禮、丁亞民、仙枝、袁瓊瓊、謝材俊、盧非易等近五十人，林俊穎以及尚在建中就讀的李明駿（楊照），當時都是小「三三」。

　　這兩個社團的成員大致上都十分年輕，對文學、文化和社會國家都懷有浪漫的理想;就意識形態而言，他們都是大中國的擁抱者，懷抱反共復國的夢想。因此從表面上看，這兩個集團似乎十分接近，仔細梳爬卻會發現，迥異的成長背景，溫瑞安和胡蘭成影響神州和「三三」的方式，以及他們的中國化之路，卻有很大的分際。

　　神州諸人大都來自馬來西亞，溫瑞安、方娥真等人在不利華文發展的環境下成長，這樣的背景使他們反身擁抱中國，然而當時中國大陸已共產化，到台灣升學的神州諸人，在國民黨反共復國的意識形態教條下，都把台灣當復興基地，深信會有反攻大陸復興民國的一天。溫瑞安原來要為馬華文壇做點事的理想，在負笈台灣後，「決定投身入祖國的熱血行列」（1978：10），為「中國」做點事。由於意識到是來自「異域」，他們的中國化之路比「三三」更急切，除了強調知識分子對國家社會的責任感，較諸「三三」等人，更強調「俠義」情操，於是他們習武練劍，試圖以古典和武俠通往中國，並且也思索「中國」的方向和未來，希望能夠如神州社歌所標榜的那樣，發揚「中華榮

光」。於是我們讀到神州諸人，尤其是溫瑞安揉合武俠氣韻與古典情調而成的散文。

　　如果神州的詩（風格）如胡蘭成所說的，是繼《楚辭》元曲之後的正格，那麼「三三」顯然就是繼承了《詩經》的溫柔敦厚特色。朱天文的《淡江記》、朱天心的《擊壤歌──北一女三三記》以及仙枝的《好天氣誰給提名》，可以說是「三三」散文的代表。她們記述對人世的溫情美意，反共復國的理想，以及對文化和歷史的看法等，皆衍生自胡蘭成的那一套「大自然是有意志與息」的生活態度與哲學思考。胡的思想來源駁雜，融合《詩經》、《周禮》、《易經》、禪學，加上湯川秀樹的粒子宇宙論，其論述方式類似文學創作，強調感悟，流風所及，「三三」諸人的散文亦極為浪漫感性。

　　胡蘭成以建立禮樂中國為理想，其中又因朱西寧極力調和中國和基督教的思想，因此他們在固定的聚會討論上，總會以胡蘭成所教導的中國文化觀點為基礎，進而討論東西方文化的差異；在政治上，則認定台灣是復興基地，認同國民黨的反共復國理想，並且視孫中山和蔣中正為民族英雄。他們不只討論文學，也關心國家文化，乃至爭辯政治意識形態，試圖以文學介入社會。不過「三三」成員畢竟太年輕，七〇年代末葉，整個在國民黨意識形態國家機器控制下的封閉社會，已經湧動著變異的暗潮，例如保釣運動、脫離聯合國、蔣中正逝世、與美國、日本斷交等；在文學上，彼時鄉土文學論戰方興未艾，「三三」諸人卻仍然篤信胡蘭成的中國文明論，也深信終有反攻大陸的一天。他們沒有機會去深入瞭解／分析社會的種種現象，卻以浪漫的情懷包裹起世界，對人世充滿自信和愛。

　　楊照在論及朱天心的創作歷程時指出，七〇年代中期以後到八〇年代中期，是台灣文學行動原則（activism）當道的時代，這種行動

原則基本上相信文學不應該錮鎖在個人經驗的描述上，而是希望以文學爲中心，塑建、傳達一套社會哲學，或者是一套行動改革的意識形態（1996：152）。楊照的觀點其實也可以用以解釋神州對國家民族改革的熱情和渴望。時代的風吹向每個人，從馬來西亞回到「祖國」的神州成員誤把台灣當中國，他們在馬來西亞就已茁壯的中國情結和反共神話共謀，隨時代的浪潮而起伏，因此我們讀到他們充滿中國符號的散文，那種大中國的意識形態和「三三」不謀而合。只不過「三三」嚮往禮樂中國的建立，而神州建構出來的中國藍圖，則是類似武俠小說的俠義世界，筆者稱之爲武俠中國。

　　本章分兩節來論述：第一節先論神州，以作品最多的溫瑞安爲中心，次論其他成員；其次是「三三」成員，論述的文本除了朱天文、朱天心、仙枝、丁亞民等在「三三」發表而後結集的散文集，尚有二十八本《三三》集刊，此外，胡蘭成並有系列論述多種，「三三」成員闡發胡的思想，因此兼論胡蘭成的思想體系，以方便論述。

第一節　神州：在江湖與古典中尋找中國

　　以溫瑞安爲首的神州詩社高舉中華的旗幟，標榜「中華榮光」（神州詩社社歌），而他們正是使「中華榮光發皇滋長」的中國捍衛者。溫瑞安的中國化之路，必須從其運作神州的方式與作品兩個角度著手：「神州」是溫瑞安一手創建、打造的王朝，以溫瑞安爲首，是個組織完整的社團，活動和刊物都有濃厚的神話意味，它也是溫的中國藍圖，用以實現其中國想像。本節分成兩部分來論述：（一）·溫瑞安論：溫是神州的靈魂人物，神州以他的思想爲中心，而溫的作品在神州諸人中亦是最多的；（二）·神州其他成員，包括方娥真、黃昏星、周清嘯和廖雁平等，他們的作品數量不多，同質性頗高，而且受溫瑞安的影響。

一·俠骨柔情：溫瑞安論

　　溫瑞安在初中一時創辦「綠州文社」（天狼星詩社之基礎，神州詩社之前身，黃昏星、周清嘯、廖雁平等皆爲社員），爲的是要使中文（文字及以中文書寫的文學）得以傳承，因爲華文課每週只有三、四個小時。到初三時出版了六本《綠洲期刊》，其後他有計畫地辦活動，推廣刊物，甚而引起校方的注意與監視。五十年代由於華文教育受打擊，華文課停辦，檳城霹靂一帶的華文中學紛紛改制，此一惡劣的外在環境促使溫更加速中國化。他在《坦蕩神州·仰天長嘯》這一篇辦社十年小記中說：

> 單就馬來亞教育方針，在一九五一年，華校已由三年級起，必
> 須強制教授巫文，又由五年級起，必須強制教授英文，華校所
> 用的史地教材，必須側重於亞洲方面（尤其是馬來亞者），當
> 地華校教學的基本原則，是將馬來亞觀念，灌輸給華校學生，
> 使他們效忠馬來亞，俾成為日後馬來亞國家的良好公民。隨著
> 時間的推進，更是變本加厲，在數年內已把華文學校改變為國
> 民學校，教科書以及教學皆用英巫文，所以一位馬來亞華人對
> 中國歷史全然不懂，或一封中文信也不會寫，絕對不是奇事
> （1978：5）

這一段文字有兩個要點：（一）大環境不利中文的發展；（二）華人「讀」
不懂中國歷史，不會「寫」中文，失去讀與寫的能力，是一種去華／
失根的民族悲劇。或許我們要問，身為一個馬來亞華人，不懂中國歷
史何怪之有？讀得懂中文是一回事，懂不懂中國歷史又是一回事，懂
中國歷史難道就表示符合中國人的名實？何況，「懂」是一個相對的
概念。「馬來西亞華人」並不等於「中國人」，溫瑞安顯然把兩者劃上
等號，也由此更可以看出其中國認同。對中國的擁抱那是溫瑞安個人
的選擇，選擇意味著創作主體對自身的定位，而且任何選擇都難逃意
識形態的範疇。在文學的國度，無論選擇馬華或中國，邊緣或中心，
甚或自我邊緣化，都是一種發聲的位置和姿勢，同樣都不離意識形
態，認同可當作不同的立場（positionality）與詮釋觀（interpretation），
既然如此，便無是非對錯的問題。我們可議論的是，溫的文學成就，
他和神州的錯綜關係，以歷史後見之明來看，頗有利用社員完成小我
的意味。

在溫瑞安的認知／詮釋裡，華人大概等同於華僑。「華僑」是國
民黨泛中國民族主義意識形態之下的產物，以刺激中國認同，使之從

過去以血緣爲中心海外方言群轉爲一個新穎的，以華語及中國文明的正統教義爲標準的「想像共同體」[1]。他在一九七四年負笈台灣，有「投身入祖國的熱血行列」（1978：10）之嘆。一九四九年以後，中國進入共產時代，「神州」成爲歷史裡的一個神聖符號，供人想像和憑弔。台灣則成爲國民黨的反共復國神話基地。認同「祖國」的溫瑞安把國民黨那套教條當成教義，一心一意想「爲中國做點事」：

> 中國：這兩個我夢魂牽繫，蕩氣迴腸的名字。我知道我不顧一切寫下她的後果，也許引起別人的詫異、誤解或懷疑、但卻是我終生努力的方向。這些年來，無數個徹宵寒夜白晝酷暑，我無時無刻不爲中國的問題在深思吟詠；中國的出發？未來的方向？找到答案時的狂喜！失去依憑時的悵惘！然而我深深感覺到我的生命我的作品與中國一齊成長著，一齊煎熬著，一齊追尋著，從來沒有間歇過。（1978：1）

認同的結果帶出一種爲中國做點事的實用（pragmatic）目的，以及主觀的肯定：我認同，所以我存在（I identify, therefore I am）。於是他在台灣找到了安身立命的所在，由「原來要好好爲馬華文壇做點事」的志向（1978：89）轉變爲「爲中國做點事」。「爲中國做點事」原出自高信疆的期許，說這句話時同時贈劍一把，「大俠」溫瑞安的形象

---

[1] 海外華人（Overseas Chinese）是通行的中文名詞「華僑」的英譯詞語。兩者通常都隨便用來表示住在海外的任何中國人，但是近年來，各屆政府（包括中國大陸）把華僑的含義縮小爲僅指生活在外國的中國國民。對於外國藉的華裔人士，現在另有用語：比較普通的是「外籍華人」，或者在識別國籍時，則用「緬華」（緬甸華人）、「馬華」（馬來西亞華人）。至於英文詞語「Overseas Chinese」現在不一定譯爲「華僑」，而是按照字義譯爲「海外華人」，這是避免「華僑」這個詞的政治和法律涵義的一種方法。（王賡

呼之欲出。這是個頗有象徵意義的舉動，古代佩劍的士以身報國，以溫瑞安爲首的神州究竟爲中國做了甚麼？他要以甚麼方式報國？

　　溫瑞安組成了神州。神州是甚麼？

> 神州詩社是個培養浩然正氣、培養民族正氣，砥礪青年士氣的社團。它教你關愛這個社會，而不是唾棄它；它教你認識這個時代，以及你處身於這個時代的意義。對國家民族，更需要有一分剛柔正氣，捨我其誰的責任感，也就是知識分子的士大夫精神，或江湖中的「俠義」情操。（同前引，321）

和天狼星分裂之後的神州，因其在台的位置，對中國更加一往情深。由於意識到他們是來自「異域」，更加速他們的中國化。這段文字充分體現被自大化／理想化的中國意識。神州培養浩然正氣和民族正氣的崇高目標，其背後或是深厚的中國傳統孟子養氣說，但它被移植在七十年代的台灣，名義上是和時代精神共鳴，實則是民間版本的國民黨反共復國神話，而且到後來，神州成員籌錢辦活動、打工賺生活費、交社費支持神州的運作，並且爲出書量最大的溫方二人賣書耗去太多時間，神州「發揚中華榮光」的理想早已蕩然無存。「捨我其誰」可以反諷的詮釋成「爲發揚神州的精神捨我其誰」，對象從國家民族變成神州，更正確的說，是爲溫方二人。

　　溫瑞安到了台灣之後，發現祖國並不純粹，日本和美國的流行風充斥其間，台北洋人、大學生開口閉口邏輯學心理學比較文學，這使他的中國意識更加速膨脹，要比本地生更中國：習武練劍是其一，希望身體和精神的雙重／徹底回歸，使神州成爲中國裡的中國。相較於同時期也十分中國的「三三」，他們中國化的決心顯然更急切。有些

武，1994：302）

神州成員由溫瑞安「賜」一個頗爲武俠或古典的名字[2]。他們住的地方稱爲「試劍山莊」，溫的住處叫「振眉閣」，方娥真的是「絳雪小築」。賣書叫「打仗」，「出征」是全社或部分社員代表詩社拜訪外面文學性或非文學性的社團及長輩。

　　這樣一再以各種方式顯示比本地生更中國的神州，不外想要證明：雖然我們是僑生，我們卻比你們（本地生）更中國。只不過這樣的舉動，加倍凸顯其華僑的身分或未可知。溫瑞安和神州成員的中國化之路一是習武，一是挪用古典，溫瑞安更關武俠小說一徑通往中國。他以古典和武俠揉合成氣勢磅礡的散文，劍、江湖、山河、辛棄疾和岳飛的詩詞爲意象和骨架，溫瑞安不但語言是古典的、情感亦是古典的。但是對於那「借古典而還魂」的嘲諷，他似乎不以爲然：

> 如果你說我借古典而還魂，我說不如借中國吧，事實上我覺得每個人都應該借那麼一點，因爲它是我們的傳統，我們幾千年來的心血與智慧。（1977b：199）

對於俠，他則取其用世的風骨，因此才會想「爲中國做點事」，就好像誤認古典是通往中國的路一樣。因此他們練武（組織「剛擊道」，武術是國粹，他們視爲民族英雄的辛棄疾和岳飛莫不是文才武略之輩）習文，充分尊崇儒家先修身而後齊家治國的理念，俟機而動，以身報國：

> 如果說神州是藉文的力量，求一筆掃千軍的長干行，書生報國以文章的橫槊賦，那「剛擊道」便是武的力量，習武以強身報國，「莫道書生空議論，頭顱擲處血斑斑」的身兼力行。如果文化以柔，那武則代以剛；如果詩社求養氣，此道則爲修身，

---

[2]　如陳劍誰、戚小樓、曲鳳還等。

> 如果詩社是訓練人才，此道則行之天下。反之，如果詩社發揮
> 的是武的力量，那「剛擊道」則輔之以柔，總之是陰陽互合，
> 剛擊道乃輔詩社之不趨。(1977b：82)

這段文字充分透露出溫瑞安的誤認（miscognition）。首先，書生報國
的定義是模糊的，除了為中國做點事的雄心之外，至於如何做事，證
諸溫的文章，並沒有明確的方案，簡而言之，這分使命感純粹美化／
強化他們的中國意識，感染生命窘迫的其他神州成員心甘情願地為詩
社賣命。同樣的，練武以強身亦犯了同樣的謬誤，或受偏安的南宋詩
人／詞人的影響，他們誤把當時也偏安的台灣當成南宋，而辛棄疾等
文武兼備則成了他們的榜樣。因此溫瑞安的神州後來不是著重在詩
社，也不是著重在文社，而是「著重在神州」(1978：321)。被問及
神州要達到甚麼成果才算完成理想，他只能答「等有一天神州都屬於
神州人的」，已經走上和政治合謀的路——溫瑞安認為他們的目的是
救國和建國（1978：322）：

> 神州陸沉，萬民同哀，光復大陸要靠海隅的一角寶島挑燈。中
> 原淪陷，錐心泣血，反攻建國要仗我們寶島上中華民族的力
> 量。光復神州，有一天中國人還歸中國人的世界，進而天下大
> 同，也才是神州光采四射的時候。(1978：321)

乍看之下，這段話簡直是如假包換的復國神話，而實則出自溫的大中
國意識形態，伊果頓（Terry Eagleton）認為：一切成功的意識形態，
它的運作殊少依靠明確的概念或刻板的教條，主要是依靠充滿感情和
體驗的意象、象徵、習慣、儀式和神話；意識形態本身和人的潛意識
深處盤根錯結，任何社會意識形態，如果不能和這種根深柢固地非理
性的恐懼和需要連結，就無法持久（1992：23）。審視溫瑞安的大中
國情結的形成，除了潛意識的血緣文化歷史認同之外，不利華文發展

的環境，以及唯恐華人不識母語的恐懼等是主因。

　　到了台灣之後，國民黨用各種標語和宣傳，使反共復國的神話滲透到各個角落，與溫在馬來亞就已茁壯的中國情結共謀，充分體現想像性的政治共同體的社會文化涵構。溫的散文亦充斥和中國相關的符號，譬如：

> 我們只是千里外，離鄉背景的一撮五陵年少，堅持要發出我們的聲音罷了。因為我們恰巧生長在異域，我們就非承擔起這責任不可……不是我們選擇了她（中國），而是我們的心在那兒，我們的根在那兒，我們血液像黃河一般歌唱在那兒。(1977b：115-116)

〈五陵少年〉是余光中的詩，這首詩的前半：

> 颱風季，巴士海峽的水族很擁擠
>
> 我的血系中有一條黃河的支流
>
> 黃河太冷，需要滲大量的酒精
>
> 浮動在杯底的是我的家譜 (1982：26)

黃河是典型的中國圖象，亦是華夏文明的發源地，溫瑞安這段散文等於詮釋余光中的詩，其中所鋪陳的意象如黃河和五陵少年（年少）都遙指北方那塊土地，意味著離鄉背景的這群人終有一天會回到那兒去，然而現實中國既已淪陷，他們只好回到偏安的祖國，重新再中國化。余光中的詩中浮動在黃河杯底的是家譜，而溫的散文則說我們的根和心都在黃河（而今誤植在台灣），這段文字特別明顯看出溫瑞安的大中國視域，以「離鄉背景」和「異域」指稱自己的身分，意味著自外於中國，認清（或誤認）自己異域的邊緣身分，更有助於重新中國化。

　　溫瑞安的詩文處處可見中國的地理和四季，這當然是因為大中國

的意識形態掛帥，胡蘭成很讚許神州的詩，說他們是繼楚辭、元曲之後的正格（朱天文〈大風起兮〉，1994：102）。溫瑞安也毫不避諱的表白，要寫出這時代中國人的生活與意識形態的中國詩／文（1977c：5）。但是他把古典文學視為通往中國的必經之路，乃至中國的終點，則難怪溫瑞安要被同儕譏為寫古典詩或武俠詩了。

溫瑞安的散文多記神州成員交往的過程，但不同於「三三」對中國的樂觀想像，他的散文極為狂放，對中國的情感是沉重的：

> 我們是這樣的一群五陵年少；我們曾經是浮雲遊子，在天涯比鄰的日暮長城遠的背景裡，甘作泣血望神州的龍哭千里。然後我們來到這錦繡山河的寶島，正為還我河山而養精蓄銳，為氣壯山河而砥氣勵志……練武談詩讀書，懷中總有一股「莫道書生空議論，頭顱擲處血斑斑」的悲憤。（1977b：140）

這段引文幾乎字字中國，前半段雖然有語病，卻字字道盡他「胸懷中國」的意識，和辛棄疾的〈菩薩蠻〉「鬱孤台下清江水，中間多少行人淚，西北望長安，可憐無數山」相對照，所鋪陳的情感殊幾近之。

在〈龍哭千里〉有一段他讀余光中詩的經驗：

> 那天你還沒把余光中的「萬里長城」讀完，混身血液已沸騰，你在斗室中不斷地來往行走，手指顫抖地夾著那篇高信彊寄給溫任平，溫任平給他弟弟溫瑞安的剪報，腦海中現出的是巍峨無比，你一生都無能攀及的那象著龍族的光榮底長城。……她曾笑著說：「你揚眉的時候，就像……就像兩條昂然抬頭的龍。」你忽然心緒恍惚起來，小女孩啊小女孩，若自己真的像一頭龍，那只是一頭失翅的龍，一頭困龍，一頭鬱結萬載的龍！一頭鬱龍，你含淚走過星月下，你的命運將是化石，抑或成灰？
> （1977a：17）

　　龍和萬里長城是中國的圖騰，而對於當時在馬來亞的溫，忍受著華族的不平等待遇，無可奈何的自稱是一頭飛不起來的、鬱結的龍，無力攀爬那崇高的長城，純粹是一種對華人命運的無力感。這種無力的憤懣情緒充滿了〈龍哭千里〉：

> 但是我能做些甚麼？我們能做些甚麼呢？我們仍然年少，仍然狂熱，仍然渴切著把自己的輝煌映照在別人的身上！怎麼能因為時間，空間與命運的汪洋便喪失了渡航的勇氣呢？如果有命運，如果真的有命運的話，命定了我現在要因恐懼而停頓我的步伐，我偏要走偏要走要走要走要走──如果有命運，命運那麼要我現在不能開口，我偏要開口開口笑：哈哈哈哈哈哈。這算是對命運的一種反擊？究竟是我敗了祂？還是祂敗了我？是祂本來要我沒來由地笑起來？還是我沒來由的笑已驚破祂的掌握？我不知道，我只知道我的伙伴因為我笑聲而放緩了腳步。我不能知道那麼多了！我仍年青，我仍豪放，我的刀尖而利，我的簫並不淒涼！我是龍呵龍是我我是龍龍龍龍龍龍龍龍龍龍龍龍龍龍龍龍龍龍龍龍龍／龍龍龍龍龍……周遭還是無天無地無際無岸無涯無遠無近無生命的黑暗。(46)

錄自〈八陣圖〉的這段文字對照〈龍哭千里〉的引文，可以看到溫對未知的徬徨和恐懼，大有壯志無處伸展，無語問蒼天的那種壓抑和苦悶，但身為眾人的領袖，他卻不能率先抽身，於是一連串二十九個龍字喊出了龍子的悲憤，同時也對照出當時壓抑的大環境。

　　溫瑞安的散文一再以中國符號顯示歷史記憶的無所不在，「歷史記憶可以滲透到民族意識中，除了體現族群特徵的歷史事件、人物、組織、方域等等，各種傳播往昔的象徵無不成為記憶的對象，如：實物性的包括建築、用具、物品、服飾等；語言性的可以是俗語、成語、

方言、傳說之類，藝術性的可以是民間戲劇、娛樂形式、工藝作品、審美習慣等；社會性的包括祭祀禮儀、人情風俗、節日聚會、大眾文化等；精神性的包括了宗教教義、道德信念、倫理規範、性格風貌等。」（郭洪紀，1997：51），因此黃河、長城、龍等具現爲他的中國歷史記憶，一種孤臣孽子的悲憤。他把所有散居海外的華人都當成是蒲公英流散的種子，他們在很遠很遠的地方，有時溫會幻想他們「帶著赤鹿、洛書、河圖、玄鳥趕來」（1977b：16），想像那風聲「它吹過堯舜以來它吹過夏商周以來它吹過秦以來它吹過吹過，吹過大呂拂過楊柳岸，摸過九鼎撫過布衣，伴過曉寒陪過殘月，魏晉以來唐以宋以來元以來明以來清以來民國以來，掠過鐘鼎彝器送過荊軻聶政，終於來／送你」（1977b：27-28）。

堯舜是中國的聖人／聖君，楊柳岸曉風殘月是柳永〈雨霖鈴〉裡最有代表性的意象，鐘鼎彝器是古中國的器皿，荊軻刺秦王（聶政）亦是中國有名的歷史事件，加上一連串的朝代，這風終於吹到來到台灣，吹到溫的身上。這段文字裡面，風亦有象徵意義;它是一種和血緣一般的歷史傳承和使命，滲透到潛意識，提升到文化認同的層次。

或者譬如這樣的句子:「此際，風簫簫否？易水寒否？那股魂兮歸來般的離惰，從遞遙的長城，從古昔的棲霞，從孤傲的桐柏，從悠柔的元宵，箭一般的疾射到我心坎之中。」（1977a：104）風簫簫兮易水寒是荊軻刺秦王之前，燕太子丹在易水送別所吟之詩，而長城、棲霞是中國有名的地標；桐、柏亦是中國詩詞貫常出現的植物，這段引文頗有孤絕之情。這種情緒是他散文（詩亦然）裡常有的，在〈天火〉中有一段三人行的長夜旅程，一種前無古人後無來者的孤絕情緒彌漫整個文章，然而他們要到哪裡，並沒有明確的交待，只是在文章的最後，他和同行的人看到了一把火，那火亦十分具象徵性:

風來，火便全面張開的擺啊擺，雨來，火便全面上漲的昇啊昇。風像火的生命雨像火的灌溉，而我始終不明白，這火，這把火是何時燃燒起，竟燃燒到今夜來！是誰，點燃這把火？是誰，最先看到這把火？是誰是誰，最吃驚的叫起來：你看那火，那半空的大火！是誰是誰，最後看到這把火，然後瘋狂地奔向荒漠的沙流，哭泣起來！我們，究竟是，最先還是最後？是誰呵，繼我們再看到這把火？車已不在，我們後頭，沒有東西。我們沒有方向，何處是南？何處是北？只有半空中的一輪大火，永遠照耀。(1977a：222)

這段文字幾乎就是他們對華文的前途一種宿命而悲憤的寓言（由「車已不在，我們後頭，沒有東西」可知），火在風中雨中惡劣的環境下起舞，而且不知這火種（華文的傳承）是由誰引燃的，這群人裡面他們究竟是屬於先來者或是後來者，誰也無法斷言，也許在他們之後，這火就再也無人看過也不一定。他們對華文教育有一種狂烈而激情，卻無力的孤獨感。接下來太史公、屈原、岳飛、楊家將的出場，是在追問永恆和死亡的意義，以及不朽的價值何在？因為「只要一個時代失傳，一旦湮沒，一切一切，就在不朽中朽了」（1977a：223），華文就處在這樣的一種風雨飄搖，隨時失傳的時代，而他們能做的，是使它流傳。

有時溫瑞安則是完全耽溺在浪漫的輕愁中，當他以古典詩詞一樣的句子寫他和方娥真的愛情時，所有的慷慨都成了繞指柔，譬如他在〈白衣九記〉裡寫雨絲，「愁絕了我們亮亮瑩瑩的年青」（1977a：149）：

忽然我們都老了，妳的髮垂落如長長的簾。妳的低泣與無助謀殺了我太多滄桑的心！長街的下落在長街，長街的盡頭仍是長街的雨。妳的髮泣落江邊，我是行不去的畫舫，載不起底蚱蜢

　　舟：有一天，沉沒；有一天，飛航若五月的龍船。(1977a：149)
低泣、無助、滄桑都是從輕愁，畫舫、蚱蜢舟、龍船則是中國詩詞的
典型意象，尤其是畫舫和蚱蜢舟，是為賦新詩強說愁的宋詞（李清照
「只恐雙溪蚱蜢舟，載不動許多愁」最為人熟知）最常使用的一個意
象，〈振眉五章〉、〈振眉閣四章〉、〈聽雨樓二章〉、〈洛水五章〉和〈更
鼓〉雖是散文，實則近似寫給方娥真的情書或札記，充滿小兒女的私
情蜜意。有時他則是「貪得無厭的浪漫」(1977a：235)，浪漫的激情
自然是指對華文／中國的一往情深，以及帶領神州義無反顧的走上不
歸路[3]。

二‧神州成員的「神州」

　　和溫瑞安一樣，方娥真的散文也常見辛棄疾的影子。她受了一點
小小的挫折，便要想辛棄疾的詩句「將軍百戰身名裂」，想他空有一
生抱負，也只換得這七個字來安慰自己。她也以辛棄疾的詞句〈愛上
層樓〉（醜奴兒）為篇名，而實際上，方娥真就是那不識愁滋味的少
女，「愛上層樓，愛上層樓，為賦新詩強說愁」。她的散文纖細多感，

---

[3]　溫瑞安和方娥真後來因為「為匪諜宣傳」而被捕入獄，台灣留不得，也回
　　不了馬而滯留香港，溫幾乎等於歸根香港。神州成員因為沒有畢業，生活
　　一直都過得不好，這條通往神州之路，彷彿是條不歸路。方娥真在《龍哭
　　千里‧跋》說：「殷乘風和張筆傲不顧一切，全力要籌錢替你出版將軍令」
　　（1977a：253），其他社員也常為社刊奔走，或籌錢或賣書。溫瑞安因當
　　時已在各重要媒體如《中國時報》、《現代文學》及《純文學》月刊開始發
　　表作品，而且武俠小說帶給他不錯的收入，而神州大多的成員卻是三餐不
　　繼的為詩社賣命，為溫和方娥真的書奔走，他卻說「我一直很寂寞，我志
　　在江湖，背負功名，卻仍一身寂寞」（235）。

朱西寧在她的書序說她是神州詩社裡，最有中原女子氣質。其實所謂
的中原女子，應是相對溫瑞安而來的說法，因為溫瑞安的中國氣質是
一逕的陽剛，是楚人中的項羽，帶著霸氣；因此方娥真便顯得嬌柔。
她也自喻為虞姬，想像她心愛的人是亂世裡的英雄，「她也看到他失
守，也看到他得志。她也害怕他有一天三宮六院，惹她妒忌，但又喜
歡他的本領，驕傲他能讓世上的女子傾慕」（1978：66），這種小女兒
的心態，使方娥真即便引用豪氣萬丈的詩句，也飛揚不起來。譬如蘇
軾的〈赤壁懷古〉，或者岳飛的〈滿江紅〉，那些詩句嵌入她的散文，
全都被她化成繞指柔。

　　在溫瑞安的散文和詩裡，方娥真時而是白衣、向陽，時而是俠女，
有時則化身為古代驚才羨艷的女子；她是溫瑞安的未婚妻，早在馬來
西亞即已是人人稱羨的神仙俠侶。在她的認知裡，中國也即是台灣，
下面這段引文錄自〈唱大江的人〉，可以看到她的誤認：

> 詩社在馬來西亞很少拜訪人，只有一次任平兄去台灣參加世界
> 詩人大會。一個月裡，他和瑞安，清嘯去拜訪台灣的文人。她
> 們回來馬來西亞時說起。我們聽著，彷彿一個南方邊境人要傾
> 聽中國的訊息。但中國在那裡呢，我一直沒見過。只知道小時
> 候家裡常收到那兒的信，我便知道那兒住著我的親戚。他們等
> 著家人寄錢去。只知道中國便是父母親和祖先出生的老家，也
> 是哥哥口中那大得看不見的山河壯麗。（溫瑞安編，1978：28）

把台灣等同於中國是神州的共同誤認，溫任平等是到台參加詩人大
會，然而方娥真卻把台灣當成小時候常收到信、等家人寄錢的中國，
是「古詩中的江南」，「詞中的江山」，「曾經在長安城裡遇到李白『笑
盡一杯酒，殺人都市中』，曾經簾捲西風，心比黃花瘦，曾經汨羅江
前，曾經五月初五……」（溫瑞安編，1978：181）那個讓她覺得親切

的浩大中國，於是她自我邊緣化了，想像自己是南方邊境之人，中心
在遙遠的北方。她亦認為中國志士不只是讀書，也要有「一指定中原」
以身殉國的勇氣；我們無從證明這說法是否出自溫，但至少和溫的看
法是相同的。她想像詩社裡練武的人只要一招既出，天地人都合成中
國的士，而這背後亦有孔子撐腰──孔子是特重射和御這兩科的。方
娥真在〈壯麗為誰繡〉則說：

> 孔子時代的士除了讀書之外，一定要會車馬戰的，這樣的士我
> 多喜歡啊。而我心目中的孔子，他佩劍周遊列國，帶著門生子
> 弟，帶著救世的大志，栖栖惶惶。（溫瑞安編，1978：182）

孔子的形象或可換成溫瑞安，他帶著神州諸人，帶著高信疆送給他的
劍，以及挽救華文（或中國）的決心，窩居台北的羅斯福路和木柵之
間，在他認為的孤獨感中，過著窘困的日子，一心想要復國。她在散
文中不止記載自己的小女兒情懷，也記錄詩社的大事，有時則是以散
文當日記，寫給溫瑞安。我們可以從這些文字裡讀到溫的形象：

> 但你自己呢。你立在人群中時最喜歡講述，最習慣引用武俠小
> 說中的情節作為你的例證。那一刻，書中的精神像大鵬一樣翔
> 翔入你的世界。令你氣拔，你不知覺地劍眉星目，唇薄卻英挺
> 起來。不由自主地，你的本性放任了，平常的脾氣都在你的舉
> 手投足之間。（〈隨行〉收入神州詩社編，1977：307）

方娥真的中國是古詩詞建構的，可由於溫瑞安對武俠的熱愛，她也不
禁「迷茫在你嚮往的壯烈的情懷裡」（同前引，317），他的大俠形象
也出現在方的散文之中。以上所引的俠者之行，就是從溫講述武俠故
事的形態中來，氣拔亦可指項羽，方亦曾自喻為虞姬，這段文字有方
對溫的愛戀，亦有其心目中古典中國的投影。

　　黃昏星（李宗舜）是溫自年少即相識的手足，他是神州的老二，

也是和溫情感最好的一個戰友，徹底奉行文武雙全的神州社旨，以下
這段引自〈遠行〉的文字就形同他的宣誓：

> 這黑溜溜的山路是多麼神秘，我們卻還能夠順利的回到樓台
> 上，面湖欣賞夜景。有人想像這條路是大哥「鑿痕」上山的血
> 路，至於鬼在那兒就不得而知，有時自己嚇自己，像玄霜、劍
> 誰，但不管怎樣，可惜那半邊月亮是淡黃而不是青黃，一點也
> 感覺不出那可怖的氣氛。有人認為這是人生中最艱苦的旅途，
> 要你孤獨地攀爬而遍體是傷。有人覺得它本來就不是一條路，
> 它是人應走過的風景區，是夜色中的一片有光的所在，卻不需
> 要燈光，因為大家心裡雪亮。（周清嘯、黃昏星合著，1979：
> 163）

走路只是象徵，這其實是一條通往中國之路，這條路所以是血路，一
是溫瑞安帶領各人在艱辛中鑿出來的，就像溫一篇名為〈鑿痕〉的找
路小說，其實是想在不利的環境中摸索出一條在精神上可以往中國之
路，自然這也是人生中最艱苦的旅途，因為沒有人能夠證明這條路的
終點在哪裡：

> 國父說：「革命尚未成功，同志仍須努力！」我們既和大馬的
> 兄弟們抱著同一目標，回去還無法得到諒解。我們的路真是
> 長，長得連我們也不知道它有多曲折！有多少路要轉彎。（同
> 前引，224）

那是神州復國大業的一種共同嚮往，為了這「反攻大陸」的理想，他
們求進步，也相信「因有神州而不斷進步」，因此他們練武，而黃昏
星以為「練武不是為別人，而是完成了自己」（同前引）。

　　和其他神州成員一樣，黃昏星的散文裡也充滿「自由中國」、「祖
國」、「苟且偷安」，或是「革命尚未成功，同志仍需努力」等中國認

同的意識形態，這些同質的語言之間建構的是中國認同，語言不只是
一個外在權力與使用語言的人類之間的聯繫，而是由語言使用者在他
們之間所創造，成就出來的一個內部場域（internal field）。神州成員
亦有一套屬於神州的內部共同語彙，所謂的出征，打仗即是此類，他
們以神州這一小圈子為生活重心，但卻可以說服自己這是可以推及到
整個民族的，例如在黃昏星跋《歲月是憂歡的臉》一書便有這段表白：

> 至於我如何會寫起散文，正如我為何和大哥、清嘯、雁平及娥
> 真千里相隨，在海外，是維護中華文化命脈的一分子，回到祖
> 國如何創辦神州詩社的事業一樣自然的道理。我始終覺得我的
> 散文和詩社整個家有關連，是切不斷的一條線，而大部分作品
> 皆為聚會時作的感懷。我覺得寫詩寫到最深時不知道自己在寫
> 自己的感受，而是推及整個民族的憂歡之中；然而寫散文，寫
> 到最深處，卻是「天下之大，莫過於兩邊的懷念」，不管這兩
> 邊的懷念是寫男女之間別後眷戀之情，抑或是寫離開國家之後
> 的思國之情，總是感覺到，天下再大，也比不上兩邊的懷念大。

（〈跨出這一步──代跋〉，周、黃合著，279）

正因為寫散文和整個詩社關連，我們可以從黃昏星以及其他神州成員
的散文中，得以窺知他們的生活方式。詩社幾乎每天都有人拜訪，甚
而人多吵雜，引起鄰居的抱怨，這樣的生活方式如何能夠讓他們靜下
來心寫作、沉澱或反省自己的熱情所為為何？群體生活最大的弊病恐
怕在其要求高度的合群和同質，即使有異質性的聲音只怕也曲高和
寡，很快就會被湮沒。他們的作品除了溫方之外，都頗為類似，這當
然是因為同為記錄詩社生活的題材有關。因此有人批評他們的風格太
接近，然而在溫大哥極具群眾魅力的影響之下，他們即便有反省，那

不和協的雜音也總是很快被清除了。[4]

　　神州的認同與很「中國」的「三三」一樣，對國父和蔣經國都很尊崇。回到馬來西亞時，他們也急著告訴別人「自由中國」的事情：

　　　在大馬，有小部分的人受到中共的統戰宣傳和人民畫報影響頗
　　　深，他們對自由祖國不了解，隨便亂批評，我們不知費了多少
　　　唇舌，每次把他們不正確的觀念糾正過來。我們回到馬來西
　　　亞，甚至面對面和共黨戰鬥，都是因為我們來台之後接觸了祖
　　　國文化及蔣院長給與許多精神力量之鼓舞。（〈整軍待戰〉，
　　　1979：172）

在這篇名為〈整軍待戰〉的散文中，黃昏星從橫貫公路寫起，首先感激政府開路的辛勞，通篇文章是以感激領導的語氣完成的，甚而到後面更類似國民黨的文宣「在蔣院長的領導之下，當能百折不撓的攜手共同奮戰到底，把共匪一切陰謀粉碎，建立一個強有力的自由基地」（同前引，174）。這段文字充滿軍人教育的口號，國民黨的意識形態成功再教育這批充滿中國熱誠的青年，「蔣院長的領導」、「百折不撓」、「共匪陰謀」和「自由基地」都是軍方成功的反共復國標語，這些標語的背後即是國民黨和中國情結的共謀，儘管他們認為「我們的歌不純粹為流浪而唱，也不因痛苦和傷情而悲」（同前引，182），實際上他們的選擇已經預言著，日後將因此付出痛苦和傷情的代價。

　　神州社員都和溫瑞安一樣，以江湖人物的身分自居，當然這跟他

---

[4] 溫瑞安經常以個別談話和社員建立起感情，而柔情攻勢對溫來說恐怕是最
　　好的凝聚社員的力量。有人批評神州處處以溫瑞安為中心的行事原則，他
　　卻反駁說，「我卻是以神州每一員為中心，而神州的原則亦是中國人的原
　　則，難道我們要放棄與中國共患難、共榮辱、共生死、共進退的默契嗎？」
　　（1977a：326）這樣把神州相等於中國人的說法，是溫一貫的說話方式。

們練武有很大的關係。武俠提供一種想像的滄桑感，由此召喚出一種
壯烈（不計一切奉獻）和講江湖道義的俠氣，同時幫助維持詩社的運
作。周清嘯的散文〈由黃昏想起〉就有這樣的敘述：

> 我站在陽台上，彷彿自己步了入中年，少年的路已走過在背
> 後，晚年的路正在前面等著去走，此時正在某個山上的寺廟前
> 廣場上，剛從棋局的搏殺中退了出來，背負著雙手踱到樹旁，
> 抬頭，看見遠遠的山上，那天際如浪潮紋條的晚霞和那滄洳的
> 夕陽。此生隨萬物，何處出塵氛？想起曾經是一書本中描寫的
> 使劍的年少，策馬江湖動，不知浴血了多少次，手中寶劍收了
> 又揮，在一次驚心怵目的搏鬥中，劍斷、人傷，從此便在寺廟，
> 青燈書經，守到了晚年，或者重出江湖訪武林同道，縱談武功；
> 或者找一處深山，瀑布旁蓋一間小茅屋，日與山樹為伍，鳥獸
> 為友，夜晚點燃取暖的爐火，聽屋外沙沙的水響，噠噠的雨聲，
> 打在滿山的千葉萬葉上，如千萬根手指在撥動著無數的琴弦。
> 中年依山看夕陽，老來仍傍水聽泉聲，一直我嚮往這種古人的
> 境界。（周、黃合著，1979：71）

這是武俠和古詩融而為一的想像：自己是退出江湖的中年俠客，不再
搭理江湖恩怨，從狂飆少年進入萬事不關心的中年。前半段是武俠小
說或電影的鏡頭轉移，遠山、晚霞和夕陽為背景，襯托出一個俠客孤
單的身影；後半的敘述是隱居後的詩境，瀑布、茅屋、鳥與樹，一種
老年聽雨僧蘆下的滄桑和寂寞。或許這也是神州成員在忙碌的打仗和
出征之餘，疲於生活的心理寫照罷！通常他們是激昂的，為一股歷史
民族的使命而奔走，為「少年開始守起的一個信念」而奮鬥，胸中充
塞的是家國之情，譬如〈明月照故鄉〉是記一次到國父紀念館的夜晚，
他們一夥人在植物園中喝酒論劍，談余光中的詩，然後很努力的把眼

光穿過厚玻璃，去看國父，遣辭用字都是景仰的：

> 國父，山一樣的坐著，碩大的影子投在高牆上給人一種很深的感覺。隔著一道玻璃門，兩個不同的世界，大家各在一端靜靜地，寂寞。後來沿著長廊走了一圈，揀一道石欄杆坐下來，心中感覺到一點點沉重，以及明天的別離。
>
> 如今到國父紀念館，不再只有一點點沉重，而是一股風暴後悲蒼荒涼的感覺在血液中激流或憤懣，有時想一個人大聲大聲地哭起來。國父仍然坐在大廳上，兩邊排列著國旗，而曾經流落他鄉的我已回來了，瞻仰時還是隔著一道厚厚的玻璃門。為甚麼是在兩個不同的世界中？為甚麼我不早生數十年，追隨您在大江南北捲起風雲？在那個動亂多變的江湖中，為甚麼我不能是您馬前執轡的小卒，給您分擔一丁點的苦難？我把臉貼在玻璃門上，看您坐在裡面，在一片幽靜中您坐著如整幅壯麗的山河。瞻仰您時便像瞻仰著整個中國，令人想起許多輝煌，像長廊上一系列的長明燈齊齊亮起，讓我們看清楚前面要走的長路……（同前引，41）

誠如依果頓所說的，意識形態的運作是依靠充滿感情和體驗的意象、象徵、習慣、儀式和神話，這一段引文對孫中山投射的情感，就是一種帶著英雄意味的神話崇拜，用以指涉銅像的措辭都充滿政治性，「山」、「碩大」、「深」都是內心情感的投射，因為在周的心目中，孫中山是偉大的；而銅像位置較高，處在一種被仰望的角度，也在視覺上合於偉大的形象。這種情感衍生開來，便是個人與國家的情感結合，因此我們看到周狂熱的情感，甚而有時不予我之嘆，把自己的形象矮化，願為馬前的小卒，以彰顯領袖的崇高／偉岸。銅像本身就是一種權威的化身，解嚴之後，銅像的存在意義已改變，它可能作為一

種反權威／反專政的思考，但是對於七十年代的留學生／僑生，它卻是非常具體的中國化身；尤其對於神州成員，他們的中國認同似乎因此具體化了些，瞻仰著孫中山彷彿瞻仰整個中國。

　　廖雁平的散文數量不及黃周二人，但我們仍可讀到不同方式的中國認同。七〇年代的馬來亞仍是簡繁體通行的時代，因此來台已兩年的廖雁平接到簡體字的家書時，不由得憂心：

> 來到台灣兩年餘，臨行時帶來的枕頭已陳舊不堪入目，第一次接到弟弟的信，竟然滿紙簡體字，有些簡體字連自己也不認得。由此可以推想而知，我們優美的文字落到怎麼樣的地步了，我們的文化也將逐漸愈來愈低落了。這怎不令人憂心忡忡呢？也許會有人如是想：別人都不擔憂，要你杞人憂天甚麼？正因為如此，所以我們更要大力的管了。管得了嗎？管得了嗎？我喃喃。此時，我的眼簾再也不受控制地垂下了。房間一片漆黑。（〈我的故事〉收入神州詩社編，1977：185）

捍衛中文／華文的第一防線是文字，當這第一道防線受侵佔，難免令人擔憂，或許這是人情之常，不值評論，但「優美」二字暴露中華文化的優越感，亦是不爭的事實。只是如今再讀這段文字，不免有俱往矣之慨，簡體字早已行之有年，繁體字反而成考古學了。

　　我們今日重新看待神州詩社，或許思考的角度應該是：中國認同它會「變成甚麼」（becoming），而並非「是甚麼」（being）。神州諸人的中國認同最後變成三條糾纏的主線：一是練武；二是同質性極高的散文（詩）；三是形成中國境內的中國。這個中國（神州）是自外於中國的，那是他們想像出來的武俠客棧，以義氣和向心力為凝聚的力量。他們並未因當初對華文的熱誠而在藝術／文學上有所突破，亦即由神州轉化／昇華出一股實在的力量，譬如以文學的管道（編選集

／辦文學獎／刊物等）去挽救／提升馬華的華文，卻成就了溫方二人在台的名聲，這恐怕是今日思之令人惋惜的。

第二節 「三三」：禮樂的烏托邦

　　以胡蘭成爲精神導師的「三三」集團，是一個嚮往禮樂中國文明的烏托邦，他們生活的世界也像是《紅樓夢》裡的大觀園，不只熟讀《紅樓夢》及張愛玲，更從胡蘭成[5]那裡習得一整套世界觀，無論是對中國的歷史、文化、政治和文學，乃至生活態度，都依循胡的那套體系。這套近乎信仰的意識形態十分複雜，它以中國文明爲中心，闡揚中華文化的博大深邃，反對破壞中國文化的共產主義。從表面上看，這和國民黨的反共政策謀合，然而它認同的不是國民黨，而是胡蘭成的大中國思想。本節分成兩個部分來論述：（一）胡蘭成論[6]——胡蘭成作爲「三三」的靈魂人物，雖然他不像溫瑞安那樣強勢運作神州，早期他對「三三」的滲透力和影響卻是徹底而全面的；（二）「三

---

[5] 胡蘭成（1906~1981）曾在汪精衛的僞政府手下做事，他和張愛玲有過一段婚姻，見《今生今世》之〈民國女子〉。一九七四年從日本來台，任教於當時的文化學院，由於胡的身分備受爭議，於一九七六年去職。朱西寧對張愛玲十分景仰，因此也連帶對胡十分友好，胡離開文化後，搬到朱家隔壁，自此成爲朱家姐妹的精神導師。

[6] 「三三」集刊裡除了散文，尚有爲數量不少的論述，包括評論、朱西寧的「中國人」專欄，所論乃闡發胡之思想，胡蘭成亦有散文集《山河歲月》（1954）與《今生今世》（1959），一九九〇至九一年，遠流版把兩本合爲《今生今世》上下兩冊，並重新再版胡的其他五本論述，包括《禪是一枝花》（1979）、《建國新書》（1968）、《中國的禮樂風景》（1979）、《中國文學史話》（1980）、《今日何日兮》（1981）。「三三」諸人自然熟讀胡的著作，更因與胡朝夕相處，胡的人生觀和世界觀對「三三」諸人影響至鉅，因此先交待其思想特色，以方便論述。

三」成員，包括朱天文[7]、朱天心、仙枝、丁亞民、謝材俊等，他們摹寫日常生活，浪漫的風格十分接近，即便在人世受了挫折，也能以胡所教授的人生觀去化解，或泰然處之。

一‧再現禮樂文明：胡蘭成思想論

「三三」所依循的理論，從每一集集刊所刊佈的類似宣言的文字可以窺出端倪：

　　您若認為「三三」縱排出乾卦，橫排出坤卦，也好

　　您若認為「三三」嚮往中國文學傳統的「興比賦」，也好

　　您若認為「三三」想要三達德，也好

　　或者

　　您若認為「三三」說的「一生二，二生三，三生萬物」的故事，也好

　　您若認為「三三」說的「三位一體」真神的故事，也好

　　您若認為「三三」說的「三民主義」真理的故事，也好

　　那樣一個思凡的

　　靜靜落在沙灘上的

　　浪濤千古打不斷的

　　您舉目一望

　　那說不盡的星海燦爛無限意

---

[7] 胡蘭成對朱天文的影響，見王德威〈從〈狂人日記〉到《荒人手記》──論朱天文，兼及胡蘭成與張愛玲〉；黃錦樹〈神姬之舞──後四十回？（後）現代啟示錄？〉，二文均收入朱天文《花憶前身》。

　　　「三三」

　　　深願以您的認為，做為它的心願……[8]

這段分行的文字，具體而微的概括了「三三」的理論原則，也就是胡
蘭成的思想特色。他提出「大自然五基本法則」，指出大自然是意志
與息所創生，形成陰陽的變化，而無限時空與有限時空相統一，連續
與不連續性相統一，依循規則反覆循環。引文第一行把「三三」排成
乾坤二卦，正符合胡所謂大自然有陰陽變化，〈易‧繫辭下〉解乾坤
為陰陽，「乾坤其易之門邪。乾，陽物也；坤，陰物也」引申之，亦
有男女之意，〈易‧繫辭上〉有「乾道成男，坤道成女」之說。

　　胡鑽研《易經》，認為《易經》之數具足（1990b：65），「世界的
數學史上，是中國發明了零數、位記數法、比例及代數。零數是從《易
經》的太極悟得，數的一生二、二生三，是從兩儀的陽生陰，與四象
的陰復生陽而悟得」（67）。「三三」的宣言裡所謂「一生二，二生三，
三生萬物」既是胡蘭成對大自然行進的看法，也是老子的宇宙論，用
以推演其思想裡萬物生生不息的觀念。胡以為相較於西洋數只是用於
物理建築與製器的沒有生命，《易經》之數卻是有性情的，有感覺的
（67），而把《易經》卦爻之數說成是天道人事的性情與感覺，仍然
訴諸胡最喜歡的直觀法。

　　這樣重視性情與感覺的直觀法，亦可見之於胡對散文的見解：

　　　散文一似沒有甚麼東西，單是寫的性情，而未成故事或理論，
　　　所以讀者不易知其好，其實散文最可以看出作者的有天才沒天
　　　才。……寫小說比寫劇本容易見性情，詩與散文又比小說容易

---

[8]　每一本集刊開始都有相同的這段引文。

　　見性情，寫劇本與小說可以作僞，寫詩與散文不可作僞。[9]
他把人格等同於風格，認爲散文是性情的透顯，而且完全是性情的流露，這使他特別重視散文這個文類。胡的思想既重視直觀和感覺，而散文相較於其他文類，和生活最爲貼近，最易看出作者的敏銳／敏感的才性，因此他認爲散文最顯才情。以上這段話，是爲「三三」等人被讀者指爲風格相近的散文而作的辯護，我們由此可知「三三」等書寫日常生活，並且以「情」包容人世萬象，對萬物皆懷善意的散文，是胡蘭成散文觀點的實踐。

　　胡蘭成以爲「中國文學是建立在人世的仙境裡，如《紅樓夢》的高情，而都是寫的人家日常的現實」（朱天文等編，1978f：242）。朱天文、朱天心、馬叔禮和謝材俊等都寫小說，散文彷彿是公開的日記，用以記錄彼此的生活，朋友之間的情感波動，青春年少生澀單純的美學觀、歷史觀、文化觀等。胡蘭成評論「三三」等人散文也訴諸性情與直觀，譬如爲朱天心寫《擊壤歌》的序，把她和李白相提，「李白的人又是士之極致，像朱天心便也是格調極高的」（朱天心，1998：10）。「李白的詩豐富，只覺得心頭是滿滿的，《擊壤歌》也有這種滿滿的感覺，卻又並沒有甚麼事情，有的只是滿滿的浩然之氣」（11）。李白的詩和李白的人是相連的，詩是人格的展延和接續，而《擊壤歌》便是朱天心滿滿的浩然之氣的外顯。「滿滿」是胡蘭成的用語，用以指一種豐沛極致的格調，乃是一種感性的思維，他認爲「美感動人，

***

9　此段引文轉引自莊宜文發表於「當代台灣散文文學研討會」（1997/02/29-30）論文〈《三三集刊》的散文研究〉，然作者並未說明出何自書何文，遍尋胡之作品亦不見此段引文，然這段文字卻又極爲重要，可以說明胡之散文觀，故轉引之。此文莊修訂後，發表於《國文天地》152，153 期。

理論壓人」（朱天文，1996：73），日後胡蘭成乃據此發展出他的陰性
文明和女人論[10]。

　　胡蘭成喜歡黃老之學，強調生生不息的生機和美感，認爲「老子
與莊子都是生在漢域楚地的邊境，受兩種文明的激盪，所以出來這樣
潑刺新鮮與生在山東的孔子孟子很有不同」（朱天心，1998：12　），
他提出中國民族的精神是黃老，而以黃老精神走儒家的路。《易經》
講開物成務，黃老是開物，儒是成務。「三三」所標示的思想綱領，
不只可以上溯《易經》、黃老，還有中國文學傳統的「興比賦」；儒家
所謂的智仁勇「三達德」；基督教聖父、聖子、聖靈的三位一體，再
加上孫中山的三民主義，各種思想理論基礎都貫徹到他們的文學觀念
和作品，包括他們在十七集的集刊中討論如何「建立中國的現代文
學」，要而言之，是以中國禮樂文明爲本的文學和政治。

　　朱天文後來在《花憶前身》的序提到，胡蘭成在東京的家裡，有
一大幅的橫條寫著「禮樂風景」。連最得胡蘭成真傳的她也不禁要提
問：「胡老師耿耿不忘的禮樂盛世，畢竟只是一場癡人說夢，從來沒
有存在過的烏托邦嗎？」（61），禮樂文明本就是儒家的理想國，它是
中國以儒爲本位的讀書人所形構的想像共同體，禮是儒學的核心，爲
建立人間秩序的和諧與道德而設，禮者形制，而以音樂爲性情（故胡
認爲文章是樂，因爲文章講性情）。

　　胡以爲這個在漸趨破滅的世界中，惟有中國禮樂文明才可以重建
文明的秩序。這種以中國爲本位的思考中心，摒除「他者」的華夏主
義中心，其本質是中國明華夷之辨的本位中義，只不過這是胡對照西
洋文明、印度文明和日本文明之後，得出的文明優越感，其作用仍在

---

[10] 胡蘭成的女人論，詳見《今日何日兮》。

說明恢復禮樂中國／中華文明的重要性。只是這個高遠的理想烏托邦性個格太強，進入八〇年代，「三三」們陸續分道，朱天心從「『三三』文學觀的最高層發言」（楊照，1996：155）率先背離當年的信仰；曾經是小「三三」的楊照則在美麗島軍法大審開庭時，突然發現他已經背離了七〇年代，而這樣的背離不只是時間上的，更是意識形態和整套價值觀。朱天文對禮樂文明所發出的疑問，不只針對「禮樂盛世」的實踐性，同時也是針對「三三」，那樣的大中國信仰對照如今看來高漲的本土意識，果真如朱天心的同名小說所揭示的那樣，一切俱已「時移事往」。

　　胡蘭成之於「三三」，無疑是十分重要的啓蒙，朱天文回憶胡蘭成對他們的影響，有這樣的說法：

　　　　胡老師可說是煽動了我們的青春，其光景，套一句黑澤明的電
　　　　影片名做註──我於青春無悔。也像歷來無數被煽動起來的青
　　　　春，熱切想找到一個名目去奉獻。我們開始籌辦刊物，自認思
　　　　想啟蒙最重要，這個思想，一言以蔽之，當然是胡老師的禮樂
　　　　之學。（1996：61）

朱天文說胡煽動了他們的青春，「煽動」二字用胡氏的說法是「興」，一念興起，所有的青春熱情都被煽動起來，這被煽動起來的熱情必須要有出路，因此他們決定辦刊物，而刊物背後以禮樂之學爲思想支撐。「三三」原擬取名爲「江河」（長江黃河），於此可見他們的大中國意識（朱天文自嘲爲大中國沙文主義），對照「神州」，前者是中國地理的象徵，後者則不折不扣是中國的隱喻。

　　胡蘭成對於「三三」這個名字十分滿意，謂「『三三』命名極好，字音清亮繁華，意義似有似無，以言三才、三復、三民主義亦可，以言一生二、二生三、三生萬物亦可。王羲之蘭亭修禊事，與日本之女

兒節，皆在三月三日，思之尤爲可喜也」（1996：64）。這封胡蘭成給
朱天文的信，無疑是「三三」宣言的前身，宣言裡有對「三三」的六
種說法，末了都加上「也好」，彷彿是一種溫柔的宣示，亦可以不必
解釋的認定一個「三三」，這種不落言詮的、直觀的言說方式，不像
神州那樣激越的宣稱我們代表神州；「三三」是以爲自己就是中國，
以中國之名去復興中國的禮樂，乃是天經地義的事。因此「三三」宣
言一開始，便點明了「三三」的出現或是偶然，或是必然；或是人意，
或是天意，就像朱天文稱自己和胡蘭成的關係是仙緣[11]（朱天文，
1994：161）一樣，是「無有名目」的，一種訴諸感性和情感的說話
方式，日後亦見諸「三三」等人的散文。

胡蘭成以禮樂中國爲其最終的理想烏托邦，理論以《易經》爲總
綱，由此開出黃老通於大自然，而儒家則明於人事的觀點。胡說黃老
而不稱老莊，以爲去了黃帝而單說老莊，易流於懶惰無爲。[12]禮樂二
字最常爲「三三」諸人引用闡發，要而言之，胡氏以爲中國是祭政一
體，祭是樂，政是禮，中國不講宗教，而是祭政一體。中國的禮樂之
學遍在一切，而所謂的禮樂文章就是指含著禮樂的情操和文章的修
行，因爲中國文學把文情和文體合在一處，文學遍在於非文學處。

於此我們可以理解胡爲何有散文單是寫性情的看法，因爲性情透
過散文顯露，性情決定了作者和世界相處的方式，性情本身有特色，

---

[11] 「仙緣」一辭出自《革命要詩與學問》，「學問要靠仙緣。還有一個時字，
縱然用功，學問卻像花朵的要踏正了時辰纔忽然的開放」（1991c：15），
胡蘭成以之喻在日本時，相識了數學學者岡潔和物理學學者湯川秀
樹；其二是在築波時讀了古事記，明白了中國的禮樂是祭政一致的理論
學問化。

[12] 這裡所有的哲學思想均依據胡蘭成的說法整理轉述。

譬如張愛玲,則文章因此而彰顯。可是性情必須是經過修行,首先要有見識、氣度和人事(朱天文等編,1978e:240),故胡總是說禮樂文章是士之事(238),能把文章做好,自然是有見識和氣度,也知人事,如此復國自然就沒有問題。他鼓勵「三三」寫文章,又勉勵他們讀書,強調革命要詩與學問,他也對孫中山推崇備至,惟國父讀書極多,所構想的治國之道也是十分有道理的。他曾寫信給朱天文,希望他們能讀國父全集,強調不只是為知識故,乃是一種情操(朱天文,1996:61)。[13]

《革命要詩與學問》裡有孫中山的專論,論述其思想特色,說孫中山總是讀書不倦,而總結出革命需要有學問,「要大一統是先要有學問的體系化一統一,而這是要本於宇宙萬象皆體系化一統一於大自然五基本法則的認識」(胡蘭成,1991c:199)。總而言之學問的精要仍歸結到他的大自然是有意志與息的理論之下,而革命也仍舊被他解釋成是詩經所謂的興,「革命一般興起的行動,多基於自發的意志」(199)。日後我們在「三三」的散文裡處處可見他們對國父的敬仰,在胡這樣耳提面命之下,或不是偶然。

胡既強調儒家是成務,因此便有大一統的中國中心論,儒家的道德文化精美主義則賦予縉紳地主(讀書人)參政特權,這是胡何以樂觀的以為中國有三千個士,便可以革命的原因。[14]金觀濤分析中國新

---

[13] 胡蘭成在汪精衛手下做事,汪既被視為漢奸,胡亦有出賣中國之嫌。然而後來他卻一再提倡禮樂中國,又對孫中山推崇備至,一心一意想要「復國」,其間轉折頗耐人尋味。

[14] 余光中曾在〈山河歲月話漁樵〉中批評胡蘭成的樂觀想法:「反共,應該是一種全民的運動,依賴一小撮『志在天下』的清談之士是不會成功的。胡蘭成以為培養了幾千名『革命青年』,就能夠扭轉大局,實在天真」

知識分子接受馬列主義和三民主義的四大基礎時，發現它們均屬於逆反價值和傳統深層結構之結合，傳統深層結構的其中一個要素是追求人人道德高尚社會之烏托邦精神。在中國傳統文化中，雖早就有道德這烏托邦社會構想——大同社會，但它從未成爲儒生的終極關懷。這是因爲，烏托邦精神本是和儒家倫理緊密結合的。在日常生活中力求通過個人修養和社會教化，實現典範性的「禮治」和宗族制度，也就被當作追求道德理想之社會實現，孫中山的三民主義就是吸引進了大同式的意識形態（陳其南、周英雄編，1994：118－120）。胡蘭成正是在這點上，接上了孫中山的理想。儒家意識形態中對「宇宙和世界秩序」的認識，以儒家倫理爲最優，造就了中國特有的民族主義情意結——華夏中心主義（sinocentrism），胡所倡導的禮樂中國，乃是要求恢復中國文明秩序，因而一再教誨「三三」諸人必須以國父爲榜樣，乃是因爲他們同樣推崇儒家作爲實踐道德理想社會的最好方式。

　　胡的思想特色，其實正是國民黨所提倡民族主義政體文化政策的另一種「文人版」。國民黨試圖定義中國傳統，訴諸儒家價值、敘述歷史以及制度化政治意識形態，透過群衆來收撫社會情感，「當族群意識被用來建構文化論述，接著在思想及實踐二方面用作灌輸國族認同基底時，便難以辨明政治教條、社會價值與例行生活的特殊角色，而這些全都用以生產『中國性』」（陳奕麟，1999/03：110）[15]；國民

（1978：264）。

[15] 戰後台灣的儒家學術論述基本上爲對文化認同的追尋，事實調查反爲其次，如何在日常生活中，重新地書寫文化，思想與倫理的國家意識形態之不停變形的詮釋，詳見 Allen Chun（陳奕麟）之："An Oriantal Orientalism: The Paradox of Tradition and Modernity In Nationalist Taiwan"（1995）。

黨把儒家政治化，而胡蘭成則是文學／文化化，禮樂中國的理想雖然是烏托邦，它的作用正是在實踐（或者「試圖實踐」）的過程中，生產中國性。

　　胡蘭成這套思想對「三三」能有如此深刻的影響，原因有二：首先，這跟胡的個性有關係。阿城有一次和朱天文聊天，以爲胡蘭成個性裡的向陽性和向光性，和年少氣盛的「三三」氣味對上，是所謂胡氏教條裡「無有名目的大志」（63）。胡蘭成在民國六十五年離開文化學院之後，成爲朱家鄰居、寫書、講課，身教和言教合而爲一，類似孔子和弟子之間的交遊。由於個性隨和，講道理也不端老師的架子，因此和「三三」個性相通，影響更大[16]。

　　其二，在強調胡蘭成對「三三」的影響之餘，或許我們更不該忽略的，是《三三》集刊的成立，尤有助胡的思想傳播。安德遜（Benedict Anderson）提到一個新的共同體成爲想像的可能，是生產體系和生產關係（資本主義），一種傳播科技（印刷品），和人類語言宿命的多樣性這三個因素之間半偶然的，但卻富有爆炸性的相互作用（吳叡人譯，1999：53），《三三》集刊不只是凝聚年青同儕向心力的媒介，同時也鼓動彼此創作的風氣。朱西寧所寫的專欄「中國人」亦闡述胡蘭成的理論，並試圖調和中國文明和基督教，對鄉土文學和工農兵文學提出辯駁。《三三》一系列共十七輯討論建立現代文學的記錄，俱在

---

[16] 朱天文在〈花憶前身‧序〉（1996：32-106）以五萬多字的篇幅記述她們和胡蘭成的情誼。譬如眾人約了寫小說參加比賽，朱天心不逼不拚，胡蘭成因此去買了原子筆回來哄她快寫，朱天文讀司馬相如的〈上林賦〉打瞌睡，胡掏出陳皮梅給她吃。又說胡像朱天心愛走路愛玩，文中也提到眾人常團體出遊，胡蘭成與他們年青人的相處卻是沒有隔閡，教她們讀書寫文章也總十分隨性。

辯解／釐清胡的理念，他們使用一套內部語彙，由士、禮樂、革命、中華文化、興等，繞著禮樂文章／文明的核心討論，同時也相互切磋同儕的文章，化名早生旭的胡蘭成亦從旁加以點化、解說，《三三》集刊確實是禮樂中國這個想像的共同體，傳播理念的重要媒介。

二 ·「三三」成員：大觀園裡的復國之「士」

　　本節論述的「三三」成員以朱天文、朱天心、仙枝、謝材俊、丁亞民為主，他們的散文創作量最多，同質性頗高，大都記述彼此的情誼和生活細節，青春的浪漫和對革命的想像。論述的重點即在闡明胡蘭成對他們作品的影響，以及他們的作品與胡之間的辯證，特別是大中國意識形態和散文風格的塑成。「三三」成員中，最受胡蘭成影響的是朱天文。同樣受教於胡蘭成，朱天文回憶他們和胡的關係：「天心卻頗不在『三三』的文風裡。我很羨慕她行文之間不受胡老師影響，我則毫無辦法的胡腔胡調」（1996：77），所謂的胡腔胡調，用朱天文的說法是指題目、語言、取材、心態意識各方面，簡而言之，即是風格和世界觀，這樣的影響在散文尤其明顯。

　　朱天文的《淡江記》一書首在題目上遙契胡氏，〈大風起兮〉、〈如夢令〉、〈仙緣如花〉、〈我夢海棠〉、〈之子于歸〉及〈懷沙〉等篇名具可見中國文化／文學的點化，而胡在《淡江記》的序就說，讀朱天文的文章如當年讀張愛玲，又把《紅樓夢》的賈寶玉拿來和她並論。循序可知，朱不只得胡的真傳，其創作譜系還可上溯張愛玲和《紅樓夢》。

　　《淡江記》充滿對青春的耽美，在青春背後，則是對中國的美好想像，她所依據的思想準則，是胡氏所謂「真真天才的作品雖然不到

思想，它亦是革命的……因為文學是只要寫了革命的感，不必寫革命的思想，亦可以是完全的」[17]（朱天文等編，1978e：247-248），日常生活和情緒的生發亦必得有革命的感，時時提醒自己禮樂中國的高遠理想，乃是一種接近勿忘在莒的革命情感。面對日常生活瑣事，朱天文經常賦予意義，「三三」諸人雖然常說「無有名目」，而其實所有「無有名目」的背後都是為著「革命」的名目。所謂的革命，並不專指狹義的政治活動，而更指向一種生命的秩序和理想：

> 當今的大事是光復大陸，同時也要有著為西方文明的絕境開出新路來的氣魄。事實上，今天自由世界所行的全民總雇傭和福利制度，結果是與極權世界一樣，都在做著一件最大的破壞，就是把人的創造力給嚴重的斲傷了；現在是自由世界和極權世界共同面對著人類的一個命運。我們復國建國是中華民族的事業，也是全人類的事業。(1994：105)

要瞭解這段話，必須先說明當時的政治環境和文化氣候：光復大陸不只是「三三」的理想，也是當時國民黨意識形態國家機器所散播的觀念，當時從馬來西亞來的神州成員所念茲在茲的，也還是這個復國神話。誠如楊照所指出的，七〇年代中期以後到八〇年代中期，這十年是台灣文學行動論（activism）當道的時代，作家希望打破六〇年代以降，文學在現代主義主導下，個人化、儘量縮小社會角色的傾向（1996：152），因此無論是鄉土文學、神州或「三三」，都希望掙脫小我的個人色彩。「三三」的理想更指向尋找一種生命的秩序，恢復中國的禮樂文明。這種尋找的熱忱包裹起他們飛揚的青春，「三三」

---

[17] 朱天文連對青春的耽美也有胡蘭成的背書：「青春是甚麼呢？青春是感激，青春是記憶力好，青春是志氣」（胡蘭成，1990b：24）。

的作品之所以予人浪漫的印象，和這種尋找的熱忱不無關係。上述引文頗有一種世界大同的意味，那是孫中山的理想，同時也是胡蘭成的烏托邦理想國。胡在其《中國的禮樂風景》指出，現今是一個漸趨破滅的世界，因此必須重新建立一種可以拯救的文明和秩序——中國禮樂文明：

> 我們為甚麼明華夷之辨？因為我們若用西洋人的宇宙觀、人生觀、社會觀、藝術觀論與思考方法，我們就不能對於今在趨向破滅中的世界現狀有一個新的想法，也不能建國，也不能寫一篇好文章。我們若用西洋的哲學與其邏輯，就不能對應今時天文學上的與物理學上的諸現象，無法說明何以會有此對現象存在的理由。我們若只知崇拜西洋，我們就缺少智慧來瞭解孫文先生。（1991：11）

在胡蘭成看來，西洋的哲學、數學和物理學都已走到盡頭，唯有用中國的哲學——尤其是他整理出來的「大自然的五基本法則」，也即他稱之爲的「神的法則」——方能開出新境界。這種試圖以文化進行大一統的思想，我們可以上溯漢唐對世界的政治野心，只不過胡是以文明取代戰爭，他塑立的大中華母體／主體架構在中國文明上，要人認爲「當下現實」（actuality）就是如此。於是我們讀到朱天文及「三三」們的當下現實，是「生在一個沒有時間沒有空間的風景裡」（1994：174），那個摒棄時空的所在也可以稱爲大觀園，而他們是在裡面戲耍的兒女，以青春生命爲底蘊，信仰三民主義三位一體，只戀愛，不結婚，「只向中華民族的江山華年私語。他才是我千古懷想不盡的戀人」（175），「我永生的戀人，那三月桃如霞十月楓似火的，我的古老的中國」（203）。即使參加朋友的婚禮，也會問哪一天，才是中華民國的洞房花燭？從婚禮是好事喜事是個人的想法進而思及國家：

> 此時此刻雖然美好，到底還是個人的，我們仍要像劉邦，像李
> 世民，像孫中山的只是做了春天，而讓天下去做春水春花。史
> 上最偉大的詩人是國父孫先生，而民國的大事未央，我們要繼
> 孫先生之後，醞釀春天。(203)

這樣由個人擴及國家的浪漫，是「三三」們貫有的說話方式。胡蘭成
喜歡劉邦甚於項羽，認為「項羽的人容易懂得，可是要懂得劉邦，除
非你的人跟他一樣高一樣大」（同前引，151），被問及喜歡劉邦抑或
項羽，熟讀胡著作的朱天文自然回答是劉邦。李世民、孫中山都是胡
最常提及的人物，尤其他論及禮樂文明之理想，總以孫中山為榜樣，
以為孫中山對中國文明與西洋的東西是極有自覺的（1991d：78）；《建
國新書》裡雖闡述自己的建國理想，卻處處引證孫的說法，認為他倡
導的是知性的政治，先知先覺的無為政治（同前引，106）。或許我們
可以說，胡所追隨的是孫中山的禮樂大同理想。

　　朱天文以胡的思想包裹青春的浪漫，丁亞民在《淡江記》的序裡
說「三三」的女孩是最中國又最現代的，要玩也玩不盡的日月山川、
東方西方。卻是這樣要來提出時代的大疑，要問出文明的根源，要喚
起今日革命的氣力來（1994：16）；青春的生命不只是玩樂，而是具
有時代的使命感，實踐「中國只要有三千個士，就可以革命」的理想。
至於如何革命，他們和神州一樣，並沒有具體的想法，年輕的生命憑
著一股「無有名目的浩然大氣」，幻想可以扛起復國的大業。譬如在
〈桃花潭水深千尺〉裡，朱天文為了說明「三三」的理想，足足講了
兩個小時的電話，那內容是初生之犢的浪漫和天真：

> 我對尚玲說，國家未來的出路是傾全力於光復大陸，民族的意
> 願是唯有回到大陸後，才能真正拿三民主義建設中國。同時今
> 天世界性的大問題，諸如空氣污染破壞自然生態，福利制度嚴

重斲傷人的創造力經濟高速擴展把人類文學藝術的情思犧
牲，這些都必須在我們復國建國之時才能一併解決。那時世界
的局面將是甚麼樣子？洪水滔天裡中華民族是唯一為神所揀
選的民族，那張海棠葉是一片挪亞方舟，渡過二十世紀的劫
難，一切重新來過。我們的有生之年做得成嗎？那真是啊來不
及，來不及。(1994：57-58)

這段引文對時代和中國都充滿熱忱，並且夾帶著使命感和危機意識，
彼時整個政治氣候也仍在做著統一的工作，生在外省家庭的朱天文對
那塊父母及胡的故鄉理所當然懷有夢想，她活在「虛構時間」裡——
虛構的／被理想化的禮樂中國——一如她所感受到的，由人間的溫情
美意所構築的生活藍圖。她不會像楊照那樣，有機會接觸到不同的生
活層面。

楊照原是對中國充滿憧憬，卻在美麗島軍法大審時，感受到似乎
有另外一個世界的存在——父母的反常模樣，長輩以日語講述另外一
種故事——自此他開始質疑，哪一個才是當下現實。從另外一個角度
看，朱天文沒有機會接觸到楊照那樣的當下現實，她的生活建基於胡
蘭成所提供的價值觀上（彼時朱西寧全家都熱衷於闡述胡的思想），
她相往來的同年齡朋友，都相信手上有一個美好的中國藍圖正在成
形；她對這個美好的想望太投入，「話不投機的一竿就把他挑出去」
（57），如此她活在一個乾淨無菌的時空裡，就像《紅樓夢》裡的女
孩子只知大觀園，外界的時間是怎麼過法，那是她們無從想像的異空
間。中美斷交，她認為她們的思想運動正好接上斷交所激起的民心士
氣，而樂觀的以為「光復大陸的新局面也許就在這三五年間」（150），
甚至想辦一個「三三」大學。如果我們相信人先天性的是被血統遺傳、
家庭譜系和生長的自然環境所影響，那麼這樣的中國認同出現在朱天

文身上,並不令人訝異。

　　何況她很年輕,「我是太年輕了,青春用不完啊怎麼辦!」(〈桃花潭水深千尺〉,1994:58),她信仰的意識形態足以讓她化解一切疑惑,即使受了挫折,譬如賣集刊失敗,也能以劉邦國父爲榜樣,鼓勵自己:「自古英雄多荒唐,君不見劉季本是那多言而少成事,乃至國父一生致力革命遭人戲稱『孫大砲』,乃至今天「三三」所做思想運動而被時人譏爲空想家,皆是一場荒唐。可是誰又曉得中國歷史上劫毀歷新,卻正是從一場荒唐裡打出來的呢!」(同前引,45)這段引文類似革命語言,它令我們想起政治標語,革命的符號和激勵性的措辭與歷史連結,「三三」不只是一個文學團體,它同時背負著復國的理想,如果我們比較神州的慣常用語,也會發現,他們也想光復大陸,期望有一天天下大同,中國人還歸中國人的世界,我們看到這兩個團體的中國情結和政治社會脈絡之間的關係。

　　胡蘭成在序裡稱讚朱天文的《淡江記》開了女子的新境地,又說她是新石器文明時代的,而這必須回溯胡蘭成的「女人論」。胡認爲女人始創新石器時代的文明,而後是男人把這文明理論學問化,始有以男人爲主角的歷史。女人既創始了文明,也同時創造了女人的美,中國女人的美是自媚自喜(110-112)。我們在朱天文的散文也看到她初萌芽的女人論[18],她對自己的自重自戀,初見方娥真也必得比較誰美,一邊挑剔,一邊歡喜。她寫方娥真就像胡蘭成觀賞女子一樣,是帶著喜氣的:

---

[18] 朱天文在長篇小說《荒人手記》中把女人論和陰性文明發展得更完整,詳見黃錦樹論文〈神姬之舞──後四十回?(後)現代啓示錄?〉,收入《花憶前身》,265-312。

　　她好像從宇宙大氣中拔立了起來，站在世界的邊緣，挺身向那
　　未來的一大片空茫。空茫是人所永遠不能知道的明天，因此是
　　生機蓬勃的，是歷史最大的發韌，真要為之驚心動魄（1994：
　　99）

空茫、宇宙大氣、生機蓬勃、歷史等是「三三」用語，即使是寫女子，
也是要拉扯到歷史和生機，一種大敘述的語言，那是標準的胡腔胡
調，就像胡見到女子，也必然要品頭論足，譬如記一帶路的婦人，「也
記不得了當時二人的說話，單是一種日本少婦的灑脫的柔艷與親情與
阡陌上的陽光，悠遠的存在心裡，悠遠得像是到過神山，又恍惚前世
之事，若今生裡與她再見，必定當下認識不誤的」（1991a：119），這
種對女人的欣賞／興味是胡蘭成風流個性的一面，早在他寫《今生今
世》時就已顯露，胡後來之女人論／陰性文明或與此不無關係。

　　「三三」成員對女人特有的敏銳和好感（包括朱天心的《擊壤
歌》），這種欣賞的態度和胡一樣，以思無邪為大前提。朱天文欣賞凡
凡也是如此，對待男人馬三叔、立山而、小丁也一樣，單是喜歡，而
不涉情慾。由此我們可以看出，中國文化在「三三」諸人身上的實踐。
胡蘭成既以中國文學／文化為教材，則「三三」諸人亦以此為安身立
命所在，《詩經》裡所謂思無邪，不只具現在他們對待感情的模式上，
朱反駁愛國反共或社會鄉土文學的理由，也援引《詩經》：

　　譬如《詩經》，雅頌寫朝廷宴饗祭祀之事，國風雖然寫的多是
　　情詩，但男女歡悅之情都有一個採桑織布做為背景。因為這樣
　　的背景是素樸的，再大的浪漫和飛揚，都在素樸裡靜靜的有了
　　他的位分。戀愛已不是兩人之間的私情，而是兩人攜手望向那
　　大片的桑園稻田。（〈看「江山美人」〉，1994：114）

這段文字頗受張愛玲以華麗寫素樸的影響，但張愛玲強調「我喜歡素

樸，可是我只能從描寫現代人的機智與裝飾中去襯出人生的素樸的底子」（1996：21）。張愛玲強調當下現實的重要，而朱卻反其道而行，她活在胡所構築出來的古中國價值觀裡，同時也選擇了一套背離當下現實的生活態度。[19]她對《紅樓夢》十分熟悉，常以《紅樓夢》的人物和說話的語氣，轉接到現實，譬如不忍心方娥真頂著大太陽賣書，便說：「她向是最怕生人，最不會說話的，溫大哥如何忍心叫她頂個大太陽出來，受些濁氣閒氣，假如寶玉再世，可不心疼，疼死了」（41），這段文字把方娥真置換成林黛玉，說話的語氣、措辭都是從《紅樓夢》借來的；桃花開放則比之於晴雯，寫自己和同學鬥氣又和好，則比之為藕官藥官蕊官（91），類似這樣的例子多不勝舉。《紅樓夢》裡的男歡女愛本就是把當下現實隔絕在大觀園之外，因此我們可以說，朱天文的視野，是被重重侷限在《紅樓夢》、張愛玲和胡蘭成所構築的大觀園裡。

　　相較於朱天文對胡的亦步亦趨，朱天心在意識形態上雖然師承胡

---

[19] 朱天文在一九九九年四月三十日，在紐約英譯《荒人手記》新書發表會上，引用王德威為朱天心的新書所寫的序說，朱天心與她的老靈魂「正如班雅明（Benjamin）的天使一樣，是以背向，而非面向，未來。她們實在是臉朝過去，被名為『進步』的風暴吹得一步一步『退』向未來」（朱天文，《自由副刊》1999/09/03）。這背向未來的動作其實同樣適用於朱天文，她是從一開始就選擇了背向未來，面向過去，轉身擁抱由胡所教導的中國傳統的。在一九九七年朱天心接受邱貴芬採訪時，她反省到當年大中國主義之不是，如今則甚麼都不認同云云。盧建榮把這段話解釋為「表面上她是跳出兩個對立國族主義擇一而適的困境，但從深層看，她針對的是正處於浪頭的『台灣國族主義』」；朱天文接受吳忻怡採訪時則表示，疏離感與不認同往往是寫作最大的動力，不一定要像現在主流的文學趨勢所強調的本土認同才能寫出好東西（盧建榮，1999：170-171）。

蘭成，其散文語言則呈現和胡若即若離的關係，而弔詭的是，朱天心的作品當時在「三三」卻是具有最高指導位置的。胡蘭成就認為《方舟上的日子》和《擊壤歌》「提供了最高的人格與對人對物的情操，夠人去做革命或做無論甚麼大事，就文章來說也已是完全的了，它使人覺得為人在世過的日子有意思」（朱天文等編，1978e：236）。《擊壤歌》所寫是北一女時期的青春日記，也依循胡認為好的文學是寫日常生活的文學理念，只不過朱天心行文有一種飄逸之氣，用「三三」的話來說，是無有名目的大氣，因而被胡稱為「王風文學」（同前引，239）。那是來自性情／性格的是非分明：「對於她所不贊成的事也有強烈的不喜歡……今後朱天心的文學會開向一個是非分明的世界吧」（239），這也正符合胡蘭成所說的，散文寫的是性情的觀點。正因為強烈的個性和對人事的喜好，她的散文得以和胡的世界觀形成對話／角力，這種拉扯的力量使她時而在胡的籠罩下，時而又逸出胡的範疇之外。這也是為甚麼朱天心繼楊照之後，很快的就背離了「三三」時期的信仰。

　　寫《擊壤歌》時的朱天心只有十九歲，朱天文把中華民國當永恆的戀人，而朱天心則是想找一個心愛的男孩，對他說「反攻大陸以後，我再嫁給你好嗎？」（1998：104）。這樣的熱情今日讀來愕然，然而在七〇年代，卻是正當／合理不過的想法。整個外在客觀現實都在喊著反攻大陸的口號。蔡源煌在〈最後的浪漫主義者〉一文提到七〇年代的環境：

　　　　一九七〇年代從開頭的幾年便在客觀環境的驅動下鼓舞著一
　　　　股民族主義的風潮。弔詭的是那種民族主義始終是烙印在一個
　　　　定義很模糊的「中國」概念之下；歷來（迄今依然），台灣一
　　　　直設法使自身在地理上、文化上和「大陸中國」維持著一條無

形的臍帶，可以一涉及政治，則又不得不退居「復興基地台
灣」，對於「大陸中國」的治權宣告僅止於各級學校教科書上
那張內政部頒訂包括了蒙古等三十五省的「版圖」。所以，打
從一開始，在台灣要張揚民族主義旗幟的人，除非是一心要回
歸故土的大陸籍人士或是一廂情願的「統派」、「華夏沙文」分
子，其他的人，若不是滿腔熱血，充滿浪漫和天真，恐怕不容
易一邊搖旗吶喊，一邊說服自己。談一九七〇年代台灣文壇的
一些人，先從這樣一個弔詭的民族主義說起道理在此。（楊澤
編，1994a：180）

正是因為對中國的想法是很模糊的，因此它提供了詮釋的空間，「復
興基地台灣」和「大陸中國」這一組政治概念提供了想像的基礎，禮
樂中國正是在這樣的土壤上得以成長。「滿腔熱血、充滿浪漫和天真」
對「三三」成員而言，都是想像的動力。七〇年代保釣運動在海外留
學生當中展開時，也曾波及台灣的知識分子，但尚未接觸到社會的朱
天心，仍然在胡的羽翼下想像彼此的中國：

今天真正的中國人必是人同此心，心同此理，大家都想打倒共
產政權，重建一個每一個中國人都可以真正享受到的富強國
家，但是你若只准人寫滿紙仇恨善惡截然的反共八股文章，便
是寫爛了，也只能叫人得一概念，噢，我們要反共的。其他方
面也是一樣呀！不光是文學，我們對中華民國政府有信心，惟
願政府對我們亦當是。（1998：203）

這段理直氣壯的辯解包含以下幾點：首先肯定反共一統是每個人的共
同心願，同時也可見得作者樂觀的想像——每個人都可以真正享受到
的富強國家；其次，旨在說明反共文學也要有一定程度的文學性，雖
然文學性的判斷是主觀的，但口號式的呼喊達不到反共的目的，因為

語言無法吸引讀者；第三，作者把個人的反共理想寄望中華民國政府
（國民黨），同時也肯定「三三」的復國理想。朱天心在《三三》集
刊創刊三年時所寫的〈「三三」行〉說：

> 第一年除一切事務性的工作在積極的展開外，就是座談會了。
> 那時真是心中一念只想著爺爺的話，中國有三千個士，日後的
> 復國建國大業就沒問題了。（朱天文等編，1980a：122）

從這段話可知，朱天心是這麼認真的在實踐復國大志，而支持她這個
信念的，是胡蘭成。作為一個團體的精神人物，胡無疑是十分成功的，
楊照在其散文〈彷彿在君父的城邦〉有一段描寫胡蘭成的文字，可以
幫助我們理解胡對年輕人的影響力：

> 我已經不復能用言語形容，初次讀到胡蘭成《今生今世》時的
> 震撼感動……從「大自然的意志與息」開始，我們謙恭地學習
> 中國文化。那時正是與中國有關的口號喊得最為響亮的時代，
> 我們不可能擺脫對中國的熱望綺想，卻又對宣傳的千篇一律內
> 容極度不滿。坐在往景美方向疾馳的車上，我常常覺得自己正
> 泅泳尋索一座島嶼，那個島上儲藏著「中國」所有精粹部分的
> 寶藏。那個島、那座城邦，正是柏拉圖知識論中的最終「理性」，
> 而現實不完美的中國只是它的不完美倒影。（1998：131-132）

楊照在這段文字裡敘述了胡蘭成和中國對他的吸引力，國民黨把中國
口號喊得那麼響亮，但口號式的標語無法吸引知識分子／文學愛好
者，尤其無法打動青春的心靈，因而楊照找到一個中國的替代物——
「三三」，在那裡，中國文學／文化被美化／神聖化，胡蘭成以其自
成一套的理論點染嚮往中國文化的年輕心靈，文學和知識的魅力，再
加上親和力，以及「三三」等四處演講、座談，胡的理論很快就播散
出去，更何況「「三三」真正吸引我們的，還有一種親近的浪漫情愫。

我們從書、作品裡讀到大人們的互相告白，從而學習營造自己的愛戀與告白。找到一條可以浪漫而又自以爲不俗的道路、一條少年強說愁的天真道路」（楊照，1998：131）。「三三」成員對人事的溫情美意，他們的愛戀包裹上文學的不俗外衣，被高尚化／氣質化，確實對年輕人充滿吸引力。《三三》集刊有「風信篇」一欄，刊登讀者給「三三」的公開信，「三三」在當時確實鼓動了不少對中國文化／文學有熱忱的人。譬如

> 我對「三三」也許不了解多少，如同對中國，對父，對總統，但那一刻，我清嚴地明瞭夠了……只有中國，只有「三三」！我願永遠與「三三」同行，為中國。（林俊穎，朱天文等編，1979d：229）

> 我找日月山川做證，在仰天長嘯激動過後，也要平心靜氣的思索，磨練自己，效法「三三」人的豪氣萬丈，做一個志在天下的「士」。（張白伶，同上）

> 好在我們現今都在摸索，如朱老師說的，大可不必一股熱血憂慮我能為「三三」做些甚麼，今日「三三」給我的，來日等你我有資格為「大『三三』」時，自同樣付出給另一群熱情澎湃的小「三三」。（徐家愔，朱天文等編，1978f：222）

> 天下之大勇者，乃成了「舉世衰頹之時，獨負真理的勇者」。我們不是真新儒學，我們是不臣服於這個世代的，上帝傑出的子民，蒙愛的兒女，天城的建造者，真理的鋼鐵衛士，凡您所做的，都在這生命之道的巨流中。

> 「三三」所代表的正是這聲音，這意志，這一片道心，這運行在大宇宙中的聖者的展示。（韓敬躬，同前引）

> 我們太感激您和您領導下的「三三」戰士，給我們鼓勵和信心，

> 帶給我們光和熱，我目睹青年朋友對自由祖國書刊的熱忱，和
> 自覺抵制香港「紅」「黃」刊物的侵浸時，說明了他們對祖國
> 的熱愛響往，我感到由衷高興。但當我想到自己為祖國，為八
> 億受苦受難的同胞所做的事卻很少時，內心感到無限慚愧。(田
> 一農，朱天文等編，1978d：224)

這些不同的讀者對「三三」的認同，也就意味著他們對「三三」所倡
導的理想（禮樂中國）的認同，那種民族主義的情感，藉著《三三》
集刊而得到更廣佈的流傳。相較於政治標語單調的反共復國，「三三」
或許是更具體的中國存在，就像楊照所說的，這是個藏著中國精粹的
寶庫，中國最美好的部分──《詩經》、《易經》、《周禮》等經典正好
是「三三」所依據，中國濃縮在這些具體而微的經典裡，成為通往中
國的必經道路。中國有三千個士就可以復國的理念，對大部分有著華
夏主義的人而言，仍是一個美好的烏托邦，在這點上，文化認同構成
最具說服力和歸屬感的理由。「三三」不只提倡上接中國傳統，也對
中國的未來、現代化提出意見，談民族文化的自覺與創造、批評崇日
崇美之風、反西化，甚至對中國的經濟、科學和民主等具有看法。後
結集成《中國站起》一書，其中對中國的使命感，要而言之，中國要
有未來必須是以中國傳統文化為根基，行禮樂政治。他們在書末有〈致
全國同胞書〉：

> 我們自創辦「三三」集刊以來，應全國各大專院校邀約的演講
> 與座談九十多場，深知普遍青年並非沒有了民胞物與的熱力而
> 盡皆功利化，只是熱情找不到大的投向，故每被有心人所鼓動
> 襲捲至偏路上，如前之鄉土文學風潮。(「三三」群士，1979：
> 229)

「三三」強調青年的熱誠需要有出路，惟一而且正當的出路就是中國

文化。相較之下，鄉土文學是偏路，依此類推，西化崇洋自然也是偏路，二者都是文化他者，必須被排除在外，用克莉絲蒂娃（Julia Kristeva）的說法是「推離」（abject），這種推離運動，如同嘔吐，是一種淨化作用，透過淨化的儀式，這個文化得以保全其系統之一致與正常。造成身分、系統與秩序的紊亂的，破壞界限的，居於二者之間的，曖昧的，複合的狀態，便是此必須被推離之物（劉紀蕙，1999/11/18，19）。所以，面對鄉土（台灣）甚至日本或美國文化等雜質，這些無法被同化的不潔之物必須被推離，以便建構出同質性高的文化論述。「三三」的文風同質性高，其來有自。神州成員亦是如此，這是一種相同的意識形態──大中國情懷的推力，使得這兩個團體在思考模式及語言特色多有相近之處，形成一種集體風格／論述。因此「三三」也推崇神州，視爲另一個復國的動力：「中國民族比日本民族的根柢更深，所以現在還出來得「三三」與神州詩社這班青年」（李磐[20]，朱天文等編，1979g：247）。

這兩個社團對成員來說，都是「集體超我」。「當一個團體凝聚了社會文化中共同塑造的「超我」，如宗教、軍隊以及高度集體化的社會，那麼這個社會中便會產生代表集體倫理規範的「神祇」或是「集體超我」。透過了神聖化的過程，此集體超我越來越壯大，自我也會依附於此幻想之物，而誤認爲自己也很壯大。這種集體價值的替代品可以成爲道德的指標，民族的救星，國族認同的基石，甚至是超越世俗的聖人賢哲（劉紀蕙，同前引）。因此「三三」成員都很看重自己，認爲自己背負著一個建國的使命。朱天心就希望「讓我撇開愛情，然後堅堅實實的跟父一樣，把畢生獻給國家，但願這樣的祈求不是血

---

[20] 李磐即胡蘭成，李磐是他在「三三」集刊寫稿所用筆名。

氣，不是一種對我的海棠葉概念的思念，我原是可以做些事的，可以的」（1998：196），「交一個朋友便是爲國家看一個人才」（234），朱天心序仙枝《好天氣誰給提名》就引胡蘭成的說法，稱讚她是「爲人不爲己」（仙枝，1985：序）。

　　朱天心的《擊壤歌》比朱天文的《淡江記》更頻密的出現天父、國父和蔣公，她也特別喜歡總統府，這當然不只是地緣的關係，而是因爲總統府的象徵意義，：

> 我一直喜歡看陽光中的總統府，四月以後則不然，我更喜歡風雲中的總統府，那會令我不自覺的抬頭看他，他正一身民國二十五年的童軍大檢閱時的戎裝，騎在高駿的馬上，在雲端上遨遊，時而俯瞰著他的子民，帶著如常的微笑，因為他知道，他的國家是站得起來的。
>
> 我愛他，就是這句話。因為他是個要叫我仰臉瞻望的巨人，就是這句話。孩提，幼稚園，小學，初中，他對我就像「反攻大陸」這句口號一樣的熱。（1998：49）

總統府象徵蔣中正，蔣中正象徵一個革命的時代，令人想起抗日、反共，以及懷鄉和憂國，當然更令人激起愛國的熱情。較諸朱天文所經營的溫婉人世，處處可見《詩經》的敦厚色彩。朱天心顯然更有無有名目的浩然之氣，「字裡行間有一股意志力在貫穿」（朱天文等編，1978b：221），就如同引文對蔣中正的敬仰，陽光、風雲、戎裝，無疑是一副革命的風景寫照，卻也同時是青春的志氣。

　　仙枝作爲「三三」的成員，雖然她視蘭師爲再生父母，《好天氣誰給提名》也是蘭師取的名，她處理的題材卻和朱家姐妹不太一樣，或許和她出生宜蘭鄉下有關。她記述家庭生活的文字更接近琦君平淡見真情的風格，「沒有俗以外的雅，俗事即是雅事。她的敘事，筆墨

都乾淨，讓人有著悠悠之思」（馬叔禮，1977g：59）。她人在「三三」
內，意識形態仍是典型的「三三」風格：

> 國父雖有父母，亦如無父母，曾為人子的事實也已成了過往，
> 國父今在天上俯看我們，像看顧一群羔羊，也是我們中華民國
> 在天上的父。當我們這輩凡眼俗胎的人子緬懷國父時，國父是
> 一位平易得可與任何人共患難的謙遜人，我們沒有預備懺悔的
> 心的必要，而只是想更成為出色的中國人，接國父的棒，想要
> 代天行道，將中國精髓的文明福音至天涯海角。（1985：222）

這段文字和朱天心的頗為相似，國父、天父成為一體，同時也有朱西
寧調和基督教和中國文化相融合的痕跡。其實任何歷史和文化中都具
有召喚力的典型，如天父、英雄、祖國等，這種典範取決於當時社會
和政治制度。七〇年代的台灣是國父、蔣中正的時代，他們具有父親
的形象，可以給人民／小孩保護，令他們感到安全。仙枝所形塑的這
位結合國父和天父特質的形象，則提供一個可被凝望的偉大對象，使
自己的中國慾望對象化。「三三」擅長在日常生活中寫革命的情感，
仙枝亦然，她在河邊會突然想起「革命尚未成功」，是因為革命豈止
於辛亥，而是國父要他們繼承遺志，「凡我同志都要立起、立志」（32）。

　　仙枝寫日常生活，也可見胡蘭成的影響，譬如「我當然不是從土
裡生出來的，但是我相信人的情意是從土裡養出來的，於是土質越豐
沃的地方，人們也越知天的旨意」（22）。這段文字正是胡蘭成那套直
觀和感知的理論散文化，《易經》所謂「感而遂通天下之故」的演繹；
而在命題上，「采蘋采薇」、「美目倩兮」、「于歸」、「秋意爛漫兮」、「天
地情兮歲月人」等都可見《詩經》的影響。

　　丁亞民在「三三」集團被朱天文朱天心當成同性，他的浪漫多感
的氣質也和朱天文相近。朱天心說他無事招惹自己的情緒，朋友說他

感情用事，但他認為「人世如此珍貴，豈能有憾呢？如果有，那我寧可抱憾終身與它拼命也罷了！我真是任性而乖張，我不要不要有悲歡離合，不要有生老病死，也原要有人笑笑看你，又忽然疑惑起來要不懂你了……我就覺得荒涼，倒在草地上，眼睛濕濕的，想風一吹來我就要死了」（1981：156）。這樣接近撒嬌的獨白，少年不識愁滋味的傾訴，非常符合「三三」青春的基調。也正因為如此，他和天文天心十分相契，散文裡的青春紀事，也都彼此呼應，同樣一件事情，可以在兩個人的散文找到蹤影。朱天心說「阿丁是我唯一唯一的親人」（朱天文等編，1980b：241），他為朱天文的《淡江記》寫序，便說「不說，你們是你們，我是我，但我仍是一個愛漂亮的女孩，仍是和你們同生於這風日裡的呀」（朱天文，1994：16）。胡蘭成強調散文要直見性情，丁亞民的散文無疑見出他漫無節制的浪漫。

丁亞民和朱天文、朱天心以及仙枝不同的是，他的散文絕少出現胡蘭成、爺爺，但是反共復國的理想卻無不同：

> 這裡是我們的土地，我們的國家，走在我們的街道上，同胞啊，我的感激是因著你們的，而我的感激卻要向著歷史和時代去投入，如同七十年前，革命的同志碧血開成黃花，建立了民國。那時缺了我們，原來是今日尚有大事，要反攻復國，是我們欠他們的，而亦是我們今人獨有的，我們的性命在這裡是緊緊的相繫不能離了。歷史留下我們，就是因還有一場時代的盛會要我們趕赴，這誓言，這心情，如何如何是叫人走一趟街道也要熱淚盈眶的啊，走在我們的街道上，踩在我們的泥土上，呼吸著我們的空氣，同胞啊，我們的國家是我們的，而我們亦是我們國家的，我們是這樣在一起了，在一起了！（218）

這段文字節自〈十月裡，我們的街道上〉，十月十日是國慶，最容易

激起國族認同的日子。爲國捐軀、反共復國、革命尙未成功、捍衛國土等等意識形態教條在這個節日裡可以輕易獲得迴響。作者行走在十月的街道上，亟目所見，不外是國旗飄揚，整個社會文化中共同塑造的集體超我立刻出現，令作者依附於此幻想之中，而認爲自己也很壯大。於是他把自己投入時代和歷史中，縮連起黃花崗革命七十二烈士和自己──他深信，還有一場時代的盛會要趕赴。這時代的盛會是反共復國，他則是如同黃花崗烈士，是要爲國捐軀的。明於此，或許我們就不會驚訝，作者爲何走一趟街道也會熱淚盈眶，會發出類似政治標語的口號。這是一種緣於國族認同的想像，不斷壯大自我，塑造主體，使想像者得以在時代風潮中安身立命。

　　丁的其他散文也可見到這種想像。譬如他對文化祖國的嚮往：「我小時最痴往巴顏喀啦山，因那兒是黃河、長江之源，是山水精魂之所鍾，而黃河、長江又是中國文明的母地」（〈同條生不同條死〉，1985：69），或者批判中共：「中共的無產階級革命，是西洋式的，因爲帶有仇恨對立的意識，故政治上的活機完全破壞，只有否定之否定的政權傾軋，完全不能有自清的能力」（同前引，71），作者批評的理據仍是胡蘭成那套中國本位的學說。丁亞民少部分比較「不浪漫」的散文。也都即在闡述胡的政治思想，因爲他們認爲中國人對政治的熱切而形成的情操，是大的情操，「大的情操才是大的美」（「三三」，朱天文等編，1978b：218）。謝材俊亦認爲先要有中國的讀書人原是士，不僅僅是一個文人：

> 士是不可不弘毅的，是要志在天下，和萬民生活在一起，呼吸在一起，這種無名目的大志，才能如孔子說的不器，而反而更成其大。這樣的襟懷之下，寫出來的作品，才可能是曹丕所說的：「經國之大業，不朽之盛事」，才會是可以藏諸名山的文章。

（〈讓士來傳承革命的衣缽〉，朱天文等編，1978c：147）
強調文人須有大的情操本是儒家的傳統，謝材俊引這段話卻正好接上
「三三」的理想，中國有三千個士就可以復國建國，因此「三三」諸
人雖是寫文章，卻是隨時為革命作準備：「我跟「三三」眾人，每每
在行動中來體認學問，再來安心平和的讀書」（1980a：166）。因此他
對有人質疑「三三」太年輕，基礎學問底子還不足，他認為這是「三
三」的委屈，而辯解道「三三」成員的學問總是在行動中來建立」（同
前引）。究其行動，其實就是演講座談，散播他們的大中國主義，以
及胡蘭成的理論。

　　謝材俊又常以國父為榜樣，譬如「國父四十年的辛亥歲月，從『驅
除韃虜，恢復中華，創立合眾政府』的天下志，到三民主義、孫文學
說、建國方略的天下學問確立不移，這每讓我想起來就眼睛一熱」
（167）；表現在文學觀念上，他也強調「人的修身在文章之先，人好，
看萬事萬物未嘗有甚麼不好，因此，作者能如光一樣，景在行潦之上
都能光耀清亮」(1978i:110)。這又和胡蘭成「風格即人格」的看法一
致。他對中國的嚮往是這樣的熱切，因此立志做天下事，得立天下的
大志，做天下的大學問。謝材俊和丁亞民最大的不同即在於後者是沒
有節制的感性，而謝卻是娓娓的分析，即使面對旁人對他們的質詰，
他也仍舊不緩不急的認為：一切，都要先從讀書開始做起。儘管他和
「三三」諸人一樣，都充滿尋找的熱情，相對而言，他卻是成員之中
最理性的。

　　在今日建構台灣主體性／本土性的聲浪中，我們重新回顧當年
「三三」的烏托邦理想，彼等所熱切尋找的「中國」，或許會被學者
視為「因為『中國意識』的作祟使得台灣文學不能落實本土社會現實
的僵局」（游勝冠，1996：445），然而作為一個文學團體，它的存在

確實曾是「三三」成員文學生命的沃土，成員之間的彼此砥礪激發創作的熱誠[21]。當年「三三」成員所嚮往的中國曾經那麼熱切的被一再書寫、追尋和詮釋，然而緣於它的虛構想像性格，終究也沒有落實／具現，反倒成就了今天朱天文、朱天心的文學地位。

---

[21] 謝材俊〈當我到達鳳凰城〉:「一年多來，「三三」事務性的工作累積愈多，打從今年開始，寫稿讀書都減了，大家都很懷念初創『「三三」』的那個春天，每一個人眉宇間都是陽光的感覺，見面就問『稿子破一萬了沒？』『國父全書 K 得怎麼樣了？』有次阿丁跑來哭訴他的老筆乾禿，正巧仙枝交了新寫的〈明珠翠羽〉阿丁看不到一半，大叫著『我要寫，我要寫』跑上樓來，分了我一半書桌和燈光就幹起來了，我的〈嶺上雁字〉正到尾聲，阿丁的〈青青河畔草〉也就這麼出來了」（1978h：82）。

結　語：消失的神話

　　七○年代的台灣，是一個各種意識形態暗中較勁的年代。在政治上，國民政府的反共復國和統一中國的口號仍然喊得響亮；在文學的領域，鄉土文學論戰卻已熱烈展開，台灣文學的主體性／自主性在論戰中逐步被建構。相對於鄉土文學，「神州」和「三三」則是擁抱中國的團體；他們和鄉土文學一樣，也試圖在文學上附加行動意義，想以文學介入社會。正是在這點他們接上國民黨的反共復國神話，以為從文學開始，而終於能到達統一中國的終點／目標。無論是被稱為具有《楚辭》狂放性格的神州，或是宣稱以《詩經》溫柔敦厚為文的「三三」，他們充滿中國符號的散文，使不再具有本質性定義的「中國」，更加突顯其虛構／想像的性格。

　　神州成員多來自馬來西亞，由於意識到來自「異域」，僑生的身分使他們的中國化比「三三」更加急切——練武練劍，再加上大量古典化的散文（詩、小說亦然）。神州以培養浩然正氣和民族正氣為崇高目標，這樣的中國認同結果最後帶出為中國（其實是台灣）做點事的實用目的，由要「好好為馬華文壇做點事」轉而「為中國做點事」。弔詭的是，溫瑞安等人的古裝策略，最後打造出來的卻是一個武俠世界：中國反而被古典和武俠化了，不折不扣成為現實世界的海市蜃樓。

　　相較於武俠中國，「三三」成員所嚮往的是禮樂中國的大同世界，建立一個以華夏文明為中心的烏托邦。他們認為中國只要有三千個士，則復國建國就沒有問題，「三三」在胡蘭成教導下閱讀中國典籍，以散文摹寫日常生活，建構出同質性高、風格相近的文本。他們認為

要建立現代文學，就應該以華夏文明為中心／正統，反對鄉土文學、工農兵文學以及西化的文學。如果《詩經》、《易經》和《周禮》是他們的必備傳統經典，那麼《紅樓夢》及張愛玲的作品則是其現代經典。他們的中國認同架構起一個抽離當下的現實，禮樂中國的理想雖然沒有實現，卻成就了朱天文朱天心的文學理想。

第五章　故土與古土的閱讀

緒　言：鏡像風景

　　本章專論返鄉／中國旅遊散文。對於在那塊土地出生的返鄉者而言，那是曾烙下他們的生命記憶和情感的「故土」；至於對出生於台灣／海外的第二、第三代，那是長輩的故鄉，也是中國文化的發源地——所謂的「古土」。所有的風景和地理，都將被屬於中國的眼睛所閱讀，因此風景和地理是被意識形態化之後的主觀景物，而非純粹的地理和景觀。旅人的旅程結束，而我們卻可以從這些旅遊散文中，讀到被作者詮釋過的再造風景。風景是一面鏡子，映照出旅人的內心風景，尤其面對長城、黃河或長江這些典型的中國圖象，其內在（中國）鄉愁／民族情感不免會被召喚出來。

　　「中國」作為一種集體身分（collective identity），亦是一種集體文化記憶（或壓抑），這個想像的共同體（imagined communities）既然誠如安德遜所說，最初而且最主要是透過文字來想像的，因此當旅人使用中文來書寫，無可避免的將運用到文字所構成的象徵系統，也同時召喚出文化認同。克萊福（James Clifford）指出，認同（identification），不是身分（identity），是關係的表現而非既存的形式；這個傳統是一個部分與歷史連結的網絡，一個不斷失位與時／空

交會的再造（1994：321）。土地／風景是媒介，這些返鄉者／旅人透
過地景表達他們的中國認同，也透過符號再現中國圖景。

本章擬分三節，第一節處理在故鄉和異鄉擺盪的返鄉者。離鄉可
能基於政治因素，譬如一九四九年隨國民黨政府遷台的軍人及家屬，
或是一九三七年蘆溝橋事變後，南方各省的居民被迫逃離家園，到東
南亞避難及謀生者。一九○○年惠州起義失敗，不少革命黨人隱藏在
南渡客中，移民到新加坡；一九○八年雲南河口起義失敗，則有六百
餘人退到越南、新加坡、馬來西亞等地經商[1]。離鄉也可能純是因為
經濟因素，譬如二○年代，廣東、福建和海南島多次發生嚴重的水災
和旱災，為了生計而不得不遠走他鄉。他們（或他們的後代）有的產
生了多重／雙重認同，有的則視自己為流離之子，視中國為故鄉／故
土，在異地是僑居，中國之旅則等同於返鄉。然而故鄉經過時間的淘
洗，儘管空間／地點感不變，卻足以令這些流離之子有如置身異鄉之
感。

第二節就遊人眼中的風景，討論他們觀看風景的方式，並探討其
背後的意識形態。對於第二、第三代華人，旅遊的意義遠大於返鄉。
旅遊中國不同於旅遊歐美等地，那是中國文學的發源地，他們可能在
古典詩詞裡經驗過那未被證實的地理，因此不同於曾在那裡居住過的
長輩／祖先之返鄉，他們追溯的是文化／文學之源，風景和地理召喚
出他們的文化鄉愁。第三節則基於中華文化認同者的立場，就當地的
社會和文化現象，提出批判／擁護者。相較於第一節返鄉散文的感
性，從這些相對知性的返鄉／旅遊散文，我們或許可以更清楚的看到

---

[1] 關於華人流離和出走的原因，以及在東南亞等地的華人人口成長、從事的
行業，出入境中國的統計表，詳見吳鳳斌編，《東南亞華僑通史》，頁 539-607。

文化鄉愁賴以存在的形式。

第一節　返「鄉」探親：流離之子的回歸／再流離

　　本節論述返鄉探親散文。所謂的「鄉」包含兩個概念，一是空間意義上的故土，作者出生、成長的地方；其二，則指「古土」，也即文化母國。這些流離之子當年離鄉的原因可能是因為戰爭、謀生或基於其他原因，二十世紀的華人歷史，其實是一部流離的歷史。辛亥革命、兩次世界大戰、日本軍國主義侵略中國和東南亞，乃至於社會政治、經濟重大的變化和交通如輪船的發展，離鄉的華人從未間斷過。當這些流離之子轉身背離鄉土，他們形同放逐，鄉土便成為日後被凝望和想像的對象，成了永遠回不去的「故」鄉。本節所論述的，即是這些返鄉探親散文。可是返鄉並沒有終結這些遊子的流離，「返鄉探親」意味著他們必須再度離去，被永遠的放逐。

　　一九四九年，國民黨在內戰中敗退到台灣來，隨著國民黨南征北討的軍人也一併撤退到台灣，他們有的是滿腔熱血參加「青年軍」，有的是被「抓丁」、「拉伕」。國民黨到了台灣，全力反共，不只在軍事、外交上反共，連文學藝術也動員起來，反共抗俄文藝一直持續到五〇年代末期，加上長期的白色恐怖統治，兩岸長期隔絕，連帶移民來台的作家也切斷了對故鄉的聯繫。隨國民政府來台的一百二十餘萬「外省人」中，大約有一半是軍人，這些軍人退伍之後，形成特殊的老兵族群，他們有的妻兒在海那邊失去聯繫，便在台灣成立新的家庭。一九八七年十一月二日，台灣政府開放中國大陸探親之後，立刻湧現了探親的人潮，繼而文壇也出現為數不少的返鄉探親散文。睽違近四十年的歲月，返鄉的遊子發現故鄉人事皆非，親人或亡故或衰

老，昔日熟悉的風景不再，「故土」幾乎成了異鄉，自己也儼然成了
異鄉人。這對少小離家的遊子而言，委實是巨大的震撼，在似真似幻
之間，不由得對故鄉衍生種種疑問。返鄉探親散文中，甚少歡愉之情，
尤其是剛開放的第一年，面對鉅變的故鄉和親人，散文中洶湧的是激
動的情感。王書川在〈四十年的天倫夢圓〉中便有這樣的表白：

> 那一片錦繡大地，那一片溫馨的國土，我為她曾灑過熱血，掉
> 過眼淚，流過汗水，受過折磨……她是我的母親，她是我的瑰
> 寶，她是我的生命，她是……
>
> 可是，闊別了四十多年，我對她竟然感到如此的陌生！如此的
> 疏遠！如此的畏縮，和如此的曖昧！
>
> 她，依然是她，只是這無情的歲月，給掘上了一條斷層的鴻溝。
>
> （封德屏編，1989：20）

四十年的阻隔之後，故鄉已經變得陌生和遙遠，台灣在七〇年代經濟
起飛，而彼時大陸正結束四人幫的統治專權，兩岸無論在社會、經濟、
教育的面貌都相差甚鉅。作者從他鄉（台灣）返回故鄉，卻發現故鄉
變了樣，彷彿回到的是異鄉。改變的其實不只是土地，而是整個社會
結構以及親人朋友，有的返鄉人發現結髮妻子由年輕的少婦變成老
婦，親朋亡故。最悲慘的，莫過於找不到父母親的墳，返了鄉卻只能
像在台灣那樣，執香遙拜。

　　返鄉散文常常把故土喻為母親，那意味著無法割捨、與生俱來
的，一種臍帶相連的情感。大荒在〈江山遼闊立多時〉便說「鄉土是
人另一義的母親」（封德屏編，3）。當他在飛機裡從金門島上遙望大
陸時，便曾表示「如果此時降落，我定會俯身跪下，親吻泥土」（同
前引）。這些返鄉者面對家鄉變易，家人的故亡，仍不免悲傷落淚。
淚水，浸透了這些返鄉散文，王書川懷著激情回到故土，逗留二十二

天後離去時，仍不免「默默地流下兩行熱淚」（封德屏編，27）；辛鬱和久別的弟弟重逢，本來「硬壓在心底的淚水」也忍不住奪眶而出。鮑曉暉和父母手足相見，不忍心在他們面前落淚，卻是「帶了滿腔熱淚回到香港，一踏進旅館房間，我撲倒在床上。淚，像開了閘的河水流著流著……」（封德屏編，148），重回故里與親人團聚本是快樂的事，可是對於這些已然在台灣成家立業的遊子而言，探親之旅不過證實他們已經變成過客，那塊土地成了可以回去「探親」，卻無法久居的故鄉，在這樣的情況之下，他們是被歷史和時代所形塑的「異鄉人」。

　　齊默爾（Georg Simmel）所謂的漂泊的異鄉人，是綜合了漂泊與固著兩種特質的人，在異鄉人與其他團體成員的關係中，空間往往顯現出親近、疏遠的糾結——與他們距離近的關係較疏遠；與他們關係近的，空間距離反而較遙遠（94-95）。在這些返鄉散文中，我們便讀到這樣的情感糾葛，對親人和故鄉那種似近還遠的恍惚之感。台灣本來是他們的異鄉，然而事隔四十載，異鄉的意義似乎起了轉變，他們所謂的中國「故」土，如今反而成了異鄉。譬如，辛鬱返鄉重續手足之情後，仍不免「置身於陌生域界的感覺」（封德屏編，55），繼而感覺到「四十年不見的南京東路與西藏路，上海的精華，竟如此蒼老了，竟如此衰弱；然而從虹橋機場到進入市中心的路上，兩側的新建築挨次矗立，規模之大，令人吃驚」（56），四處洶湧的人潮和壅塞的交通，人們臉上漠然的表情，以及與童年時全然不同的鄉景，令他察覺自己如同患了失憶症。然而，作者又辯解道：

> 其實，我知道自己並非患了失憶症，我只是不願讓記憶中的景
> 象與眼見的現象對證。那太殘酷了！外婆的莊院矗立在一片稻
> 田中，東河的水不再清澈，雖然稻穗吐香，卻不能彌補我心中

的空茫。面對破舊的古宅，我住過七年的樓宇，一扇閉不起來
的小窗，能容我的目光投射，卻也容不下我悽然的心的造訪，
我思忖著，為甚麼它不早早坍塌了呢？（58）

由撫今追昔所引發的空間和時間的變異之感，令作者寧願一切化成烏
有，也不要有物證印證曾經存在過往的一切，這種相似和相異的雙重
震撼，是遊子重返故土的共同經驗，也正呼應齊默爾所說的，異鄉人
的社會學形式綜合了漂泊與固著兩種特質。誠然，返鄉散文中的遊子
都具備了異鄉人的特點，這塊土地原來是故土，他們本是在地人，四
十年過去，空間的變異引發異鄉感。就辛鬱而言，住過七年的破舊樓
宇、莊院以及混濁的河水都是一種異鄉感的明示；王怡踏上返鄉之路
後，「才發覺此行不僅太過倉促，而且荒唐，父親早在三十多年前，
就在南京去世了。在故鄉我敢確定沒有人會認識我，而我也不可能認
識任何人，去故鄉看誰呢？」（1989：65）既然沒有親人，故鄉便和
客觀的空間無異。然而這些畢竟是返鄉的遊子，他們不是旅人，政府
的開放探親對他們而言，不過是證實故鄉已經滄海桑田，探親二字形
同悲哀的反諷。王怡不只沒有看到親人，到了故鄉，他找不到昔日的
舊屋，只有兩百多戶的小村莊，已經變成一座小型的鄉鎮，正如《鄉
夢已遠》一書在題目上的明示，故國不堪回首，歸鄉的夢或許早該醒
了。

　　馬森在開放探親之後，返回中國住了四個多月，寫成《大陸啊！
我的困惑》，他希望自己能夠擺脫成見，客觀的記錄下他的觀察，可
是中國人的身分左右了他的觀察：

但是我畢竟不是一個純粹的遊客，中國是我的祖國，那裡是我
的先祖埋骨之地，那裡仍然生活著我無數的親人，我也多麼希
望有一天能再回到自己的祖國去定居、去安葬。因此我就不能

以一個遊客的眼光來觀察中國，而不能自己地把自我移入同胞
的心田中。(1988：170)

這段文字的前半段充分說明了流離之子的心態。在作者認定那是祖國
時，他勢必要面對認同的問題：祖先埋骨之地、在那裡生活的親人，
這些都在在說明那是故土，而由土地召喚出國家認同。「故」鄉同時
也意味著一個逝去的時空：空間不變，土地仍在，可是人事物卻已面
目全非。作者面對鄉土時，他一度以為自己仍在常做的那個失鄉的夢
中：「真好像我過去的記憶不過是我一時的幻想，不然就是做過的一
個荒唐的夢而已」[2]（14）。

　　王璞在離開四十年後，也發現「村子裡的一切都變了！圍子牆沒
有了，圍子門沒有了，大廟也沒有了，小廟也沒有了……」（封德屏
編，34）；疾夫也感嘆記憶裡富春江水邊美麗的風景都已消失，廟宇
教堂長滿雜草與蔓葛，老宅也已拆除，他「滿懷著殷切的熱望而去，
卻背負著超量的失望、悲痛和哀傷而返」（同前引，76）。當他們沿著
回憶的路蹣跚行去，卻徒然發現無跡可尋，過往被完全架空，甚至連
墳也沒得上。楊濤找不到母親的墳墓（同前引，106），王璞也尋不著
祖母的墳地，於是他們不得不思索：故鄉，究竟在哪裡？

　　返鄉的遊子果真因為故鄉變異鄉，而意識到自身身分的轉變，進
而體認到自己的故鄉在台灣，而產生認同台灣，則這趟返鄉之旅會變
成一個轉捩點。大部分的返鄉散文都是擺盪在一種故鄉和異鄉，處於
一種患得患失的灰色地帶。譬如藍欣每次回南京，雖然故居已頹，親

---

[2]　馬森固然稱這趟中國之行為回鄉，但因為在那兒居住了四個多月，他對中
　　國的觀察和批判卻十分深入而有見地，反而返鄉的悲情少，旅遊的成分高，
　　在觀察視角上，他亦盡量調整，兼顧主客觀觀點，因此亦將他納入第三節

人亦已不在，他卻每回都要在故居的門前徘徊又徘徊，「這種難以訴說也難以解釋又極其複雜的情感，就是人類與生俱來的鄉土戀情吧！」（封德屏編，150）；楚卿從深圳橋上走過時，覺得自已儼然像個異國子民，卻又忍不住要呼喚「祖國」，可是他所謂的「祖國」，卻把他父母親的墳都剷除了，令他不由得要質疑「祖國」的意義：沒有墳上的地方，算得上是故鄉嗎？

　　故鄉是一個「有墳可上」的地方，因此馬來西亞的郭蓮花回到惠安，她慶幸仍有個堂兄守住沒有墓誌銘的墳，守著祖屋，使回鄉的人有墳可上，「如果到了唐山，沒有了祖屋，找不到祖墳，我的根，我的夢，要到哪裡尋找呢？」（1999：61）惠安是父親的故鄉，她的父親在全球經濟大蕭條的時代，爲了生計而南來馬來亞，她是華人第二代，對她而言，馬來西亞才是家鄉，「父親若沒離開故鄉，我就沒有現在的家鄉了」（1999：58）。顯然她視自己爲馬來西亞人，或者是馬來西亞華人，她卻仍把那裡當成根之所在，是血緣的起始。她在〈花崗石砌成的夢〉裡追溯家族離散的歷史（其實也是大部分南來華人的歷史），「離鄉背井漂泊到海外，尤其是遠渡到所謂的『蕃邦』，對傳統的中國人來說恐怕是一種生離死別吧」（57）。隨著這種流離歷史上演的，是故鄉妻子的苦苦等待，而離家者則展開了永無止盡的鄉愁。許多人這一走就再也沒有回鄉，譬如作者的父親，就此埋骨他鄉；有的客死異鄉，卻希望屍骨可以回到故鄉，譬如作者的五叔五嬸和早逝的女兒。骨灰能葬在故鄉，與祖墳並列，也就圓滿了傳統中國人最後的夢想。

　　泰國的林林返鄉時則是近鄉情怯，形容自己的故鄉是一個「陌生

的論述中。

而親切的地方」（1994：186）：陌生感來自時間的阻隔，親切感則是
因爲那塊土地有自己的親人，風景也曾是自己所熟悉的。新加坡的莫
河則是這樣形容他的心情：

> 我足足地等待了五十二個春夏，才有機緣回返文昌。我已經是
> 一個風塵老人，我訴說不出到底是悲慟抑或是歡欣，難道說是
> 老了還鄉，還須斷腸麼？（1992：216）

短短幾句話，壓縮了流鄉他鄉的悲戚，以及和故鄉重逢的悲欣交集，
「臨老莫還鄉，還鄉須斷腸」的質詰，卻是作者此文的主旋律。這種
情感也同樣出現在菲律賓的張燦昭的返鄉之旅，他面對人事皆非的景
況：「在腦海中，家鄉的建築，是兩排并立的平屋。中有土埕」（施穎
洲編，1988：155）。事隔多年，土埕已建屋，老家人去樓空，而親人
多已老去，思之不免聲淚俱下。另一位菲律賓的返鄉者書欣面對的同
樣是故鄉的變革：

> 啊，到了！這就是闊別了二十五年、夢裡似曾來過、時常為其
> 牽腸掛肚的故鄉──惠書橋。眼下的故鄉，同記憶中的好像不
> 太一樣，密密麻麻的全是屋子，以前是曠地多，屋子少。舉目
> 一望，家在哪裡？（1990：54）

返鄉的遊子幾乎都會尋找記憶中的「家」，而家鄉的面貌往往卻在他
們的記憶之外。我們讀到不同地區／國家的返鄉散文，可卻同樣出現
故鄉幾成異鄉的飄零和失落感。建築現象學家維歐利（Francis
Violich）在〈城市的直觀閱讀〉一文指出，一個地方住久了，當地居
民對該地會有一種情感，稱之爲「集體潛意識」（季鐵男編，1992：
324），因此返鄉時，遊子對該地的情感記憶便自然會浮現，一旦故鄉
的「集體潛意識」爲現實所摧毀，原來存在於記憶的故鄉，便成爲陌
生的異域。正如香港的黃少東所謂：「中國的風景，處處可愛，中國

的人事，事事堪哀」（1982：333）；黃一直迴避故國之旅，是因爲害怕多年人事變幻，而生情何以堪的悲情。

　　故鄉的情感讓我們讀到人類的集體記憶。阿伯瓦克（Maurice Halbwachs）認爲記憶是一種集體社會行爲，現實的社會組織或群體（如家庭、家族、國家、民族或一個公司、機關）都有其對應的集體記憶。我們的許多社會活動，經常是爲了強調某些集體記憶，以強化某一人群組合的凝聚（65）。阿氏指出，集體記憶並不是天賦的，那是一種社會性的概念。集體記憶也並非某種神秘難測的集體心態。當集體記憶在一群同質性團體中持續存在，並不斷汲取作用力之際，其實是做爲團體成員的（individuals as group members）在做記憶。只要一個社會裡有多少不同團體與制度，就會存在有多少不同的集體記憶（48）。從對童年記憶的追尋，對土地的情感以及對親人好友的追憶懷念，其實不只是個人的回憶，那更是如同阿伯瓦克所說的集體記憶，是那個流離的時代，離鄉遊子所共同擁有的鄉愁，因此我們讀到不同版本的返鄉散文，卻同樣有那種似幻似真的異鄉感，以及流離的華人雖然歸返家鄉，卻必須面對永遠流離的事實。

第二節　風景：文化鄉愁的召喚

　　對第二、第三代的華人而言，中國大陸是長輩的故鄉，也是他們的籍貫所在。那裡是中國文學的發源地，他們曾經在古典文學裡，經驗過那未被證實的風景和地理，從長輩的口耳相傳之中，對那塊孕育古老文化的土地──「古土」──產生感情，或者經由文學而催生中國想像。對他們而言，旅「遊」的意義遠較返「鄉」為大。更正確的說法是，所謂的「鄉」，指的是文化故鄉，這些遊記藉由風景勾引出文化和歷史記憶，以及民族情感，同時投射出他們的文化鄉愁。

　　相較於返鄉探親散文那種沉重的生命情調，以旅遊為主題／目的的散文，則呈現一種相對輕快的特質。我們可以從這些旅遊散文中讀到由風景所召喚出來的文化鄉愁，一種意識形態。伊格登（Terry Eagleton）就認為，一切成功的意識形態，其運作殊少依靠明確的概念或刻板的教條，主要是依靠充滿感情和體驗的意象、象徵、習慣、儀式和神話來運作；意識形態本身和人的潛意識深處盤根錯結，任何社會意識形態，如果不能和這種根深柢固地非理性的恐懼和需要連結，就無法持久（1992：23）。這些中國旅遊散文，特別突出文化和歷史記憶──那可是民族記憶最重要的部分──所謂的文化鄉愁即牽涉到原生情感（primordial sentiment）的追尋，對自身文化的孺慕和傳承之情，因此它也是一種發聲的位置和姿勢，提供可被解讀的立場（positionality）和詮釋（interpretation）。風景因此並非客觀之物，它被賦予意義，成為充滿感情和體驗的意象和符號。

　　本節分成兩小節。第一小節處理以長城為主題的散文；長城是中

國旅遊散文中最常出現的符號，這意味著長城具有其獨特的地標意義，因此獨立成節；第二節則處理地景，包括被文人化的風景和人文化的風景，從作者處理風景的方式，我們亦可窺探出作者對中國的情感。

一‧長城：具象化的龍

在中國的旅遊景點中，其中最具中國意義的文化符碼是長城。由於長城的外形像龍，龍又是中國的圖騰，因此長城作為中國符碼的意義也就更典型，也更具代表性。長城這圖象既是象徵，也可以用來概括中國的獨特性，以及凝聚強烈的認同。[3]它雄踞在山上，居高臨下俯瞰中國的位置，就具有崇高的象徵意義。何況它修建於秦，更符合大一統的華夏主義者的詮釋角度。

楊牧在〈北方〉一文懷念他的老師石湘先生，文中對曾經遊過的長城有這樣的描寫：

> 長城高在嶺上，東西蜿蜒而去，風中只見歷史的幽靈在訴説些我所不能完全了解的心事。我步履最慢，索性立定樓頭。杜甫度隴阪，志氣遲迴，這一刹那間，當我站定揣測歷史的幽靈如何在塞上低語，訴説著一種心事，我想我慢慢地也能夠了解那心事了。我當然不是甚麼北方之強，枯立城上，但覺「浩蕩及關愁」。(1984：161)

---

[3] Arthur Waldon 指出，中華人民共和國將長城提升至國家象徵的地位是一件晚近的發明。在孫中山及魯迅等民族主義者使用長城作為愛國凝聚點以前，它恆常與專制皇帝聯想在一起，見 "The Great Wall Myth: Its Origins and

這段文字既是寫長城也是懷人。時正寒冬，登高望遠，眼中所見不外
蕭瑟之景，所懷之人不只老師，所有和長城相關的歷史人物和事蹟想
必也都浮現；作者雖只提及杜甫（因老師教授杜詩），但從「揣測歷
史的幽靈如何在塞上低語」一句，可以知道站在高處的作者正和中國
古老的靈魂對話。不只如此，北方人那種寬厚純樸的表情，沉著的氣
質和「默默匍匐一萬里」的長城也有相似之處。那些趕車的漢子總是
半低著頭，像在沉思，也像是休息，不管經過多少的革命和運動，他
們那種沉著的樣貌似乎沒有改變，就像長城歷經多少烽火，遠遠看
去，總也彷彿在休息。因此作者除了懷人，也在寫整個民族，就像余
光中所說的「北方雖非我的故鄉，卻為漢魂唐魄所寄，是我的祖先的
祖先所耕所牧，所歌所詠，廣義而言，久已成為整個民族的故土古都，
不必斤斤計較、追溯誰的家譜了」（1992：172）。

　　長城和長江、黃河一樣，具有標記（index）的作用，這幾個具
指標意義的符號也最能表達書寫者對中國的情感，因為它們不只是地
理，更有著深厚的歷史和文化意義。余光中就指出，真正的鄉愁並不
限於地理，它還應該包含時間：「真正的華夏之子潛意識深處耿耿不
滅的，仍然是漢魂唐魄，鄉愁則彌漫於歷史與文化的直經橫緯，而與
整個民族禍福共承，榮辱同當。地理的鄉愁要乘於時間的滄桑，才有
深度，也才是宜於入詩的主題」（1992：172-173）。詩如此，散文亦
然，我們細讀中國旅遊的散文所抒發的思古之幽情，都是地理乘以時
間的成果，洛夫在〈長城秋風裡〉所描寫的，正是這種民族情感、文
化和歷史的認同：

　　　我們終於攀上了八達嶺，腳下的一磚一石就是經常在我們夢中

浮現的長城了。地圖、教科書、照片、電視，在在告訴我這就是一條最長的中國文化走廊，民族精神永恆的象徵。當這些懸空的概念一旦化為眼前的現實時，我不得不為我此生有緣能親身接觸到這歷經風欺霜折，千古劫難，猶未在時間中灰飛煙滅，反而更能凜然常存的歷史古蹟而感動不已。（封德屏編，1989：63）

　　從這段文字我們讀到一種集體文化記憶，長城作為中國的地標，是被建構出來的文化認同，這種文化認同通過地圖、教科書、圖片和媒體的強調，生產出「長城是最長的中國文化走廊，民族精神永恆的象徵」這樣的想像，在這裡我們看到意識形態國家機器的作用。阿圖塞所謂意識形態國家機器（Ideological State Apparatuses）包括多樣的、不同的、相對獨立的機關，例如宗教、教育、家庭、法律、政治、工會、傳播、文化等（11）。伊格登則認為意識形態和人的潛意識盤根錯結。長城所負載的意義，因此是陳述者與其生存的社會體系共同作用的結果，而這樣想像的身分認同（identity-as-imaginary），是因為「中國」是一個牢固的集體身分（collective identity），於是登臨長城者總會生出一種歷史感，因此洛夫走進城堞，拍打著堞石時，他的歷史想像輕易延伸到秦漢，李陵王昭君孟姜女等和長城有關的人物逐個出場。

　　作為一條具象化的龍，長城的外形和象徵意義顯然昭然若揭，這似乎說明了長城為何在旅遊散文中，成為最常出現的中國圖象。香港的張銳釗未到過中國，卻也夢想著有一天要「東起山海關，西屹嘉峪關，在整條長城上留下我的腳印」（1982：20），可見長城之於中國的意義。黃鳳瓊便把長城和龍，以及中國歷史相連在一起，長城縮連著民族、文化和苦難歷史：

> 一道亙古曠世的城堡，不知灑過多少中華兒女的血淚，而中國
> 啊中國，正像這道蜿蜒起伏的巨龍，遠遠看去，幽邈神秘，雄
> 壯偉大，幾歷風霜，仍屹立不搖，但當撥開雲霧，揮去煙霞，
> 手觸垣牆之際，孟姜女的血淚凝住了秦王的威嚴，堅忍不屈的
> 巨龍只是個襤褸衣衫的打梆老人，佇立於漢南漢北，宵宵守著
> 刻骨的寒風，觸撫著一身一心的破碎！（1990：124）

在這裡，長城等同於中國，是作者的編碼手段（encoding），通過這
手段使長城和中國的歷史產生關係。長城是防禦要塞，歷來戰爭不
斷，它的存在不知阻擋了多少次敵人的入侵；然而在這轟轟烈烈的大
歷史底下，卻埋藏著血淚斑駁的個人歷史，包括孟姜女的癡情、妻離
子散、戰死疆場的征夫，乃至於修築長城的苦力。在輝煌的歷史裡層，
是苦難的百姓血淚史。這就宛如外表看似巍峨偉岸的長城，歷經長年
的苦守之後，實則早已成為風燭老人了。同樣的觀點出現於另一位香
港作家唐至量，他登長城彷彿聽到「長城磚的哭訴，哭訴千百年來征
戰殺閥造成的民不聊生，以至孟姜女哭倒長城八百里」（1994：123），
這樣的觀點正好呼應黃鳳瓊的說法，以下所引亦然：

> 今天，當我重遊關山，把目光從長城內外收回投注到腳下一方
> 方長城磚上，看著它一個抓住一個緊緊捱著，露出一副殘缺破
> 裂、彈洞點點、疲憊不堪的面相，我的心顫慄了！山海關──
> 多響亮的名字！十數億中華兒女誰個不是從孩提時代就知曉
> 它是萬里長城的東起點而名彪史冊。（121）

正因為長城為中華兒女所熟悉，而且意味著它十分具象徵性，但是長
城畢竟老了，近看時尤其顯出疲態，站在長城上的作者不由得疑惑：
長城，果真是一條龍嗎？

> 二千年的長城並未表明它是一條龍，更沒有離地騰飛過；它有

的是皇權封閉的枷鎖，把自己緊緊捆縛在一個固定的位置上。
它的背負是沉重的，一直匍匐在黃土地上，連蠕動一步都困
難。（123）

正如作者所說的，長城並未表明它是一條龍，長城和龍的關係是人為
的，即使武斷的稱之爲龍，它也是一條盤據在黃土地上，飛不起來的
龍，它得背負地上人民的苦難，而不是在天上呼風喚雨、威武灑脫，
而不知人間疾苦的龍。更何況長城的建成，原有向世人炫耀皇威的意
味，也就更加強了長城和中國一統的聯繫。

　　長城的歷史是這樣沉重，對長城的書寫也因此輕快不起來，新加
坡的莫河帶著累困的腳步登上長城，也不免生出憑弔歷史的感慨：

歷史的浪潮淘洗了一切悲慟的記憶。秦始皇哪裡去了？英勇善
戰的匈奴騎兵，也淹沒在浩瀚的歷史巨潮裡。一切都遠逝了，
一切都成陳跡。然而，萬里長城卻仍然傲立在風雨的歲月裡，
跨越了千萬里路程。那剝蝕了的牆磚，曾沾染上鮮紅的血液。
從漠北飛過的北風，正在吼叫，正在猛烈地吹颳著，發出了呼
呼的響叫，林樹也齊聲吟唱著無名的歌曲。乍聽起來，似乎是
縷縷的鄉愁，那是悲壯的史詩，是憤懣者的吶喊。（1992：
230-231）

莫河對長城的感慨和香港的黃鳳瓊、黃至量不同，他的沉吟來自肯定
——相對於歷史人物，上至皇帝下至走卒的乍然易逝，長城象徵一相
對永恆的存在。它見證了戰爭和歷史，提供後人撫今追昔的依據，雖
然那憑弔是沉重的，帶著死亡和血腥，作者畢竟肯定了那是悲壯的歷
史，而非負面的批判。尤其他把長城形容爲一條巨龍，「默默地廝守
著中原的多嬌江山」（230）。作者對長城的情感並非與生俱來，而是
被國家機器意識形態生產的，透過各種媒介和方式，長城儼然成爲典

型的中國符碼，面對長城實體，自然就會產生認同和情感。菲律賓的
書欣〈長城懷古〉一文，同樣把長城喻爲龍，雖然他對長城的磅礴氣
勢讚嘆不已，卻也同時想起歷代爲長城犧牲的士兵，文化認同混合著
民族情感，成爲這篇旅遊散文的基調。

　　馬來西亞的潘碧華〈我會在長城上想起你〉一文記述中國之旅，
這篇散文的重點不在長城，而是一位來自中國大陸的老師和長城的辨
證，由此而引發她的思古之幽情。她對這趟旅行的期待源於一位老師
口中的文化／文學中國：

> 那幾年來聽你講課，從遠古的堯舜到近代的抗日，多少英雄人
> 物你口中提起，而這些人物的活動範圍就在這一塊海棠葉上。
> 上課的第一天，你在黑板上隨手就把中國的地圖畫了出來，黃
> 河在北，長江在南。你在黃河之上縫了一條傷痕，你說，這條
> 傷口，便是萬里長城。那時我只覺得你的形容很傳神，一張時
> 時受傷流血的海棠葉。也是那時候起，我愛上了你的課，愛你
> 用神往的口氣說歷史的故事。(1998：152)

這段文字的最大特色在於使用非常典型的中國圖象，作爲引起中國情
感的媒介。英雄人物、海棠葉、黃河、長江、萬里長城，都是最具代
表性的中國符號；余光中的詩處理過黃河、長江、萬里長城，也以海
棠譬喻中國，而眾所週知，余光中是一個非常「中國」的作家。這些
符號並列的時候，一張中國地圖就顯現了，不必有準確的比例尺，稍
有常識的人一看就知道，那是中國。也許我們會認爲，一張地圖並不
具備中國的意義，但是把萬里長城喻爲一條傷口的擬人化比喻，是帶
著情感的，萬里長城之所以是傷口，背後必然蘊藏著意義——老師是
第一代的南渡中國人，十四歲離家，所有的親人都在廣東，早已失去
聯絡，因此萬里長城就像心裡的那條傷痕，永遠無法痊癒。

　　然而故鄉在廣東的老師，和長城實際上並沒有那麼密切的情感。只不過長城就和黃河一樣，是中國的象徵，因此很自然的把鄉土之情投射到最富有象徵意義的長城上。潘碧華不同，她是第二或第三代的馬來西亞華人，「我不是回故國的人，我帶著的是另一種情懷，一種期待與神交已久的土地相見的心情」（153），她是去看那條老師心裡的傷痕，是去印證文學和歷史中的長城。因此長城出現時，她並未急於去描述心裡的感覺，反而想起上課時長城和戰爭自古以來的緊密關係，以及老師對於戰爭的敘述。整篇散文對長城的敘述，大都環繞著長城的歷史，因此其實是一種撫今追昔的緬懷，和歷史對話的過程。作者誠實的道出：「你（老師）的悲劇不在我成長的年代，我不能體會你的切膚之痛」（155），可基於歷史和文化的民族情感，她仍有這樣的想像：

> 我，也像許許多多的遊客一樣，要踏上歷史的長城，站在長城上，讓歷史在我身邊呼嘯，流過……我會在長城上想起你，想起你的傷口，和長城一樣長……（156）

梁誌慶的〈長城，我來了〉一文，所傳述的情感是遊記中的另一種典型。一種景仰的角度使長城變高，而人變得渺小：

> 日影偏斜了，天也開始陰暗下來，長城，來，我和你拍張照留念。你一定笑我太認真了，怎麼還穿上大衣呢？是的，我是慎重了一點，你知道，我成長在遙遠的馬來西亞，我是掙扎著來的，我珍惜這分緣，以後我們還能夠不能夠再見面，那就很難說了。（1998：44）

這段文字雖是描述對長城的情感，但我們可以把這一點放大，視為一種對中國的孺慕之情，作者口號式的題目「長城，我來了」已經提示我們，他的情感已經十分澎湃了，因此當作者遠遠的看到「遠山頂上

有一條龍的脊梁」（41）時，長城便和龍的形象結合，它隨著距離的接近而變大，繼而使作者生出讚嘆之情：

> 你是一條不見首尾的神龍，飛竄於萬山之上，隱入蒼莽的天地間，山脈是陸地上靜止的波濤，你是堅固又綿長的防浪堤，掩飾著南方的中華兒女……長城，你創造了炎黃子孫的歷史，歷史也建造了中華文化的長城……多少海外的中華兒女，雖然落籍為異國的子民，但是他們仍然向著民族和文化認同，知道有這條母親的臍帶，曾經哺育過他們……（42）

我們可從意識形態的角度解讀這段文字。作者把長城視為臍帶，那麼中國和華人的關係就是母子關係，以此推論，馬來西亞就是異國，而中國顯然是祖國了。因此象徵中國的長城被視為創造炎黃子孫歷史的一廂情願說法，也就非常自然。一種立足於想像的身分連繫他和中國的情感，也連接起歷史，這種「想像」的身分認同（identity-as-imaginary）是在接觸長城這一「事實」才被激起的，其背後是集體文化記憶，讓作者確立自己是中華兒女。

以長城和海棠作為象徵的遊記似乎說明了一個事實：馬來西亞華人對中國其實並不真的那麼「有感覺」，而是民族情感的普遍共鳴，就像戴小華在〈踏上中國的土地〉所說的：「中國畢竟是一個既有親情又很陌生的地方……是為了去認識那與我流著共同血脈的民族，是為了去了解那與我有著共同文化的國家」（1996：17），這種簡單的理由和千篇一律的情感其實不算鄉愁，只不過作為相同的族群，因而對中國大陸有一分親切的情感。

從以上書寫長城的散文，我們可以歸納出兩種類型：第一種是歌頌長城，著眼於它的偉岸雄壯；第二種則是反思歷史的得失，著重長城所負載的中國苦難。不論是哪一種，我們都讀到長城和中國命運、

歷史之間緊密不可分的關連，也就不難理解，爲何書寫長城的旅遊散文的篇幅這麼多了。

二・地景的感性詮釋

　　和長城一樣具代表性的中國符碼是長江，尤其熟悉中國古詩詞的遊客，長江自然而然會召喚出他們腦海裡的古詩詞，也同時喚醒他們的文化鄉愁。鹿憶鹿在〈中國，回不去的夢〉便有一段描寫長江的文字：

> 然後，我見到長江了，在細雨霏霏的一個清晨，長江在迷濛的雨霧裡。站在長江大橋，眺望南京城，日日思君不見君，共飲長江水。日夜魂牽夢繫的長江就在眼前了，然而，只是倚在欄干上，無力支撐顫抖的心，後主說，獨自莫憑欄，無限江山。江山啊！眼前是寬闊的大橋，騎自行車的，踩三輪車的，在霧茫茫的古代中國走來在紅顏憔悴的中國裡走來。(1989：162)

對於生活在台灣的第二代外省人而言，中國之旅往往更能勾引出他們的鄉愁，那裡曾是他們的祖先生活之地，也是中國文化的源頭，而中文系出身的背景，使鹿憶鹿這趟神州之旅，再增添文學的鄉愁。作者用古典詩詞拉近了她和長江的距離，日日思君不見君，共飲長江水出自李之儀的〈卜算子〉，再加上李後主的詞，於是從茫茫大霧從大橋那頭走來的人，彷彿都是從古代走出來的。然而這樣的畫面畢竟是短暫的，對一個遊人來說，所有的唯美都是刹那，唯美被殘酷的現實喚醒時，作者也不禁要說那「司馬遷走過的中國、李白走過的中國、蘇東坡走過的中國」是一場夢，而夢，是再也回不去的，就像那古典唯美的畫面，是作者的投射出來的中國想像。

　　林貴真遊長江時的記錄，盈篇都是古人的名字，從三國的孔明和張飛，到「即從巴峽穿巫峽，便下襄陽向洛陽」的杜甫，「兩岸猿聲啼不住，輕舟已過萬重山」的李白，乃至蘇東坡和陸游，作者認爲這長江水流過古人，流過她，長江綰連起古人今人，也彷彿長江、歷史和自己是臍帶相連的。劉大任在〈滾滾長江〉提到長江時，也列出一批文人的文字，「站在『長江之星』的甲板上，你不可能不想到《三國演義》，不可能不想到李白、杜甫、蘇東坡和毛澤東，這就是長江的魅力」（1993：39），因此他認爲看書、看照片、看戲、看錄影帶和電影都不可能有那種蘇東坡所謂的「淘盡千古風流人物」的效果，唯有在長江中親自觀賞，才能體會那一瀉千里的氣勢。

　　不只台灣的作者如此，凡熟悉中國古詩詞的華人，都會從長江接引到古代，與詩人詞人對話，香港的黃國彬在〈巫峽〉一文，援引酈道元《水經注》的話說明巫峽的地形，於是古書上抽象的地理立刻變得具體起來；船行到巫山，宋玉的〈高唐賦〉所謂「巫山之陽，高丘之阻。旦爲朝雲，暮爲行雨。朝朝暮暮，陽臺之下」的楚襄王、懷王的夢幻世界，也立刻成爲實景，作者沿著江水前行，繼而看到宋玉筆下的神女峰；進入巫峽下游之後，便開始尋找猿聲：「在巫峽航行時，我一直側著耳朵捕捉三峽的猿聲；兩岸一有異響，就一廂情願地把它當作哀猿的啼叫。後來驚覺異響並非猿聲，就感到十分失望」（1990：15），顯然作者一心想尋找李白筆下「兩岸猿聲啼不住，輕舟已過萬重山」的情境，因此作者的巫峽之旅，是一段文化溯源之旅。

　　中國的地理對大部分華人而言，是紙上山水，就像小思在〈山與江〉所說的那位朋友，他一講長江，作者便要問他：「猿聲呢？」。我們或許沒有到過長江，但是猿聲在李白筆下成爲長江的文化特產，遊長江的人總會聯想到李白，以及猿聲。這是不同國界，卻享有共同文

化遺產的創作者，所分享的共同符碼。新加坡的莫河到長江，也不例外的引用了李白的詩句，雖未提是否聽到了那從唐代傳來的猿聲，卻更把時間推前到五千年，把感情的民族之情投射到長江：

> 是苦苦的思戀？是一顆星辰的殞落？是炎黃子孫的根源？是流浪者的淚光？是被侵略者欺凌的恥辱？是五千年歷史的見證？是被踐躪者的悲憤？那千萬年的激流，曾淘盡了歷史上英雄人物的夢想，一切都是血汗交織成的歌。望著粼粼波光的流水，每一點、每一滴，都是中華民族血淚的淌流，那是淚水與鮮血的交織。啊！長江自古源流長，有多少英雄在淌淚？有多少個希望被破滅？……啊！在那龍的故鄉，我們都是龍的傳人，我與你的祖先，也曾啜飲著同一條長江的水，延續了生命的跳躍，顫動了生命的音符，我們都是龍的後裔，我仍舊擁有著龍的血脈。（1992：237-238）

從作者拋出來的一連串問號，顯見其情感的起伏，每一問都朝向民族和歷史。炎黃子孫、五千年歷史的用語十分中國，而流浪者、被侵略者、被踐躪者也都指向大歷史，一種感同身受的中國情懷。新加坡華人的身分並未影響他的中國視域，面對長江，他更強調的是中國性。在他眼裡，長江被詮釋成一條負載著中華民族希望的江水，尤有甚者，作者的眼光更從具體的江水望向抽象的歷史；作者強調自己和所有居住在中國大陸的老百姓一樣，都是龍的傳人，想像彼此的祖先都共飲過這條江水，雖然國籍是新加坡，卻不折不扣是龍的後裔。這樣的說法充分顯示作者的中國情懷，也暗示身處新加坡是流離，中國是祖國。這樣的認知是由長江所喚起的，同時也見出長江和中國之間的象徵意義。

除了長城和長江，黃河是另一個代表性的中國符碼。黃土地、黃

皮膚的中國人以及黃河之間形成不言而喻的關係，黃河是中國古文明的發源地，面對這悠久的長河，旅人的心情總帶著幾許感傷：

> 那年從北行到東的窗口見了黃河，聽得多，嚮往的久，反而少了幾分偉大。也許是枯水的深秋吧，黃河的偉大帶著歲月的蒼老，奔騰的流水透著英雄遲暮的無奈。偉大是不能被磨滅的，但歲月的侵蝕亦是不可抗拒的規律。五千年的古老文明是否背負得太久，背負得太沉，以致無力再騰躍，不想再奮發？就像遲暮的一代天驕，帶著老年的惰性躺在龍床上陶醉於往事業蹟的回憶一樣，老態的偉大充滿歲月不再的淒蒼。（柯達群，1991：231）

傳說中的黃河是偉大的，這樣的說法當然是意識形態的投影，黃河的偉大也指涉中國文明的偉大。香港的散文作者柯達群所預期的偉大落空，枯水的黃河就像一個老去的英雄，英姿不再，但是他仍堅持偉大是一種不能被磨滅的高貴品質；黃河的老去並無損於它的偉大，只是它背負了太久太沉重的文明重擔，因此有些老態了，偉大的本質並未改變，只是增添了淒蒼的況味。正如彥火宣稱黃山是「一座世界最大最雄奇的天然景色」（1997：331），乃是民族情感使然，黃山就像黃河和長江一樣，因爲被投注了旅人的主觀情感，成爲一個十分中國的符碼。

劉大任一共四次遊歷中國，他認爲「中國的人文精神，絕不褻瀆山水。山水中的建築物，亭、台、樓、閣，總給人依偎大自然的感覺，就是大到如萬里長城，也毫無暴戾感」（56），這是把中國的人文精神和地理結合起來的旅遊觀察。在廣袤的中國土地上旅行，如果是坐火車，可以讓人充分體認爲何大陸人喜歡用「祖國大地」這樣充滿鄉愁的名詞。李黎對大西北土地的情感可說與劉大任的觀察互爲文本：

在那麼廣袤的中國大西北的黃土地上，閉上眼只會想到那麼悲傷的荒瘠與愁苦，然而屬於它的記憶又是何等豐美：一個古老文化的搖籃、東西交流的匯聚、一席人類文明盛饌的鋪陳……遙感的雷達能測知多少黃沙下的往昔？（1982：222）

只有了解中國的歷史、對這個古老民族有著同情與理解的人，才可能會想到黃土地的悲傷與愁苦，也才會憑弔黃沙下的歷史。這是出自以中國文化爲大主體的見解，那黃土地的悲傷與愁苦，像鏡子般投射成自己的悲傷與愁苦。阿爾圖塞強調一切意識形態的結構以唯一而絕對的大主體（Unique and Absolute Subject），把個人建構成主體（subject），乃是一種鏡像結構（mirror structure）和雙重的反射：「一切意識形態都集中起來，絕對的大主體盤據中心，並在雙重反映關係中把圍繞著它的個人建構成主體，使主體隸屬於大主體」（54）。西北的黃土地存在著鏡像結構，中國地理／中華文化這個大主體在鏡子裡複製了自己，並通過建構了它的個人，個人又通過被它呼喚、建構爲主體，認爲自己隸屬於中國地理／中華文化，因此黃土地疊映著個人，個人又疊映著中國，繪映出一個雙重反射的鏡像結構。檢視中國旅遊的散文，都有著這樣的鏡像結構。李金蓮的〈行旅匆匆過廈門〉記述廈門之旅，其中有一段這樣的表白：

這裡不是我的家鄉，我的家鄉遠在四川；這裡沒有我的親人，我的親人連起碼的隻字音訊全無，然而，廈門這個城市，應說是一種象徵意義吧！它不僅是大陸某一個省分的某一個城市，它和做爲一個中國人的我，是有著歷史的、血緣的、母體的關連的。（1989：167）

這段文字的鏡像結構十分明顯，中國是大主體，廈門疊著個人，個人又疊著中國，形成雙重反射的鏡像結構，因此廈門雖非故鄉，但它作

為中國的一部分，和作為一個中國人的作者，都是隸屬於大主體／中國的，這是一種先天的，宛如母子之間的血緣關係。就像朱西寧把「鄉」音的鄉解作民族大義一樣，都是文化鄉愁的表現。

　　林韻梅的〈群樹〉從樹與人之間的對比關聯寫出她的中國情感。她藉樹串聯起父親、中國和自己的關係。由於父親一再強調，故國所到之處，樹都長得好，風景也好，人卻長得不好，她遂決定要自己親自去接觸故國的土和人：

> 那塊自書中認識了二十餘年的土地，始終既清晰又模糊，那塊父親口中孕育他成長，他或走過或未走過的土地，也一直是既接近又遙遠的。登臨斯土，讓模糊的，真能清晰，讓遙遠的真能在眼前，讓多年架空的想望變為真實；登臨斯土吧！我鼓勵著自己。（1991：413）

這段文字透露兩層訊息：第一，對中國的情感首先來自課本，或者是中國典籍，譬如中國古典詩詞所建構的故國山水、中國文人所歷遊之地，常因他們文字的渲染而成了人文風景；其次，對中國的情感也可能來自父親。對於曾在彼岸成長的人們，不論是曾經走過或未走過的土地，那都是廣泛意義的故鄉；對外省籍的旅人而言，那是父母親的故土，在情感上，誠如引文所說的，是「既接近又遙遠的」。這趟旅遊來自對原生情感的追尋，作者的這趟旅遊，眼睛所見，情之所發，都是非常「中國」的，「登臨斯土，不僅是土地踩在腳下的真實，歷史的光影也一下凝聚成形，所有書上的描述都立體起來」、「歷史的滄桑一下子全湧上心頭」（414）。正如前面所言，作為中國文學的源頭，那塊土地隨處都有文人的事跡可考，長江三峽載著李白的詩情，也是許多遷客思士曾經履及的道路，武漢、西安、北京都有一長串的歷史遺跡，因此作者表示：

河山有親，讓我藉由每一處古蹟，和前人進行了一場又一場的
心靈對話；但我陷入了另一層沉思——如果把這些歷史剷除，
我和這塊土地，又要用甚麼連繫呢？隨後我又豁然明白；離了
歷史，所有的名山秀水都只是鴻爪下的雪泥，和生命是不會相
融相親的；抽離出歷史，再好的風景終究只是浮在水面的光
影，無法深入靈魂的底層，無法同感共鳴的。(同前引)

作者所見到的風景是人文化的風景，更正確的說法是，這是一種中國
認同，也是中國人的集體記憶。集體記憶依附著圖象、文物、文獻或
各種集體活動來保存、強化或重溫，因此在古蹟出現時，所有與之對
應的歷史都會浮現，而這正是集體記憶得以凝聚及延續的原因。作者
在這塊土地上旅行，便湧起特別強烈的中國意識，因為風景喚起她身
為「中國人」的潛意識。

香港的俞風遊曲阜，便有這樣的描寫：「走在曲阜街頭，就想起
孔子了。未到曲阜，孔子不過是一個書本上的名字；人在曲阜，孔子
的形象彷彿就越出了書本上文字的框框，竟然就是具體的存在了」
（1994：136），這樣的感覺其實是集體記憶的作用；旅遊散文中的中
國認同／文化鄉愁，都是集體記憶被喚醒，被具體化的成果。孔子作
為中國儒家思想的代表，自然十分輕易引發遊人的思古悠情，然而聖
人已逝，因此遊人不免對著深邃的歷史感嘆。作者在孔子後人墓碑行
走時，覺得「有一種說不出的蒼涼感覺」（139），行至周公廟，則回
想起周公不受武王之封，而一意相佐武王至死的歷史。

新加坡的莫河到了曲阜，也不禁想像：「也許那些飛檐走壁的草
莽英雄，正在屋檐上窺探孔府裡的奧秘，也許孔子正在書房裡伏案疾
書，也許孔子正在與弟子們論道釋疑，也許孔子在獨自沉思，也
許……」（1992：240），這段文字正好呼應了香港的俞風所說的「孔

子的形象彷彿就越出了書本上文字的框框，竟然就是具體的存在了」
（1994：139）。不僅如此，莫河更回到歷史的現場，「今晚我欲與偉
大的教育家、思想家孔子促膝長談、我默默地傾聽著二千四五百年前
的歷史腳步。我漸走漸遠，在悠悠的歷史浪潮裡，我幾乎忘記了一切
的所在。我變爲魯人，在那黑黝黝的孔府的庭院深處」（241），正因
爲對孔子的了解和仰慕，在孔子的故鄉，作者的情感立刻被帶回古老
的時空，欲得孔子的現身教誨，因此曲阜這個地理，通過作者的主觀
投射、造形、抉擇之下，創造出歷史的實存意義，否則它便只是一個
客觀的風景，而不具見證歷史、呼喚偉人的作用。

　　霍爾（Stuart Hall）強調身分認同是一種生產（production），一
種永遠未完成的生產，是內建的，而非外現（222）。霍爾分兩種不同
的方式來思考文化認同：首先，是把它視爲唯一的、共有的、集體的
真我，大家擁有共同的記憶和歷史，在這層意義下，我們的文化認同
反映出共同的歷史經驗，並共享文化符碼（223）。就這點而言，長城、
長江黃河、曲阜，以及凡能折射出歷史對話的場景，都是共有的文化
符碼，它能召喚出文化認同。

　　其次，霍爾提出「真正的我們是甚麼」和「我們成爲甚麼」的辯
證，在這層意義下，文化認同是一種轉變，也是一種存在（225）。在
林韻梅的〈群樹〉中，視中國文化爲唯一、共有、集體的記憶和歷史，
反映出作者的中國視野，因此她意識到：「中國的風景要放在中國人
的歷史中才有打動人、震撼人的力量」（415），所有的風景都必須經
過歷史的淘洗，被屬於中國的眼睛讀過，才能夠被確認，被重新中國
化，也因此才會落實爲中國認同：「因爲是中國人，回到中國人的土
地，看到和自己流著相同血液的人，所以會有這樣心情的伏流──有
痛心、有神傷、有遺憾，不曾腳踏斯土，不曾眼見斯民，實在是無法

完全體會的」（同前引），這段文字充分印證霍爾所謂「身分認同是一種永遠未完成的生產」的論點，在作者未履斯土之前，她的中國認同尚未被生產出來，風景和地理因此可視為催生認同的媒介。

同樣的情形出現在泰國的白翎筆下。西安是多朝的首都，古代文物和名勝古蹟很多，因此遊覽西安必得了解中國的歷史。作者參觀了兵馬俑之後，立刻產生了文化認同「在二千多年前，我們的祖先文化藝術水平達到這等地步，真令人驚嘆」（1988：169），而且因為「它在長安那個年代，曾給中國創造了大量不朽的文化遺產，如千古傳誦的唐詩」，因此西安在作者心中是文學和文化之都，發思古之幽情外，那裡尚可追溯心儀的詩人。其次，作者對西安的印象來自曾在西安大學當講師的朋友，文化／文學鄉愁再加上思念朋友，也就等於思念西安的移情作用，作者對西安的情感甚至超越北京。

馬來西亞的潘碧華在〈西安向我攤開它的歷史〉中表示，古舊的西安令她想起唐朝、楊貴妃和李白，一種歷史的情感沉積再次出現。正如白翎參觀了華清池，便誦起〈長恨歌〉，想像當年唐明皇和楊貴妃如何沉溺於奢侈逸樂，不同的國籍於此可見並無損於中國認同，藉著相同的文化薰陶，他們隸屬於中國這個大主體，一如白翎所說的「凡曾受中華文化薰陶的人，都會對這個文明古城寄以無限深情」（168）。

菲律賓的黃春安到了都江堰，便懷想著興建都江堰的李冰父子，四處可見的匾額、楹聯、詩賦處處可見，也不由得令人想起李冰父子；泰國的嶺南人到了每到一個景點都不離李冰，「李冰的石像，依然，矗立在我心靈的殿堂。浪，淘盡千古風流人物，但淘不了他們的風流韻事」、「在二千年前，我們的祖先，早就人腦勝過電腦，準確地計算了水量，以及解決了泥沙堆積與污染的難題」（1996：18-19）。這是

一種民族自豪感，充分見出作者的中國認同，也同時意味著作者身在泰國是一種流離。

　　旅人有時是為了尋找文人筆下的風景，譬如菲律賓的黃春安到杜甫草堂，是為了尋找詩人的遺跡。到武侯祠則是瞻仰諸葛孔明的風節，走訪嘉州是因為三蘇祠就座落在岷江畔。他旅行的「地方」（place），不僅僅是一個客體，它是某個主體，即作者的客體，每個地方都被賦予一個意義，在這些遊記裡我們讀到的不只是風景，還有作者的意識形態。

　　新加坡的莫河寫汨羅江，其實是在寫屈原：「汨羅江似乎充滿著一股永恆的憂鬱，那日夜奔流著的江水，嘩啦嘩啦地響個不停。聽著流水聲，我們彷彿聽到了詩人在哭泣，在呼喊」（1992：127），汨羅江的意義決定於它和陳述者之間的關係，作者把屈原和汨羅江劃上等號，也把汨羅江擬人化，於是他寫道：

> 五月的汨羅江，仍舊是江水滔滔，愛國詩人的孤魂未散。那江潮，還是在寂寞裡發出陣陣的長號，那是詩人的控訴。
>
> 五月，汨羅江畔飄落著霏霏的細雨，有時也刮吹起一陣大風，他彷彿仍在江畔吟唱著〈離騷〉、〈天問〉、〈九歌〉……仰天長嘆。（127-128）

對屈原和汨羅江的情感是被意識形態國家機器生產出來的，華人對中國的認同來自課本、長輩、歷史、詩詞和習俗等，屈原的形象更被形塑為愛國詩人的典範，因此一個華人可能不知道杜甫李白，但因為端午節日的存在，他必然聽說過屈原，以及傳說中屈原沉江的汨羅。「中國」以這樣的形式存在，作為華人，我們習慣並且默認這些情感和認同。因此作者對屈原的痛苦感同身受：

> 滔滔不絕的汨羅江，流著詩人的眼淚與痛苦，也流著我們的眼

淚與憂鬱。

五月，我們會思念起汨羅江，會想起屈原不朽的詩篇，更會想起他的抱負，想起他的一切──千年，萬年……

屈原啊屈原，我們深深地懷念著你。(128)

作者如此真切熱情的懷念，自然肇因於民族情感和中國認同，「我們」意味著一個享有共同文化符碼的族群。譬如到了九江，就會想起陶淵明、李白、白居易、蘇東坡等，這些文人使九江從自然地理轉化成人文景觀，也暗示作者所透顯的大中國意識形態。空間理論學者段義孚（Tuan, Yi-fu）及瑞夫（Relph）強調，經由親密性及記憶的積累過程；經由意象、觀念及符號等等意義的給予；經由充滿意義的「真實的」經驗或動人事件，空間及其實質特徵可稱之為「地方」，而非一個客觀的空間（夏鑄九編譯，1994：86）。汨羅江因此對華人而言，是一個可以產生地方感的區域，地方感來自內在熟悉的知識，也即對屈原的熱愛和尊崇。

香港的黃少東在黃花崗七十二烈士的墓前，感染到的是一股浩然正氣。在偉大的面前，相對的見出自己的渺小，同時也召喚出民族主義情緒，「吾人只要在生前對國家民族作出一己貢獻，那麼無論成敗，我們又何惜於遲早的一死？七十二烈士盡了一己之責，警醒國魂，可謂死而無憾；反觀在墓前憑弔的我，年來碌碌無成，真箇生而有愧」（336），七十二烈士不只喚起了愛國情操，同時也書寫出知識分子的國家意識，以及他的大中國情懷。

也斯的〈詩人的空間──記杜甫草堂〉，則是按圖索驥之旅，作者一會兒「按照文字去找尋那高如人長的四小松」、「去找高大的柟樹」，一會兒彷彿看見「一個五十歲的老頭，抬著鋤頭，提著酒壺，在這兒翻翻雜草，在那兒樹下站站」（1991：34-35）。作者的散文不

斷穿插杜甫的詩句，在每一處停留的時候，他可以例舉杜甫的詩句以
印證詩人彼時的心情，摹擬當時的情境，因而意會到心理的空間和外
在的空間，是有象徵性的連繫。或許這是許多遊人的心態——回到歷
史的現場，去印證紙上的抽象風景和情感。作者乃體會到，杜甫草堂
是詩人心境秩序的外延，與外界交感往來的一個中介。因此早晨在這
裡散步，便體認到中國山水畫中那種俯仰迴旋，處處有所安頓的境
界。這樣的感受當然是因為也斯熟悉杜甫，也對中國思想有深入的認
知，因此才能在這個「地方」有所感悟，也才可能一一召喚杜甫的紙
上風景和心情。到了郁達夫的故鄉富陽，他在郁達夫的故居徘徊，「我
們靠文字喚起一個詩人。……想像好遊的詩人正和我們在一起」（同
前引，78），這些空間因為作者的文學／文化鄉愁而成為一個富有意
義的地方。

　　在上海這個中國最現代化的都市，也斯仍然企圖在改變中的上海
尋找他熟悉的過去，那些曾在文學裡出現過的商行和馬路：譬如先施
公司、永安公司，百樂門等，霞飛路、淮海路等的過去，彷彿都一一
浮現。作者穿梭在文學的過去時空和現代場景之間，「過去人家寫過
的上海都到眼前來了」（61），他總是在詢問與文學相關的一切，張愛
玲的故居、徐悲鴻的紀念館、新月書店、哈同花園在哪兒？這是作者
漫遊這個城市的目的，他來尋找歷史：

> 不僅是從一個路口走到另一個路口，從一幢建築走到另一幢建
> 築物；也是從一個時代到另一個時代，從一種年月到另一種年
> 月。過去與現在的延續，今與昔的對照，不時在眼前閃現」
> （1991：74）。

這段話正說出了旅人與時空的關係，在身體的移動與時間的流逝之
間，試圖尋找／印證不變的熟悉，其結果卻總是失望的，「這麼多人

在這城市生活過、工作過、然後又消失了。好像都不留蹤影,但在知道的人心裡,還是摸得著歷史的痕跡的」(75)。為了觸摸歷史的痕跡,所以香港的楚真到了西湖,「便想起蘇小小的淒艷故事」和「唐伯虎的浪漫不羈」(《素葉》,1982/2);望見紹興水鄉,便憶起秋瑾、魯迅、周思來等。當然,並非所有的遊人都如此著迷於歷史的魅影,馬來西亞的陳小梅在其〈缺角海棠葉迷人〉中,傳達的完全是一種局外人旅遊的心態,作者「帶著放逐式的心情,孤身一人揹著背囊,走向嚮往已久的古老王國」(1994:83),雖然是嚮往已久的古老王國,作者的散文卻輕描淡寫的說:

> 一年的長征歷練中,心頭築起的記憶長城,還超過現實中殘垣斷墟的長城。
>
> 早已在紙上推演多次的山水,一旦從平面成為立體,且深入其中,這期間的差異,有時感到貨不對辦,有時只想看一塊磚,卻意外得到整座宮殿。……一曲神州吟,看不盡淒迷山水,聽不盡琴箏悠揚,嘗不完酸甜苦辣;怡然自得,不覺風餐露宿之苦。(同前引)

引文對山水並無多少著墨,本來從前半段文章,我們期待會讀到關於風景和心情的長篇敘事,但是作者只交待了幾個不到現場也能敘述的片斷。這樣蜻蜓點水似的寫法,原因有二:一是表達失敗;二是相似的情感來自集體記憶,因此心中並無太大的情感波瀾,尤其作者在結尾的時候,借別人的口說:「你是不虛此生了」(84),尤顯制式的情感。

　　阿圖塞挪用弗洛伊德的潛意識理論,說「意識形態是永恆的」,意思是無處不在,無時不在和形式不變,從中國旅遊的散文我們讀到作者透過對地理的認同,進而對文化的認同,或者潛藏的認同透過風

景的召喚而彰顯，也正呼應了霍爾所謂文化認同反映出共同的歷史經驗，並共享文化符碼的說法。

第三節　辨證的逆旅

　　有些旅人歷經數次返鄉之後，漸漸能以冷靜的態度和眼光去觀察中國的現狀；有些則在感性的書寫外，加入了知性的批判和反省，對中國社會和環境的變遷、人性的冷暖提出觀察和辨證。劉大任第四次旅遊大陸決定往內陸走，原因是想「以前三次的中國旅行經驗作為我心底的一個背景，用自己的眼睛與耳朵，摸一摸這塊土地的脈搏」（25），這樣的動機從一開始就決定了這將是一場知性之旅。於是他看到了父親的出生地江西省永新縣（毛澤東第二任妻子賀子貞的故鄉），不但沒有進步，反而明顯倒退。那貧窮而絕望的故鄉，他形容為「彷彿看見烈日下半攤即將乾涸的死水中數不清的拚命游泳掙扎的黑蝌蚪，你甚至不敢憐憫，只覺得恐怖」（24），可是他在江西待得最久，跑的地方也最多，並不只是因為那是他父親的故鄉，主要是這個地方落後。

　　也許我們都會好奇，一個落後的地方有甚麼好看呢？

　　江西本是魚米之鄉，在歷史上它曾是太平天國、北伐時兵家的必爭之地，然而它在劉大任的眼裡，卻是全國最落後的地區，居民膽小封閉而且貪錢，零亂的交通和市容，急著改革改進走現代化的政策，令作者走過這塊曾是父親成長的土地時，心中總不免感傷。這樣的感傷背後是鄉愁，一種經過知性沉澱的意識形態，作者的鄉愁首先來自父親；其次，則是出自民族情感。在上海面對種種亂象時，作者開始思考，這些是不得不產生的問題，因為「六四」為這些市民文化的全面復活，準備了一個沒有意識形態干擾的起點，因此這些亂象是活力

的釋放,「一種無神論的理性主義生活態度如今普及到每一個受過教育的中國人心中,這也是重『量化』的現代生活的必要條件。從所有這些看似矛盾的雜亂印象裡,我看到了中國人的希望」(114),這樣的觀察充分顯示出一個知識分子對中國的期望,也只有對那塊土地有情感的人,才會發出如此熱切的期許。作者把鄉愁轉化爲知性生產,和返鄉散文中盈眼盡是人情人倫,久別重聚、淚水盈眶的感性書寫不同,毋寧是隔著距離的冷靜掃瞄。

在中國這塊到處都是中國人的土地,許多遊人卻發現,經過四十年的共產統治,海那邊的中國人並非他們所想像的「同胞」。登琨艷的中國旅遊經驗裡,國營店那種冷漠的服務態度常讓人生氣,但他卻也阿Q地說,「旅行大陸多次也就習慣了那共產社會的特有表情,反正全國一致,一模一樣的表情,久了、麻木了也就能將就了;入鄉不能隨俗,旅行是不能豐盛的」(1993a:177)。這是一種自我開解的態度,我們可以想像,作者一開始仍是把那塊擁有共同文化、習俗,使用同樣文字的土地帶著浪漫幻想的。漸漸的才發現,除了黃面孔是彼此最大的共相以外,他們之間有太多價值觀上的差異,於是慢慢的調整心態,開始疑惑自己的中國認同,最後逐漸明白,自己原來最愛的是台灣,「只有浪跡天涯的遊子,才能了解自己對生長故鄉的愛」(1993b:172),於是一趟中國之旅,反而扭轉了一種意識形態,由中國認同而轉爲台灣認同。

登琨艷於是開始用另一種眼光,或許是一個單純旅人的眼睛,去觀察這塊土地,在天安門前,他「疑惑的望著掛在天安門牆上方的毛澤東掛像,我不明白這裡爲甚麼掛毛澤東像,而我那個家鄉爲甚麼總是掛著孫中山先生的畫像,在這個封建中國的故宮,曾經住過幾朝幾代的英明帝王,而他們的畫像卻一個也沒被拿出來掛在他們建造的宮

牆前，俯觀過往的億萬眾生」（1993：200），作者所選擇的語言充分暴露出他的意識形態，正如巴赫汀所說的，意識形態本來就顯現在語言的追求／選擇上，敘事永不休止地建構身分，去抗衡差異（1987：295），「我的家鄉」以及在對「毛澤東」和「孫中山」「先生」的稱呼差異上，作者的台灣意識不經意的流露。

　　龍應台在「大陸印象」系列旅遊文章裡，勾勒出一個不講理、落後、髒亂的旅遊印象。她回到父母親的故土，然而在那塊土地上，她的旅遊經驗總是不愉快的。在一個名叫衡東的小城，她倚著單車觀察擁擠忙亂的交通，一時弄不清楚那是不是一種叫亂中有序，所謂長久住在這種地方，就會習慣的「內在的秩序」？剛到上海車站時，她被一個看來高大、慈祥而樸素端莊的老太太勒索，老太太在她付完車錢就大剌剌的攔著她說：「看您樣子，不是沒錢的人，是大款哩！給吧！給吧！」（1996：233），然而作者最後原諒了她，雖然她也並不釋然，她的不安，是因為這樣一個甚麼都不怕的社會，才令人覺得是一個真正可怕的社會。

　　那麼，龍應台是站在一個甚麼樣的立場提出她的批判？在〈尋找一個島〉中，她和母親回到故土淳安找她外祖父的墳，走過那個母親幼年時生活過的地方，她覺得自己不只是一個遊客。一個遊客不會千里迢迢來找一座墳。中國的傳統社會中，倫理觀念向來十分牢固，上墳是慎終追遠的儀式，因此這是另一種鄉愁，顯示歷史記憶的無所不在，歷史記憶滲透到民族意識，體現在倫理規範和祭祀禮儀中。因此，她對中國的批判是基於民族情感，她認同的是中華文化這個大主體，卻不見得同意中國的政權。

　　就像也斯說的，在中國旅行，看到的是文化大革命對文物的嚴重破壞，中國豐富的歷史總是「隨便丟棄、遭受日曬雨淋、被人用筆塗

花、或鎖在黑暗的房間裡發霉。好像誰都可以在歷史的石壁上用油漆
塗上自己的名字表示到此一遊,或者狂妄的大筆一揮,叫一個流派或
一疊作品在文學史上失蹤」(1991:62),這是作者對共產政權的批
判。也斯《昆明的紅嘴鷗》這本遊記所透顯的是對中國的文化認同,
所緬懷的是古典時空裡的偉岸人格和豐盛的文學遺產,但是作者和龍
應台一樣,無法認同中共政權,尤其文革時對待作家的方式。譬如沈
從文,曾是中國最優秀的作家,經過文革後,站在眾人面前的卻是「雙
手顫抖,說話不成腔調」(66);在那十年,文物和佛像都給毀壞了,
許多東西忽然變成了垃圾。

羅智成更直接批評這個治理著貧窮社會的政權,「不時使我聯想
到丐幫和它的長老。雖然窮,但仗著人多勢眾,盤據在殘破的王謝堂
前,自有一股氣勢」(1999:19),在共產體制之下生活的人民,那些
原來屬於中國人的一些美好質素似乎被消磨了,剩下一些粗糙、劣質
的,被文革破壞過的留下,「這個政權成為中國歷史上最大的反智中
心」(68)。儘管如此,作者仍在文章結尾時詰問「到現在都還找不出
充分的理由,說服我一些憤懣、絕望的友人,和我自己,為甚麼仍對
這憂傷之國,我父親的家鄉——抱不滅的希望……」(69)。或許作者
知道卻沒有說明的是,作為一個文化母體/祖國,他仍對這塊土地抱
著希望,只是他和龍應台、也斯一樣,認同的是中華文化這個大主體,
卻不見得同意中國的政權。

馬森在《大陸啊!我的困惑》提出他的四個困惑,那是想像和現
實中國的差異所引生的疑問,同時也是批判和保留之間的反差。這個
歷史悠久、苦難重重,又被文革改造過的古老土地,在一九四九年到
一九八七年間,究竟起了甚麼樣的變化,在解嚴之後,我們可以從中
國的小說家如蘇童、莫言、劉心武、余華或葉兆言等的小說試圖去回

溯和追尋。張藝謀的電影則形塑一個古老、神秘而落後的圖景，既滿足西方，也同時滿足我們的中國想像。這個想像或許根植於西方對中國想像的再現，觀看者是被困於作者／導演以及西方的雙重凝視之中。[4]

在解嚴之前，大部分的台灣人根本沒有機會去接觸被文革蹂躪過的這片土地，包括中國的電影和小說，因此一九八七年開放之後，進入中國的旅人／遊子面對的是赤裸裸的現實。馬森儘管一再要求自己不能主觀，希望「一面能見到心之所未見，一面又保持了不受情感和好惡所干擾的客觀性」（170），可是卻也不能假裝心中毫無先入為主的觀念，這就使作者提出他的困惑時，不免語多保留，一方面避免落入漢學家的西方中心觀點，一方面又不免於對現實中國的不滿。實際上，從作者所勾勒的中國圖景，確實是落後而腐敗的，一如西方所想像的那樣。

馬森的四個困惑包括：（一）在中國第一眼所能看到的事，就是言與實之間的差距。譬如到處都是灰暗的房屋和服裝，和中國官方及民間所強調的朝氣、樂觀、向上及無私恰好是相反的。他形容自己的一位表舅本是激進的英挺青年，經過這幾十年，卻退化到清末民初的農民模樣，年輕時的革命青年，老來都變作滿清遺老。早年的表舅，他覺得有種種可能性，到了老年，卻只剩下一種：保持古老的傳統。大學生的裝扮和小學生無異，作者認為肇因於中國壓制青年的老傳統；（二）中共官僚化的擴大與加深，利用職權，貪污腐化，而中共

---

[4] 中國電影與西方論述的微妙關係，詳陳儒修〈《秋菊打官司》中國圖象——東方主義與「中國」的符號意義〉，頁87-94；戴錦華〈黃土地上的文化苦旅——八九年後大陸藝術電影中的多重認同〉，頁69-86，俱收入鄭樹森編

的口號恰又是強調「不能學習資本主義國家的貪污腐化的」;(三)馬克思留給世人共產主義烏托邦是描繪一個多元的生活,可是中國卻是連文學都要求以「延安文藝座談會上的講話」為思想綱領,把文學藝術貶抑為奴性的「歌德」文學藝術;(四)唯物論者是反對迷信的,可是政治上的迷信和對政治領導的崇拜,卻正是一種迷信。

　　從馬森這本散文集,我們讀到他對中國現實詳細的觀察。我們今日或許會批評西方對第五代電影的喜好,是因為這些電影正好符合他們的中國印象——沉默、柔弱、陰性而富有異國情調,借用薩依德(Edward Said)的說法是(雖然他所指的東方並非中國):「如果東方能代表自己,那也就罷了;既然做不到,西方當然『義不容辭』地為東方創造一幅圖象——為了西方自己,也為了可憐東方」(1978:21),可是令馬森在批判與保留之間進退兩難的,卻正是一幅落後、骯髒、倒退的現實(而非電影)。譬如作者含蓄地表示,那些都是灰與藍的衣服暗沉,剪裁也老氣,可是他的親戚卻認為奇裝異服會招來批評,即使有漂亮棉襖,也得穿在灰藍衣服裡面。他們仍在四人幫的陰影裡尚未走出來,仍舊相信窮苦就是代表光榮與正確;吃東西時處處是此起彼落的吐痰聲;擠火車奇景;鄉下把政治領導的畫像當灶王爺拜等等。如果羅智成的批判銳利而直接,那麼馬森的事件敘述本身,就為羅智成的概括性批判做了最好的展示:在共產體制之下生活的人民,確實把那些原來屬於中國的美好素質消磨殆盡,只剩粗劣的留下。

　　黃寶蓮的《流氓治國》所呈現的景觀,正好呼應馬森的觀點。她一九八九年到中國,在那兒住了一年多,從城市到荒僻的鄉村,北京

_____

《文化批評與華語電影》。

到西藏，她去公共澡堂、地下舞廳、吃「文明單位」、爬車頂、坐硬座地板、住藏民旅店、與同事當地旅客在路邊「解溲」、與宰好的羊、狗肉同船下長江……這樣深入民間生活，所呈現的中國圖景恰如王朔所說的，是「流氓治國」。作者在序裡面借北京的友人說：「年輕人要先自保，將來才能救國，共產黨那麼腐敗，不能跟他們一起毀滅」（1990：7）。這本書的「反共意識」倒是因為老百姓而來，她在旅途中遇到不少善良的百姓，卻只能用四個字形容：「生靈塗炭」（同前引），她形容從紐約到北京的距離，「是反時光隧道，因為文明向後退」（12），從紐約這繁華的大都市到北京，毫無疑問，確實是文明向後退，不只是文明，連人性也一樣，共產黨正如羅智成所說的，是中國歷史上最大的反智中心。日常生活的衣食住行足以消磨盡人的大半時間和體力，以致作者面對黃河時，才覺得那是比較具體的「中國」，然而她卻陷落在過去文明與改革現狀的矛盾中，無暇去印證真實的歷史。

　　馬森和黃寶蓮所勾勒的是落後貧窮的中國圖景，他們和龍應台、羅智成一樣，反對共產主義的反智統治，惟獨王文興所形塑的中國圖象，卻是一個富足、有禮貌、保留了中國傳統的禮儀之邦：

> 廣州人多數甚善良，且甚道德，無服裝暴露，男子眼中亦無色慾。真是理想的道德田園城市。聽說城中極少罪案，極少殺人。但亦見少數男女，甚兇悍……市政建立氣派之大，珠江大堤長得一望無際。台灣若只做 1/3，便要叫停，認為足夠了。大堤一律植以鐵柵，毫不吝嗇。市上交通井井有序……這樣的社會主義，井然有序，豐衣足食，我不懂何以我們不能取人之長，革己之短？（1990/02，36）

這段文字貶抑台灣而稱讚社會主義之優，首先肯定廣州是一個治安良

好，風化極佳的都市，換而言之，作為中國文學來源的這塊土地仍保
留了中國的美好傳統；其次，作者認為中國建設大氣，中國人做事有
條理有毅力，珠江大堤氣魄之大非台灣能力所及；復以交通井然有
序，暗示民風之佳良，因此作者肯定社會主義的積效，而期許台灣能
效法。他並且稱讚中國人勇於實驗的精神：「想不到中國人這樣勇於
實驗，拿一整個國家來當實驗」（1991/03：121）。祖國的一切在他眼
裡都是好的，耳聞目見大都是好風好景，以及淳良的民風，中國在王
文興眼裡簡直是世外桃源。

　　到了重慶，他亦認為四川青年個個相貌堂堂，四川小姐則是天真
純潔，他稱之為「自古來的，中國女性美」；小孩則是「保留傳統弱
不好弄的善風美習」；即使睡臥走道的婦女仍然「周邊衣物，皆摺擺
齊整，艱苦生活，而仍有禮教，誠令人為之生敬」；記黃浦江頭的水
上飯店，則稱讚「比台北燒得好。人家用心替你燒。色香味，都講究。
講入味，鮮嫩，刀法，配法……如在台北，一個菜頂多只花三分鐘，
拋出給你。你看誰敬業，誰替人想？」相較之下，台北似已被資本主
義侵蝕得風俗敗落；「大陸男女一般均自尊心太強，強到有過於敏感
的地步。是為民風淳樸之證也」；不僅如此，連蘇州的麻雀也比台北
跳得高得多（37-47）。作者的觀點處處流露「吾土之美」，中國似乎
沒有受到共產主義的摧殘，文革也沒有破壞中國的傳統，甚至社會主
義仍有助於優良民風之維繫。換言之，資本主義比不上社會主義制
度。〈五省印象〉是王文興在開放之後第一次到中國所記，要而言之，
是社會主義治國遠較資本主義有效率，譬如：

　　　誰發明這樣的制度？一律收歸國營，而依然能夠增產？──靠
　　獎金制。（1990/03：24）

王文興認為國營可以增產，黃寶蓮卻提出相反的觀察：好不容易下榻

到一間設備完全，服務熱誠且收費合理的旅館，原來是因爲個體承包了，從此以後，她住宿吃飯總先問承包與否，「若已承包，肯定有比國營更好的衛生條件及服務品質，屢試不爽……共產黨還要繼續『共產』，難道不是一種『執迷不悟』？」（1990：108）。在黃寶蓮那裡，國營是最沒有效率的營運方式，末了她提出的問題，對王文興而言或許根本就不存在。

此外，她例舉的腐敗現實包括：有「文明單位」及「紅旗獎狀」標幟的館子，反而衛生條件奇差，因爲只要塞個紅包就可以要到；寄個包裹也經辦事員再三刁難，作者最後的體會是「在中國社會，沒有絕對的「是」或「不是」，當官的說這樣，就不可以是那樣，而官們如何說，便如測不準的天氣」（40），王文興眼裡的儀禮之邦，黃寶蓮卻只能以「人民素質低落，令人心痛」（32）來概括。

相較於黃寶蓮，王文興所呈現的「美麗新世界」景觀確實是反差懸殊：

> 沿路農民遠較台灣潔淨，整齊，蓋屋外都無雜物，中共能夠做到各家門口均乾乾淨淨——農屋內則不知如何。（1990/03：22）
>
> 在中國火車上，你感受到是在「美麗新世界」中，乾淨，效率，高科技的國度。（同前引）
>
> 全中國的大地上，都是種耕的田，——中國怎麼不富？（1991/03：117）
>
> 大陸的土地，不但不蒼老，而且新綠。日日新，又日新。（同前引，121）
>
> 誰說大陸人做事慢，馬虎？廈門，福州，北京，我只看到商店中工作人員動作飛速，且馬不停蹄，氣都喘不過來。（1991/02：20）

或許我們應該把這樣乾淨、整齊而富有的中國圖景，對比黃寶蓮所描寫的貧窮、落後景觀：

> 到了中國，我在每一個火車站裡看到的都是這樣「扛著包包走
> 來走去」的人群⋯⋯。中國人口這麼多，國家這麼窮，這麼落
> 後。要現代化，人民教育水平太低；要工業化，失業問題先出
> 現；要民主，社會失去了法治；要開放：窮久了的百姓一切向
> 「錢」看。(1990：68)

> （火車上）下半夜，陸續要上廁所的人就增多了，一趟廁所來
> 去的時間，少說也要四、五十分鐘，因為走道都是人，沒地方
> 下腳，又不能踩在人家身上，必須把瞌睡的人叫醒，讓他抬一
> 隻腳，或移幾吋屁股，才能有容腳的一步。走路的人千辛萬苦，
> 那頻頻被跨越的人也淒慘無比，那上過廁所的人一雙腳底，沾
> 著廁所裡黑臭污爛的穢物，在人面前跨來跨去。(147)

這兩位作者天淵之別的敘述，所指的竟是同一塊土地。黃寶蓮的《流
氓治國》寫於一九八九年，王文興第一次到中國的時間是一九九〇，
寫成〈五省印象〉；第二、第三次分別是九一、九二年，寫成〈山河
掠影〉、〈西北東南〉，在時間上並沒有相去太久。再以之比較龍應台、
劉大任、登琨艷、羅智成、也斯、馬森和黃寶蓮的批判，王文興的中
國確實是被過分美化了。他的中國情懷修飾了殘缺的現實，以致連農
野裡傳來的糞味，也認為是「最芳香的氣味，這證明國家生產的成就」
（1992/10：118）。對中國的制度和現實的歌頌，充分反映他觀看的
位置和角度。講究面子的大陸社會，在王文興的評價裡仍稱得上光
鮮，但所包裹的裡子卻是陳舊而破敗的，而他的夫子自白或許也可為
他的樂觀做了最好的詮腳：

> 我的旅行確實只看外邊，未深探入幕。但外表也相當可靠⋯⋯

> 我甚至覺得，不看內幕也罷，內幕無非是權力鬥爭了，貪污了，賄賂了。這些，世界各國，都有，不看也罷。看了只會影響「觀面」的公正。至少，未到面色蠟黃，病入膏肓的時候，不必去看內幕。(1991/03：121)

果真如他所說只看外邊，不看內幕的隔岸觀景方式，自然身在其中而彷彿置身其外，只能看到「觀面」，而觀面的公正與否，其實也仍然是作者的主觀判斷，譬如，他認為外表都是美好的，內在的腐敗被合理化，是因為各國皆有賄賂貪污，「未到面色蠟黃，病入膏肓」，則不必看內裡。只是，不知道他所謂「未到面色蠟黃，病入膏肓」的文學性比喻，究竟是要腐敗到甚麼程度。[5]

　　如果說意識形態是無處不在，無時不在，那麼，從本節所論述的中國旅遊散文，我們可以讀到兩種不同的情懷，第一種是認同大中華主體，對於中共的政權，卻是視之為國族／文化的摧毀者，他們所形塑的古土是古老而落後的；其二，認同大中華主體，也認同社會主義

---

[5] 顏元叔在一九九一年至一九九三年期間，曾在《海峽評論》雜誌發表多篇反美（國）的評論，在這些反美論述中，亦可見出其大中國意識形態，如在〈新年心事焚如絲〉一文便表示「兩千萬台灣人——因為他們是中國人，而且必須是中國人……十二億中國人不一定要求每一個台灣人——如你（筆者按，「你」指當時的李登輝總統，以下同）——都做中國人，可是十二億中國人都說台灣這個島是中國的島，那麼不願做中國人的若干台灣人——如你——就必須遷往美日澳的版圖的喬木上去吧，飛上枝頭做鳳凰起吧」(1993/02，83)；譬如「今天中國之成就是把浪漫主義的大動力納入到古典主義的謹嚴形式中的結果——就是說，民族解放出來的大動力納入到社會主義謹嚴的型式中——謹嚴的形式中充塞了驕縱的內涵，因此，有規矩又有大生命力。我覺得毛澤東就是這麼個兩相結合的化身」(1991/07，72)。顏元叔相關的評論資料，詳見本論文的參考篇目。

者，譬如王文興，泛政治化之後的大中國情懷，勾勒出一個美好的社
會主義圖景。

結　語：鄉愁與認同

　　本章論述返鄉／旅遊散文，可以發現以下幾個特點：

　　首先，第一節所論述的返鄉散文，以台灣為最大宗，其他國家所佔的比例相對顯得少，根據筆者的分析，東南亞等地的返鄉者或許不在少數，但這些早年流離海外的華人，多為謀生計而南遷的中下階層，教育程度不高，能提筆寫下返鄉經驗者更少；反觀台灣，當年撤台的軍人佔多數，台灣老一輩的詩人如洛夫、梅新、辛鬱等俱為軍人，具備寫作能力者相對高，因此論述比例有別。

　　其次，在中國旅遊散文中，長城所佔比例最大。作為典型的中國符碼，長城的形狀和龍相似，無論就精神或是實體，都是最具中國意義者，而且它建於秦，同時令人聯想起秦國一統天下，因此也最容易召喚民族情感和文化鄉愁。

　　第三，旅人筆下的風景可稱之為文人化／人文化的風景，它不是客體，而是被賦予主體性的意識形態顯影，旅人的文化鄉愁和文化認同都投射在風景裡。第二、第三代華人／台灣人，他們在生活習慣上已深深本土化，他們所認同的中國，純粹是以文化中國的形式而存在。他們從課本、圖片和長輩那裡先認識了那個地方，也可能在古詩詞裡經驗過文人墨客的情感騷動，想像過那裡的山水，因此履及斯土，在典籍裡出現過的風景輕易喚起他們的文學／文化鄉愁，於是這些散文也充滿了鄉愁意象。這些中國遊記特別突出文化和歷史記憶——那是民族記憶最重要的部分——尤其是開放探親之後，中國的神秘性已經解除，超越國家界線和政治規範之後，附身在這些旅人身上

的，只是越來越老，越來越相似的中國幽靈，這就是爲何不同國家的旅遊散文，對中國的文人、風景，乃至與歷史的對話，卻有著相似之處。

最後，旅人不只觀賞風景，同時也提出他們的觀察／觀點。對中國的批判可能源於反對中共政權腐化、官僚化、奴役化的統治方式，他們勾勒出一個落後、貧窮、髒亂而無序的「古老」中國圖象；同樣是基於認同大中華這主體，亦有如王文興那樣，歌頌、稱讚、美化中共政權，以致他拼湊出來的中國圖象是進步、乾淨、民風淳厚，保有禮樂之邦的前進社會。無論是哪一種立場和觀點，都顯示了作爲集體記憶的「中國」無所不在，這些散文創造了各種中國符碼，如長城、長江等；反過來，這些符碼同時也創造了旅遊散文。

第六章　結　論

　　這本學位論文以亞洲華文散文的中國圖象爲主題，從鎖定論題、搜尋資料、閱讀和論述的過程當中，確實是一次視野的開拓。在台灣的閱讀經驗，不離台灣和中國，此外筆者接觸最多的是馬華和新華文學，再其次則是香港文學，對於其他國家的理解相對貧乏。這次的論述經驗不僅是論述能力和理論基礎的加強，更重要的是打開一扇陌生的窗，看到不同於過往的文學景觀。中國大陸有四、五個世界／海外華文文學研究中心，台灣的世新大學，美國的加大 Santa Barbara 都已成立世界華文研究中心，相信未來必然有更深入的研究成果，則本論文亦已達拋磚之功。

　　我們身在台灣這樣優渥的文學環境裡，大概很難想像印尼、泰國和菲律賓等不利華文文學發展的國家，創作之路是如何艱辛。譬如印尼的黃東平，一部四十萬字的小說要謄了又謄，改了又改，在創作的過程中一則擔心稿件被發現沒收，一則還有性命之憂，透過五層複寫紙一共十一張紙一筆一劃的刻，寫完立刻分送朋友保存。是甚麼樣的力量可以讓一個人爲文學而棄性命如敝屣，堅持要完成印尼華人的流亡史？

　　這些國家的創作水平或許離台港中國還很遠，創作者卻付出了同樣的努力，而且面對的是更惡劣的創作環境。許多華人對文學充滿了熱忱，卻苦於沒有發表和出版的機會，他們爲了生計奔波，卻對保留

中華文化不遺餘力。

　　視野的開拓有三層意義：首先，是指散文的閱讀，屬於文學視野；其次，由於本論文牽涉到社會歷史的發展，因此也必須瞭解社會和歷史背景，此乃是社會學視野的開拓；第三則是同情的理解，單就文學美學上的要求作批評之餘，或許應該考慮到更多值得同情和理解的外圍因素。這樣的考量讓一個評論者／創作者，對人世更寬容、更諒解。

　　不可否認的是，在收集資料和撰寫論文的過程中，筆者也遭遇到困境，譬如資料不足。台灣的文獻保留遠較其他國家／地區完備，而且可以論述的篇章太過龐大，反而必須酌加刪減。馬華和新華幸而有方修等人所編的大系和選集，保留了早期的文獻，馬來西亞早期的報紙沒有留存，因此二、三〇年代的散文就只能從大系和選集中尋找，雖然這些篇章可能夠不上散文的美學標準，卻保留了那個時代的散文風貌。對於這些有遠見的文壇前輩，我們心存感佩。相較之下，菲華、印華、泰華以及越華和柬埔寨的散文，早期的資料大多散佚，雖然這些散佚的資料不一定具有論述價值，它們畢竟見證過一個時代，是重要的文學史料，對於有興趣的研究者，思之令人扼腕。何況這些國家的出版並不蓬勃，當地的創作者在報紙上發表過的文章，也極少結集，流失的資料要再尋回，恐怕是一項艱巨的工程。

　　筆者面對的第二個問題是，散文、雜文和議論文的區隔。我們沒有一項科學的標準可以明確區分散文和雜文，散文和議論文。筆者所論述的散文是所謂的狹義散文，也稱純散文或抒情散文。這個標準放在台灣沒有問題，可是置諸其他國家，卻常常造成沒有論述資料的困境。有的篇章勉強可以稱為「作文」，早期的則是半文言半白話的「散文」，由於筆者的論述範疇不只跨越文學和文化，更牽涉到意識形態的問題，為了論述完整，因此放寬標準，在合理的範圍之內納入少數

非純散文，或「作文」。

　　最後必須強調的是，這本論文處理的是散文裡的中國圖象，多少已侵入意識形態的範疇，然而不論是選擇中國或台灣／本土，選擇中心或邊緣，甚至自我邊緣化，都必須回到文學的範疇。在文學的國度，任何一種選擇都是發聲的位置和姿態，同樣都不離意識形態，並無是非對錯。任何是非對錯的論定，最後必然落入層層相因的窠臼，同樣都難以脫離意識形態的陷阱。此外，本論文討論的僅止於散文裡的中國圖象，倘若涵蓋詩和小說，必然能夠呈現更完整的中國圖象，相信這是很有研究價值的後續研究。

參考書目

【中文書目】

創作：

丁亞民（1979）《青青河邊草》‧台北：皇冠。

丁亞民（1983）《白雲謠》‧台北：三三。

丁亞民（1985）《火車乘著天涯來》‧台北：大地。

丁亞民（1986）《邊城兒》‧台北：三三。

三三群士論作（1979）《中國站起》‧台北：三三。

也　斯（1991）《昆明的紅嘴鷗》‧香港：突破。

大　荒（1979）《春葉秋華》‧台北：皇冠。

小　思（1996）《不遷》‧香港：華漢文化。

小　思（1997）《彤雲箋》‧香港：華漢文化。

小　思（1999）《承教小記》‧香港：華漢文化。

小　思等著（1984）《三人行》‧香港：學生時代。

小　思編（1997）《舊路行人——中國學生周報文輯》‧香港：次文化。

中國時報編（1972）《風雨故人》‧台北：晨鐘。

丹　扉（1989）《八千里路塵與土》‧台北：仕女。

方　修編（1971）《馬華新文學大系‧散文》‧新加坡：世界書局。

方　修編（1989）《馬華文學作品選・散文（戰前）》（1919-1942）・吉
　　　隆坡：董總。

方　修編（1991）《馬華文學作品選・散文（戰後）》（1945-1956）・吉
　　　隆坡：董總。

方娥真（1978）《日子正當少女》・台北：長河。

方娥真（1988）《剛出爐的月亮》・台北：當代。

方娥真（1989）《何時天亮》・台北：皇冠。

王　怡（1989）《鄉夢已遠》・台北：黎明。

王文漪編（1979）《當代中國新文學大系・散文一集》・台北：天視。

王鼎鈞（1998）《左心房漩渦》・台北：爾雅。

王鼎鈞等合著（1979）《萬里江山》・台北：華欣。

仙　枝（1985）《好天氣誰給提名》・台北：三三。

司馬中原（1981）《駝鈴》・台北：九歌。

司馬中原（1990）《月光河》・台北：九歌。

司馬攻（1989）《明月水中來》・泰國：八音。

司馬攻（1991）《水仙，你為甚麼不開花》・台北：星光。

司馬攻（1997）《小河流夢》・遼寧：遼寧教育。

司馬攻（1998）《司馬攻文集》・廈門：鷺江。

田　流編（1988）《會員作品總輯》・新加坡：新加坡作家協會。

朱天心（1998）《擊壤歌》・台北：遠流。

朱天文（1994）《淡江記》・台北：遠流。

朱天文（1996）《花憶前身》・台北：麥田。

朱天文等編（1977a）《三三集刊（一）：蝴蝶記》・台北：三三。

朱天文等編（1977b）《三三集刊（二）：嶺上雁字》・台北：三三。

朱天文等編（1977c）《三三集刊（三）：我達達的馬蹄》・台北：三三。

朱天文等編（1977d）《三三集刊（四）：守著陽光守著你》·台北：三三。

朱天文等編（1977e）《三三集刊（五）：客舍青青》·台北：三三。

朱天文等編（1977f）《三三集刊（六）：一日痕》·台北：三三。

朱天文等編（1977g）《三三集刊（七）：盧笑》·台北：三三。

朱天文等編（1977h）《三三集刊（八）：劍門》·台北：三三。

朱天文等編（1978a）《三三集刊（九）：落江前的手勢》·台北：三三。

朱天文等編（1978b）《三三集刊（十）：種火行動》·台北：三三。

朱天文等編（1978c）《三三集刊（十一）：衣缽》·台北：三三。

朱天文等編（1978d）《三三集刊（十二）：採薇歌》·台北：三三。

朱天文等編（1978e）《三三集刊（十三）：北方有佳人》·台北：三三。

朱天文等編（1978f）《三三集刊（十四）：女兒家》·台北：三三。

朱天文等編（1978g）《三三集刊（十五）：日出西山雨》·台北：三三。

朱天文等編（1978h）《三三集刊（十六）：七月流火》·台北：三三。

朱天文等編（1978i）《三三集刊（十七）：生死場》·台北：三三。

朱天文等編（1979a）《三三集刊（十八）：水勢》·台北：三三。

朱天文等編（1979b）《三三集刊（十九）：在中國》·台北：三三。

朱天文等編（1979c）《三三集刊（二十）：有女同車》·台北：三三。

朱天文等編（1979d）《三三集刊（二十一）：少年十五二十時》·台北：
　　　三三。

朱天文等編（1979e）《三三集刊（二十二）：桃花渡》·台北：三三。

朱天文等編（1979f）《三三集刊（二十三）：昆明的四月風暴》·台北：
　　　三三。

朱天文等編（1979g）《三三集刊（二十四）：雲的小孩》·台北：三三。

朱天文等編（1980a）《三三集刊（二十五）：鐘鼓三年》·台北：三三。

朱天文等編（1980b）《三三集刊（二十六）：看戲去也》·台北：三三。

朱天文等編（1980c）《三三集刊（二十七）：補天遺石》·台北：三三。

朱天文等編（1981d）《三三集刊（二十八）：戰太平》·台北：三三。

朱西寧（1978）《日月長新花長生》·台北：皇冠。

何棨良（1983）《另一種琵琶》·吉隆坡：人間。

余光中（1974）《聽聽那冷雨》·台北：純文學。

余光中（1975a）《望鄉的牧神》·台北：純文學。

余光中（1975b）《焚鶴人》·台北：純文學。

余光中（1978）《青青邊愁》·台北：純文學。

余光中（1981）《分水嶺上》·台北：純文學。

余光中（1984）《逍遙遊》·台北：時報。

余光中（1987）《記憶像鐵軌一樣長》·台北：洪範。

余光中（1988）《憑一張地圖》·台北：九歌。

余光中（1990）《隔水呼渡》·台北：九歌。

余光中（1992）《五行無阻》·台北：九歌。

余光中（1994）《從徐霞客到梵谷》·台北：九歌。

余光中（1998）《日不落家》·台北：九歌。

李　敬（1999）《雨中行》·香港：獲益。

李元開（1987）《啊！新加坡》·新加坡：勝友。

李莫愁等著（1995）《沙漠上的綠洲》·新加坡：新加坡島嶼文化社。

杜雪美（1996）《青青子衿》·新加坡：新加坡文藝協會。

周　粲（1995）《周粲文集》·廈門：鷺江。

周清嘯、黃昏星合著（1979）《歲月是憂歡的臉》·高雄：德馨室。

東瑞編析（1995）《香港散文欣賞》·香港：獲益。

林中英（1995）《眼色朦朧》·香港：獲益。

林中英編（1996）《澳門散文選》，澳門：澳門基金會。

林婷婷（1992）《推車的異鄉人》，台北：巨龍文化。

林幸謙（1995）《狂歡與破碎》．台北：三民。

林芳梅編（1996）《故土心旅──華夏萬千情》．台北：財團法人基金會

林黛嫚編（1999）《中副五十年精選》七輯，台北：中央日報。

封德屏主編（1989）《四十年來家國──返鄉探親散文》．台北：文訊。

彥　火（1997）《彥火散文選》．香港：香港作家。

施穎洲（1997）《文學之旅》．瀋陽：遼寧教育。

施穎洲編（1977）《菲華散文選》．台北：中華文藝月刊社。

施穎洲等編（1988）《菲華文學（一）》．菲律賓：柯俊智文教基金會。

施穎洲等編（1991）《菲華文學（三）》．菲律賓：柯俊智文教基金會。

施穎洲編（1992）《菲華文藝》．菲律賓：菲華文藝協會。

柏　楊編（1982）《新加報共和國華文文文學選集‧散文卷》．台北：
　　　　時報。

洪　生（1987）《啊！新加坡》．新加坡：勝友。

秋　笛（1988）《園丁的獨白》．北京：中國友誼。

胡蘭成（1990a）《今生今世（上、下）》．台北：三三。

胡蘭成（1990b）《今日何日兮》．台北：三三。

胡蘭成（1990c）《禪是一枝花》．台北：三三。

胡蘭成（1991a）《閒愁萬種》．台北：遠流。

胡蘭成（1991b）《中國的禮樂風景》．台北：遠流。

胡蘭成（1991c）《革命要詩與學問》．台北：遠流。

胡蘭成（1991d）《建國新書》．台北：遠流。

唐至量（1994）《那一方水土》．香港：獲益。

徐蕙藍（1977）《淡藍的春》．台北：四季。

書　欣（1990）《披星集》．廈門：鷺江。

神州詩社編（1977）《風起長城遠》‧台北：故鄉。

神州詩社編（1978）《滿座衣冠勝雪》‧台北：皇冠。

馬　森（1988）《大陸啊！我的困惑》‧台北：聯經。

馬叔禮（1985）《火車乘著天涯來》‧台北：大地。

高大鵬（1989）《追尋》‧台北：聯合文學。

高大鵬（1995）《永遠的媽媽山》‧台北：九歌。

張拓蕪（1988）《桃花源》‧台北：九歌。

張拓蕪（1994）《我家有個渾小子》‧台北：九歌。

張香華編（1988）《茉莉花串》，台北：遠流。

張愛玲（1996）《流言》‧台北：皇冠。

張曉風（1977）《給你》‧台北：宇宙光。

張曉風（1982a）《愁鄉石》‧香港：基督教文藝。

張曉風（1982b）《再生緣》‧台北：爾雅。

張曉風（1985a）《步下紅毯之後》‧台北：九歌。

張曉風（1985b）《我在》‧台北：爾雅。

張曉風（1989）《從妳美麗的流域》‧台北：爾雅。

張曉風編（1973）《中國現代文學大系‧散文卷》‧台北：巨人。

張曉風編（1989）《中華現代文學大系‧散文卷》‧台北：九歌。

梁文福（1988）《最後的牛車水》‧新加坡：冠和製作。

梁荔玲（1993）《淡酒濃情》‧香港：永富。

梁誌慶（1998）《聽石》‧柔佛：南馬文藝研究會。

梅濟民（1978a）《長白山夜話》‧台北：星光。

梅濟民（1978b）《夢的迴旋》‧台北：星光。

犁青編（1991）《泰華文學》‧香港：匯信。

畢　璞（1975）《無言歌》‧台北：水芙蓉。

符　徵、嶺南人合著（1996）《看山》·泰國：泰華文藝。

莫　河（1992）《來自獅城的花束》·大連：大連。

莊　因（1984）《山路風來草木香》·台北：洪範。

莊　因（1998）《飄泊的雲》·台北：三民。

莊維民編（1994）《菲華散文集》·菲律賓：菲華文藝。

郭蓮花（1999）《走月光》·吉隆坡：千秋。

陳　蝶（1989）《上山》·古晉：砂華作協。

陳大為（1999）《流動的身世》·台北：九歌。

陳小梅（1994）《神州我獨行》·吉隆玻：雪隆潮州會館。

陳若曦（1988）《青藏高原的誘惑》·台北：聯經。

陳德錦（1986）《登山集》·香港：山邊社。

陳德錦（1994）《愛島的人》·香港：新穗。

陳曉林（1977）《青青子衿》·台北：言心。

湄南河副刊編（1987）《待墾的土地》·台北：聯經。

湄南河副刊編（1995）《收穫的季節》·泰國：泰國世界日報。

登琨艷（1993a）《流浪的眼睛》·台北：九歌。

登琨艷（1993b）《台北心·上海情》·台北：九歌。

黃孟文編（1997）《新加報當代散文精選》·瀋陽：瀋陽。

黃東平（1997）《大石塊底下的野草》·遼寧：遼寧教育。

黃春安（1986）《陽光撫愛的土地》·福州：海峽文藝。

黃春安（1992）《黃春安散文集》·北京：中國華僑。

黃維樑（1988）《我的副產品》·香港：明窗。

黃寶蓮（1990）《流氓治國》·台北：圓神。

黃繼持、盧瑋鑾、鄭樹森（1997）《香港散文選（1948-1969）》·香港：
　　　　香港中文大學。

黃繼持、盧瑋鑾、鄭樹森（1998c）《早期香港新文學作品選
　　　（1927-1941）》‧香港：天地圖書。

黃繼持、盧瑋鑾、鄭樹森（1999a）《國共內戰時期香港本地與南來文
　　　人作品選（1945-1949）》（上、下）‧香港：天地圖書。

新加坡文藝協會編（1991）《新加坡當代華文文學大系》‧北京：中國
　　　華僑。

新加坡文藝協會編（1994）《赤道線上的情韻》‧北京：中國文聯。

楊　牧（1984）《搜索者》‧台北：洪範。

楊　照（1996）《文學、社會與歷史想像》‧台北：聯合文學。

楊　照（1998）《迷路的詩》‧台北：聯合文學。

溫任平（1977）《黃皮膚的月亮》‧台北：幼獅。

溫任平編（1982）《馬華當代文學選（散文）》‧吉隆坡：馬來西亞華人
　　　文化協會。

溫瑞安（1977a）《龍哭千里》‧台北：楓城。

溫瑞安（1977b）《狂旗》‧台北：皇冠。

溫瑞安（1977c）《回首暮雲遠》‧台北：四季。

溫瑞安（1980）《中國人》‧台北：四季。

溫瑞安編（1978）《坦蕩神州》‧台北：長河。

溫瑞安編（1979a）《天下人》‧台北：長弓。

溫瑞安編（1979b）《神州人》‧台北：皇冠。

葉維廉（1994）《山水的約定》‧台北：東大。

夢　莉（1989）《煙湖更添一段愁》‧泰國：八音。

夢　莉（1991）《人在天涯》‧台北：星光。

夢　莉（1992）《夢莉散文選》‧天津：百花文藝。

蓉　子（1994）《中國情》‧新加坡：新加坡作家協會。

趙戎編（1971）《新馬華文文學大系‧散文卷（1）》‧新加坡：教育。

趙戎編（1971）《新馬華文文學大系‧散文卷（2）》‧新加坡：教育。

齊益壽編（1978）《當代中國新文學大系‧散文第二集》‧台北：天視。

劉大任（1993）《走過蛻變的中國》‧台北：麥田。

劉以鬯編（1988）《香港文學散文選》（一、二）‧台北：蘭台。

潘亞暾（1995）《香港散文選》‧天津：百花文藝。

潘碧華（1998）《我會在長城上想起你》‧吉隆報：長風。

蔣勳（1990）《今宵酒醒何處》‧台北：爾雅。

盧瑋鑾（1990）《今夜星光燦爛》‧台北：漢藝色研。

盧瑋鑾（1996）《香港故事》‧香港：牛津。

翺翺（1976）《翺翺自選集》‧台北：黎明文化。

蕭白（1974a）《花廊》‧台北：水芙。

蕭白（1974b）《無花果集》‧台北：華欣文化。

蕭白（1978）《一槳燈影》‧台北：黎明文化。

蕭白（1979）《野煙》‧台北：水芙蓉。

駱明編（1998）《新華97年度文選》‧新加報：新加報文藝協會。

鮑曉暉（1987）《故鄉水》‧台北：遠景。

龍應台（1996）《乾杯吧，托瑪斯曼》‧台北：時報。

戴小華（1996）《深情看世界》‧河北：河北教育出版社。

濟楓、荷凡合著（1993）《遙寄長城》‧怡保：藝青。

鍾曉陽（1988）《細說》‧台北：三三。

顏元叔（1975）‧《顏元叔自選集》‧台北：黎明。

顏元叔（1976）《顏元叔自選集》‧台北：源成文化圖書供應社。

顏元叔（1976a）《玉生煙》‧台北：皇冠。

顏元叔（1976b）《顏元叔散文精選》‧台北：源成文化圖書。

顏元叔（1978）《草木深》‧台北：皇冠。

顏元叔（1978）《離台百日》‧台北：洪範。

顏元叔（1984a）《憤慨的梅花》‧台北：正中。

顏元叔（1984b）‧《鳥呼風》‧台北：時報。

顏元叔（1985）《五十回首》‧台北：九歌。

瓊　瑤（1989）《剪不斷的鄉愁》‧台北：皇冠 。

羅　蘭（1984）《羅蘭散文第六輯》‧台北：自印。

羅智成（1999）《南方朝廷備忘錄》‧台北：聯合文學。

譚帝森（1994）《香港當代文學精品》‧武漢：長江文藝。

理論與批評：

也　斯（1996）《香港文化空間與文學》‧香港：青文。

中國社科院文學研究所編（1999）《走向２１世紀的世界華文文學》‧
　　　北京：中國社會科學。

王　立（1994）《中國古代文學十大主題》‧台北：文史哲。

王宇根譯，愛德華‧Ｗ‧薩依德著（1999）《東方學》‧北京：新華。

王宏志、李小良、陳清僑（1997）《否想香港》‧台北：麥田。

王明珂（1997）《華夏邊緣──歷史記憶與族群認同》‧台北：允晨。

王東亮編譯，Coquet, Jean-Claude 演講（1997）《話語符號學》‧北京：
　　　北京大學。

王寧等譯，佛克馬、伯斯頓編（1991）《走向後現代主義》‧北京：北
　　　京大學。

王潤華（1994）《從新華文學到世界華文文學》‧新加坡：潮州八邑會館

王賡武（1994）《中國與海外華人》·台北：商務。

王曉波（1986）《走出台灣歷史的陰影》·台北：帕米爾。

朱文一（1995）《空間符號城市》·台北：淑馨。

朱耀偉（1994）《後東方主義──中西文化批評論述策略》·台北：駱駝

朱耀偉（1996）《當代西方批評論述的中國圖象》·台北：駱駝。

江宜樺（1998）《自由主義、民族主義與國家認同》·台北：揚智。

何寄澎編（1993）《當代台灣文學評論大系·散文批評》·台北：正中。

何棨良（1995）《政治運動與官僚參與》·吉隆坡：華資中心。

吳鳳斌編（1993）《東南亞華僑通史》·福州：福建人民。

吳叡人譯，班奈迪克·安德遜著（1999）《想像的共同體》·台北：時報

李幼蒸（1994）《結構與意義──現代西方哲學論集》·台北：聯經。

李自修等譯，保羅·德曼著（1998）《解構之途》·北京：中國社會科學

李金梅譯，艾瑞克·霍布斯邦著（1997）《民族與民族主義》·台北：
　　　　麥田。

李威宜（1999）《新加報華人游移變異的我群觀》·台北：唐山。

汪淑鈞譯，鮑桑葵著（1995）《關於國家的哲學理論》·北京：商務。

肖錦龍（1995）《中西文化深層結構和中西文學的思想導向》·北京：
　　　　中國社會科學。

忻劍飛（1991）《世界的中國觀》·香港：三聯書店。

周　蕾（1995a）《婦女與中國現代性》·台北：麥田。

周　蕾（1995b）《寫在家國之外》·香港：牛津。

周文杉（1998）《當代香港寫實小說散文概論（散文卷）》·廣東：廣東
　　　　高等教育。

季鐵男編（1992）《建築現象學導論》·台北：桂冠。

林水檺、何國忠、何啓良、賴觀福合編（1998）《馬來西亞華人史新編

　　　　一、二、三冊》·吉隆坡：中華大會堂。

林廷輝、宋婉瑩（1999）《華人社會觀察》·吉隆坡：十方。

林信華（1999）《符號與社會》·台北：唐山。

林開忠（1999）《建構中的「華人文化」——族群屬性、國家與華教運
　　　　動》·吉隆坡：華資中心。

林燿德編（1993）《當代台灣文學評論大系·文學現象》·台北：正中。

金耀基（1997）《從傳統到現代》·台北：時報。

阿多諾著，王阿平譯（1997）《美學理論》·四川：四川人民。

俞建章、葉舒憲著（1990）《符號：語言與藝術》·台北：久大。

施忠連譯，大衛·麥克里蘭著（1991）《意識形態》·台北：桂冠。

施植明譯，諾伯舒茲著（1997）《場所精神——邁向建築現象學》·台
　　　　北：田園城市文化。

洛楓（1995）《世紀末城市·香港的流行文化》·香港：牛津。

香港嶺南學院翻譯系譯，愛德華·Ｗ·薩依德等著（1998）《解殖與民
　　　　族主義》·香港：牛津大學。

唐小兵編（1993）《再解讀：大眾文藝與意識形態》·香港：牛津大學。

夏鑄九、王志弘編譯（1994）《空間的文化形式與社會理論讀本》·台
　　　　北：明文。

徐　賁（1996）《走向後現代與後殖民》·北京：中國社會科學。

徐復觀（1988）《中國的藝術精神》·台北：學生。

納日碧力戈等譯，克利福德·格爾茲著（1999）《文化的解釋》·上海：
　　　　人民。

崔貴強（1990）《新馬華人國家認同的轉向 1945-1959》·新加坡：南洋
　　　　學會。

崔貴強（1994）《新加坡華人——從開埠到建國》·新加坡：新加坡宗

鄉會館聯合總會。

張京媛編（1995）《後殖民理論與文化認同》·台北：麥田。

張寶琴、邵玉銘、瘂弦編（1995）《四十年來中國文學》·台北：聯合
　　文學。

梁秉鈞（1995）《香港文化》·香港：青文。

梁秉鈞（1997）《香港的流行文化》·香港：三聯。

盛　寧（1997）《人文困惑與反思》·香港：三聯。

盛寧譯，博埃默著（1998）《殖民與後殖民主義》·香港：牛津大學。

郭紀洪（1997）《文化民族主義》·台北：揚智。

陳　遼編（1996）《世紀之交的世界華文文學——第八屆世界華文文學
　　國際研討會論文選》·南京：台港與海外華文文學國際研討編
　　輯部。

陳其南，周英雄編（1994）《文化中國——理念與實踐》·台北：允晨。

陳清僑等譯，詹明信著·（1997）《晚期資本主義的文化邏輯》·香港：
　　牛津大學。

陳清僑編（1997）《文化想像與意識形態》·香港：牛津。

陳賢茂、吳奕錡、陳劍暉、趙順宏著（1993）《海外華文文學史初編》·
　　廈門：鷺江。

陳賢茂編（1999）《海外華文文學史》四冊·廈門：鷺江。

陳鴻瑜審訂、暨南大學東南亞研究中心翻譯（1998）《華裔東南亞人》·
　　南投：暨南大學。

陳鵬翔編（1983）《主題學研究論文集》·台北：東大。

陸揚譯，喬納森·卡勒著（1998）《論解構》·北京：中國社會科學。

傅孟麗（1999）《茱萸的孩子——余光中傳》·台北：天下文化。

傅偉勳、周陽山編（1993a）《西方思想家論中國》·台北：正中。

傅偉勳、周陽山編（1993b）《西方漢學家論中國》‧台北：正中。

單德興譯，愛德華‧W‧薩依德著（1997）《知識分子論》‧台北：麥田

游勝冠（1996）《台灣文學本土論的興起與發展》‧台北：前衛。

焦　桐（1999）《台灣文學的街頭運動（一九七七～世紀末）》‧台北：
　　　　時報。

賀立達（1996）《東南亞文化發展史》‧雲南：雲南人民出版社。

馮建三譯，湯林森著（1999）《文化帝國主義》‧上海：人民。

黃國昌（1992）《中國意識與台灣意識》‧台北：五南。

黃錦樹（1996）《馬華文學：內在中國、語言與文學史》‧吉隆坡：華
　　　　社資料研究中心。

黃錦樹（1998）《馬華文學與中國性》‧台北：元尊。

黃繼持、盧瑋鑾、鄭樹森（1998a）《追綜香港文學》‧香港：牛津。

黃繼持、盧瑋鑾、鄭樹森（1998b）《早期香港新文學資料選
　　　　（1927-1941）》‧香港：天地圖書。

黃繼持、盧瑋鑾、鄭樹森（1999b）《國共內戰時期香港文學資料選
　　　　（1945-1949）》‧香港：天地圖書。

廈門大學編（1991）《東南亞華文文學與中國現代文學》‧廈門：廈門
　　　　大學。

楊　澤編（1994b）《從四〇年代到九〇年代》‧台北：時報。

楊　澤編（1994a）《七〇年代——理想繼續燃燒》‧台北：時報。

楊大春（1994）《解構理論》‧台北：揚智。

楊大春（1996）《後結構主義》‧台北：揚智。

楊昌年（1988）《現代散文新風貌》‧台北：三民。

楊昌年、邱燮友、皮述民、馬森（1997）《二十世紀中國新文學史》‧
　　　　台北：三民。

楊保筠（1997）《中西文化在東南亞》，北京：大象。

廖咸浩（1995）《愛與解構——當代台灣文學評論與文化觀察》，台北：
　　　聯合文學。

廖炳惠（1993）《形式與意識形態》，台北：聯經。

廖炳惠（1994）《回顧現代——後現代與後殖民理論》，台北：麥田。

劉　宏（2000）《中國東南亞學》，北京：中國社會科學。

劉自荃譯，克里斯多福・諾利斯著（1995）《解構批評理論與應用》，
　　　台北：駱駝。

劉登翰主編（1997）《香港文學史》，香港：香港作家。

廣東省社會科學院文學研究所編（1993）《台灣香港澳門暨海外華文文
　　　學論文選》，福建：新華。

樂黛雲、張揮編（1999）《文化傳遞與文學形象》，北京：北京大學。

歐崇敬（1988）《從結構主義到解構主義》，台北：揚智。

潘亞暾、汪先義（1993）《香港文學概觀》，廈門：鷺江。

鄭明娳（1988）《現代散文縱橫論》，台北：大安。

鄭明娳（1988）《現代散文類型論》，台北：大安。

鄭明娳（1989）《現代散文構成論》，台北：大安。

鄭明娳（1992）《現代散文現象論》，台北：大安。

鄭樹森編（1995）《文化批評與華語電影》，台北：麥田。

鄧駿捷編（1996）《澳門華文文學研究資料目錄初編》，澳門：澳門基
　　　金會。

黎活仁、龔鵬程、劉漢初、黃耀堃（2000）《香港八十年代文學現象》，
　　　台北：學生。

盧建榮（1999）《分裂的國族認同（1975~1997）》，台北：麥田。

謝詩堅（1984）《馬來西亞政治思潮演變》，檳城：友達企業。

瞿鐵鵬譯，特倫斯‧霍克斯著（1997）《結構主義和符號學》‧上海：
　　　上海譯文。

簡瑛瑛編（1997）《認同‧差異‧主體性》‧台北：立緒。

羅　鋼、劉象愚主編（1999）《後殖民主義文化理論》‧北京：中國社
　　　會科學。

饒芃子、費勇著（1998）《本土以外──論邊緣的現代漢語文學》‧北
　　　京：中國社會科學。

【中文篇目】

創作：

小　四（1989/12）〈燭淚〉《亞洲華文文學》總二十三期，68-70。

小　四（1990）〈掌中漢字〉，收入蕭蕭編《七十九年散文選》，287-289。

小　思（1990）〈黃河石雕〉《文藝散文精選第一集》‧香港：基督教文藝，140-141。

今天編輯部（1995 第一期）〈香港文化專輯〉《今天》，總第二十八期。

文訊編輯部（1985/10）〈香港文學特輯〉《文訊》第二十期‧頁 18-141。

文訊編輯部（1986/06）〈菲律賓華文文學特輯〉《文訊》第二十四期‧頁 60-216。

王　蕾（1999/9/24）〈到月亮家作客〉《世界日報》。

王文興（1990/02）〈五省印象（上）〉《聯合文學》第六十四，35-47。

王文興（1990/03）〈五省印象（下）〉《聯合文學》第六十五期，21-31。

王文興（1991/02）〈山河掠影（上）〉《聯合文學》第七十六期，11-17。

王文興（1991/02）〈後期印象觀〉《聯合文學》第七十六期，122-123。

王文興（1991/03）〈山河掠影（下）〉《聯合文學》第七十七期，114-121。

王文興（1992/09）〈西北東南（上）〉《聯合文學》第九十五期，124-137。

王文興（1992/10）〈西北東南（下）〉《聯合文學》第九十六期，116-128。

白　翎（1988）〈滿載秀色滿載情〉，收入司馬攻等合著《輕風吹在湄江上》‧泰國：八音，167-169。

白　翎（1991）〈兩地相思情〉，收入犁青編《泰華文學》‧香港：文學世界社，506-512。

朱天文（1999/09/03）〈廢墟裡的新天使〉《自由時報》第 41 版。

何棨良（1974/09）〈這種眼神〉《蕉風》第二五九期，59-61。

何棨良（1975/06）〈愛蓮說〉《蕉風》第二六八期，43-43。

何棨良（1975/11）〈十年磨劍〉《蕉風》第二七三期，54-56。

何福仁（1981/11）〈新疆之旅〉《素葉文學》第三期，14-16。

何福仁（1982/01）〈東北行〉《素葉文學》第五期，2-4。

吳澈雲（1976）〈故鄉愁憶〉，收入施穎洲編《菲華散文選》·台北：中華文藝。

李　黎（1992）〈城的記憶〉，收入蕭蕭編《八十二年散文選》·台北：九歌。

李秋心（1999/06/18）〈回首端午〉《世界日報》。

辛金順（1986）〈圖騰〉，收入張永修編《成長中的六字輩》·麻坡：朋友，94-96。

尚　正（1999/09/15）〈潮州人〉《世界日報》。

林　林（1994）〈故鄉水情長悠悠長〉《星暹文藝》，186-192。

林　牧（1991）〈故鄉的雲〉，收入犁青編《泰華文學》·香港：文學世界社，532-537。

林金城（1997）〈三代成咎〉，收入鍾怡雯編《馬華當代散文選》·台北：文史哲，124-128。

林金城（1997）〈繪龍的手〉收入鍾怡雯編《馬華當代散文選》·台北：文史哲，129-135。

林修華（1994）〈懷念故鄉〉《星暹文藝》，247-250。

林貴真（1997）〈再望一眼長江水〉，收入林錫嘉編《八十六年散文選》·台北：九歌。

思　果（1990）〈暮年，鄉關〉，收入《文藝散文精選第一集》·香港：

　　　　基督教文藝，136-139。

東木星（1988/09）〈短歌八首〉《亞洲華文文學》總十八期，105-110。

柯達群（1991）〈黃河的怨與怒〉，收入館編《香港文學展顏（七）》，
　　　　香港：市政府公共圖書館，227-232。

高笑儂（1986）〈月是故鄉明〉《湄南河文藝（試刊號）》，90-96。

張　錯（1990）〈檳榔花〉，收入蕭蕭編《七十九年散文選》，台北：九歌。

張　錯（2000/06/06）〈流浪地圖〉《中國時報・人間副刊》。

張銳釗（1982/7）〈根〉《素葉文學》第七期，20-21。

張銳釗（1983/11）〈塞上曲〉《素葉文學》第二十，二十一期，28-30。

張曉風・（1976）・〈黑紗〉，收入張曉風編《中國現代文學年選（64）》，
　　　　台北：巨人・221-227。

梁紀元（1976/04）〈梁紀元散文）〉《蕉風》第二七八期，6-8。

莎士（1999/03）〈家山北望〉《亞洲華文文學》總五十四期，95-97。

許迪鏘（1982/02）〈除了看不到雪〉《素葉文學》第六期・18-19。

陳先澤（1989/03）〈楓情篇〉《亞洲華文文學》總十二期，65-70。

陳潔明（1999/09/30）〈韓文公和潮州〉《世界日報》。

魚　羨（1990）〈湖波盪漾〉，收入《文藝散文精選第一集》，香港：基
　　　　督教文藝，129-135。

曾敏之（1995）〈詩情畫意記陽朔〉，收入《台港散文四十家》，鄭州：
　　　　中原農民，83-88。

曾敏之（1995）〈遇舊〉，收入《台港散文四十家》，鄭州：中原農民，
　　　　89-91。

游以飄（1999/06/07）〈中國以外，四海之內〉《星洲日報・文藝春秋》。

逸　蝶（1991）〈潮州蕉柑〉，收入黃國寶編《草葉集（第二輯）》，砂
　　　　勞越：詩巫中華，73-77。

黃少東（1982）〈神州初歷〉，收入館編《香港文學展顏（二）》‧香港：
　　市政府公共圖書館，333-344。

黃國彬（1990）〈巫峽〉，收入《文藝散文精選第一集》‧香港：基督教
　　文藝，12-15。

黃鳳瓊（1990）〈鄉情篇〉，收入《文藝散文精選第一集》‧香港：基督
　　教文藝，124-128。

楚　真（1982/04）〈後園燈〉《素葉文學》第八期‧26-28。

董千里（1987）〈秋來有所思〉，收入《中國當代散文選：第一集》‧香
　　港：新亞洲文化基金會，335-337。

夢　莉（1988/12）〈西湖愁情〉《文學世界》第四期，294-295。

夢　莉（1990/12）〈心中月色長不改〉《文學世界》第十一期，274-277。

夢　莉（1991/03）〈心的碎片〉《亞洲華文文學》總二十八期，74-77。

夢　莉（1997/12）〈歡呼中華民國的盛事〉《華文文學》總三十一期，
　　30-31。

綠騎士（1990）〈巫峽〉，收入《文藝散文精選第一集》‧香港：基督教
　　文藝，142-144。

龍應台（1994）〈故鄉異鄉〉，收入林錫嘉編《八十三年散文選》‧台北：
　　九歌。

嶺南人（1996/12）〈歡呼中華民國的盛事〉《華文文學》總三十一期，
　　30-31。

顏元叔（1991/02）〈向建設中國的億萬同胞致敬──讀何新先生文章有
　　感〉《海峽評論》第二期，36-40。

顏元叔（1991/05）〈從「與狼共舞」談起〉《海峽評論》第五期，106-108。

顏元叔（1991/07）〈補強何新答美記者〉《海峽評論》第七期，69-72。

顏元叔（1991/10）〈親美是中國的致命傷〉《海峽評論》第十期，44-55。

顏元叔（1992/06）〈邪惡帝國美利堅〉《海峽評論》第十八期，97-108。

顏元叔（1992/09）〈一切從反西方開始——爲《中外文學》二十周年而寫〉《海峽評論》，84-86。

顏元叔（1993/02）〈新年心事愁如絲〉《海峽評論》第二十六期，80-84。

顏元叔（1993/10）〈一片冰心在沸騰〉《海峽評論》第三十四期，53-60。

嚴志雄（1988）〈旅途零札〉，收入館編《香港文學展顏（四）》·香港：市政府公共圖書館，276-280。

顧肇森（1990）〈時光逆旅〉，收入蕭蕭編《七十九年散文選》·台北：九歌。

理論與批評：

一　凡（1998/07）〈汶萊華文文學初探〉《香港文學》第六十三期，12-16。

方維規譯，胡戈·狄澤林克著（1993）〈論比較文學形象學的發展〉《比較文學》第十六期，167-180。

王　蒙（2000/03）〈誰來拯救文學與文學能拯救誰〉）《明報》第三十五卷第三期，36-38。

丘　峰（1999/12）〈試論澳門過渡期的散文創作〉《中國現代、當代文學研究》，214-222。

丘宏達（1976/07）〈依據中國文化傳統析論——三民主義、共產主義與中國現代化〉《自由中國》，37-42。

余光中（1989）〈中華現代文學大系·總序〉，收入余光中編《中華現代文學大系》·台北：九歌。

余光中（1993）〈亦秀亦豪的健筆——我看張曉風的散文〉，收入何寄

澎編《當代台灣評論大系・散文批評》・台北：正中。

李君哲（1999/03）〈泰國華文文學的歷史與現代概略〉《中國現代、當
　　代文學研究》，233-239。

李歐梵（1995 第一期）・〈香港文化的邊緣性初探〉《今天》，總二十八
　　期。

李錦宗（1992/06）〈八十年代的馬華散文〉《亞洲華文文學》第三十三
　　期，14-40。

李瑞騰（1997/07）〈菲華散文的文化屬性──以選集爲考察對象〉，馬
　　尼拉：「菲律賓華文文學研討會」論文。

杜維明（2000/03）〈文化中國與現代精神〉《明報》第三十五卷第三期，
　　32-35。

周　蕾（1995 第一期）〈殖民者與殖民者之間：九十年代香港的後殖民
　　自創〉《今天》總二十八期，185-206。

孟華譯，讓・馬克・莫哈著（1995）〈試論文學形象學的研究歷史及方
　　法論〉《比較文學》第二十期，193-199。

東　瑞（1996）〈從紮根、化整爲零到出埠和融合〉，陳遼編《世紀之
　　交的世界華文文學》，南京：南京大學，234-236。

林春美（1997/06）〈近十年來馬華文學的中國情結〉《國文天地》第一
　　四〇期，74-86。

林承璜（1994）〈從鄉愁文學走向探親文學〉《台灣香港文學評論集》・
　　福州：海峽文藝。

金耀基（2000/03）〈香港：華人社會最具現代性的城市〉《明報》第三
　　十五卷第三期，28-31。

施建偉（1999/12）〈世界華文文學中的香港文學〉《中國現代、當代華
　　文文學研究》，208-212。

施建偉、汪義生（1998/10）〈過渡期的澳門文學初探〉（上）《香港文學》
　　　　第一六六期，04-09。

施建偉、汪義生（1998/11）〈過渡期的澳門文學初探〉（下）《香港文學》
　　　　第一六七期，17-22。

施穎洲（1976）〈四十年間──《菲華短篇小說選及散文選》代序〉，
　　　　收入施穎洲編《菲華散文選》．台北：中華文藝。

星洲日報．新聞（1999/12/03）〈新加坡文化價值觀調查──25%華裔
　　　　生不想做華人〉，《星洲日報》第二十五版。

星洲日報．社論（1999/12/14）〈華族文化前面的路〉，《星洲日報》第
　　　　二十九版。

柯慶明（1995）〈六十年代現代主義文學〉，收入張寶琴等編《四十年
　　　　來中國文學》．台北：聯合文學。

胡衍南（1999/07）〈流浪者之歌──專訪張錯〉《文訊》第一六五期，
　　　　69-72。

夏志清（1979）〈余光中：懷國與鄉愁的延續〉，收入黃維樑編《火浴
　　　　的鳳凰：余光中作品評論集》．台北：純文學。

馬曉麗（1999）〈澳門文化及其研究述評〉《文史哲》第二期，93-99。

張　錯（1997）〈過客與懷鄉：兼論「歇腳香港」散文現象〉，《香港文
　　　　學節──研討會講稿匯編》．香港：市政局公並圖書館。

張彝鼎（1986/10）〈「革命之學」與「實踐革命之學」〉《自由中國》，
　　　　46。

莊宜文（1998/01）〈在君父的城邦──三三文學集團研究（上）〉《國文
　　　　天地》第一五二期，58-70。

莊宜文（1998/02）〈在君父的城邦──三三文學集團研究（下）〉《國文
　　　　天地》153 期，62-75。

郭少棠（2000/03）〈尋找華人文化身分的認同〉）《明報》第三十五卷第三期，25-27。

陳奕麟（1999/03）〈解構中國性〉）《台灣社會研究》第三十三期，105-131。

陳惇、孫景堯、謝天振編（1997/07）〈形象學〉《比較文學》，165-179。

陳清僑（1997）〈離析「中國」想像：試論文化現代性中主體的分裂構形〉收入簡瑛瑛主編《認同・差異・主體性》・台北：立緒，237-268。

陳賢茂（1996/08）〈海外華文文學與中國文學的關係〉《華文文學》總二十八期，47-51。

陳瓊華（1999/03）〈沒有著作的作家──菲華文藝七○年歷史的回顧〉《亞洲華文文學》第五十四期，69-74。

陳鵬翔（1996）〈主題學理論與歷史證據〉收入漢學研究中心編《中國神話傳說學術研討會論文集（上）》，337-367。

陳鵬翔（1999/05/28-29）〈歸返抑或離散？──留台現代詩人的認同與主體性〉發表於彰師大「第四屆現代詩學學術研討會」。

陸先恆、馬家輝譯，齊默爾（Georg Simmel）著（1993/11）〈異鄉人〉《當代》九十一期，94-99。

陶　里（1999/07）〈澳門文學的再觀察〉《香港文學》第一七五期，18-24。

欽　鴻（1998/02）〈菲華文學中的「中華情結」〉《世界華文文學論壇》，58-61。

焦　桐（1998/10）〈饕山鑿水的魔術師──管窺余光中的遊記〉《幼獅文藝》第五三八期，頁44-48。

黃康顯（1988）〈評審的話〉，收入館編《香港文學展顏（四）》・香港：

市政府公共圖書館，247-252。

黃勝雄（1996/09）〈族群、社會文化與空間意涵〉《思與言》第三十四卷第三期，185-240。

黃維樑（1997/10）〈肆意評點和閱讀之外——評價當代散文的標準〉《香港文學》第一五四期，48-55。

黃錦樹（1998）〈神州：文化鄉愁與內在中國〉《馬華文學與中國性》‧台北：元尊，219-298。

楊劍龍（1998/01-02）〈一個是「中國」，一個是「基督教」——論張曉風的創作與基督教文化（上、下）〉《中國現代、當代文學研究》，52-55，65-68。

蒯鐵萍譯，讓‧馬克‧莫哈著（1994）〈比較文學的形象學〉《中國比較文學通訊》第二十五期，1-9。

葛雷，張連奎譯‧布呂奈爾，比叔瓦，盧梭著（1983）〈形象與人民心理學〉《甚麼是比較文學》，89-94。

劉　真（1986/10）〈中華文化復興運動的時代意義與實踐途徑〉《自由中國》，43-44。

劉紀蕙（1999/11/18）〈台灣文化場域內「中國符號」的展演與變異〉，「中國符號與台灣圖象學術研討會」論文，台北。

劉登翰（1998/02）〈菲華文學中的「中華情結」〉《世界華文文學論壇》，52-57。

蔡洪聲（1996）〈夢莉散文中的歷史記憶〉，陳遼編《世紀之交的世界華文文學》，南京：南京大學，229-230。

鄭　春（1999/05）〈試論台灣文學作品中的鄉愁情結〉《中國現代、當代文學研究》，217-224。

霍米‧巴巴（1999）〈紀念法儂：自我，心理和殖民條件〉收入羅綱、

劉象愚主編《後殖民主義文化理論》‧北京：中國社會科學，
　　202-217。

聯合文學編輯部（1992/09）〈朱西寧的文學家庭〉《聯合文學》第九十
　　五期，頁22-107。

【英文書目】

Anderson, Benedict（1995）. *Imagined Communities（Reflections on the Origin and Spread of Nationalism）*. London and New York: Verso.

Bakhtin, Mikhail（1981）. *Dialogic Imagination* ed. Michael Holoquist. Trans. Caryl Emerson & Michael Holoquist. Austin: Texas UP.

Barthes, Roland（1987a）. *Criticism & Truth.* Trans. Katrine Pilcher Keuneman. Minneapolis : Minnesota UP.

Barthes, Roland（1987b）. *Empire of Signs.*　trans. Richard Howard. New York: Hill and Wang.

Barthes, Roland（1993a）. *Mythologies.* Trans. Annette Lavers. New York: Noonday.

Barthes, Roland（1993b）. *Writing Degree Zero.* Trans. Annette Laver and Colin Smith. New York: Noonday.

Barthes, Roland（1994）. *Element of Semiology.* Trans. Annette Lavers and Colin Smith. New Yord: Hill & Wang.

Barthes, Roland（1996）. *The System of Objects.* Trans. James Benedict. London and New York: Verso.

Behdad, Ali（1994）. *Belated Travelers: Orientalism in the Age of Colonial Dissolution*. Durham and London: Duke UP.

Cassirer, Ernst（1969）. *The Myth of the State.* New Haven and London: Yale UP.

Chow Rey（1993）. *Writing Diaspora: Tactics of Intervention in Contemporary Cultural Studies.* Bloomington and Indianapolis:

Indiana UP.

Culler, Jonathan（1993）. *Structuralist Poetics : Structuralism, Linguistics, and the Study of Literature.* London: Routledge.

Eagleton, Terry（1990a）. *Literary Theory: An Introduction.* Oxford: Blackwell.

Eagleton, Terry（1990b）. *The Ideology of the Aesthetic.* Oxford: Blackwell.

Halbwachs, Maurice（1992）. *On Colloctive Memory.* Ed. & trans. Lewis A. Coser. Chicago: Chicago UP.

Hassan, Ihab（1987）. *The Postmodern Turn: Essays in Postmodern Theory and Culture.* n.p. Ohio State UP.

Hawkes, Terence（（1977）. *Structuralism and Semiotics.* Berkeley and Los Angeles: California UP.

Horst S. and Ingrid Daemmrich（1987）. *Themes & Motif in Western Literature: A Handbook.* Tubingen:Francke

Jameson, Fredric（1972）. *The Prison-House of Language: A Critical Account of Struturalism and Russian Formalism.* Princeton N.J.: Princeton UP.

John, Edward（1989）. *Language, Society and Identity.* Oxford: Basil Blackwell.

Larrain, Jorge（1994）. *Ideology & Cultural Identity.* Cambridge : Polity Press.

Lowe, Lisa（1994）. *Critical Terrains : French and British Orientalisms.* Ithaca and London: Cornell UP.

Lyotard, Jean-Francois（1993）. *The Postmodern Condition: A Report on Knowledge.* Trans. Geoff Bennington and Brian Massumi.

Minneapolis: Minnesota UP.

MacKenzie, John　M.（1995）. *Orientalism: History, Theory and the Arts* . Manchester and New York: Manchester UP.

Said, Edward　W.（1978）. *Orientalism*. New York: Vintage Books.

Scholes, Robert（1974）. *Structuralism in Literature: An Introduction*. New Haven and London : Yale UP.

Scholes, Robert（1982）. *Semiotics and Interpretation*. New Haven and London: Yale UP.

Seigneure T, Jean-Charles et.al., eds（1988）. *Dictionary of Literary Themes and Motifs A-Z.* New York : Greenwood Press.

Sollors, Werner, ed.（1993）. *The Return of Thematic Criticism*. Cambridge, M.A.: Harvard UP.

Trommeier, Frank, ed.（1995）. *Thematics Reconsidered.* Amsterdam: Rodopi.

【英文篇目】

Althusser, Louis（1993）. "Ideology and Ideological State Apparatuses" *Essays on Ideology*. London and New York: Verso. 1-60.

Chun, Allen（1995）. "An Oriental Orientalism: The Paradox of Tradition and Modernity in Nationalist Taiwan" *History and Anthropology* 9.1: 17-95.

Clifford, James（1994）. "Diaspora" *Cultural Anthropology 9..3* : 112-142.

Firchow, Peter（1990）. "The Nature and Uses of Imagology" *Toward a Theory of Comparative Literature* ed. Mario J. Vaildés. New York: Peter Lang. 135-142.

Hall, Stuart（1990）. "Cultural Identity and Diaspora" *Identity,* ed. Jonathan Ruhterford. London:Lawrence & Wishart. 222-237.

Nederveen Pieterse, Jan（1991）. "Image and Power" *Alterity, Identity, Image.* ed. Raymond Corbey & Joep Leerssen et.al. Amsterdam: Rodopi. 191-202.

Said , Edward W.（1986）. "Orientalism Reconsidered" *Literature, Politics and Theory.* ed. Francis Barker et. al. London and New York: Methuen. 211-229.

Tu, Wei-ming（1994）. "Cultural China: The Periphery as the Center" *The Living Tree: The Changing of Being Chinese Today* . California: Stanford UP. 1-34.

Waldron, Arthur（1989）. "The Great Wall Myth: Its Origins and Role in Modern China" *Yale Journal of Criticism* 2:. 1: 67-90.

Wang, Gungwu（1994）. "Among Non-Chinese" *The Living Tree: The Changing of Being Chinese Today* ed. Tu Wei-ming California: Stanford UP. 129-145.

Wu, David Yen-ho（1994）. "The Construction of Chinese and Non-Chinese Identities" *The Living Tree: The Changing of Being Chinese Today,* ed. Tu Wei-ming. Stanford UP. 148-166.

論文類　U001

亞洲華文散文的中國圖象（1949-1999）

作　　者	鍾怡雯
責任編輯	吳家嘉

發 行 人	陳滿銘
總 經 理	梁錦興
總 編 輯	陳滿銘
副總編輯	張晏瑞
編 輯 所	萬卷樓圖書(股)公司
排　　版	浩瀚電腦排版(股)公司
印　　刷	百通科技(股)公司
封面設計	JV.HUANG

發　　行　萬卷樓圖書(股)公司
臺北市羅斯福路二段 41 號 6 樓之 3
電話　(02)23216565
傳真　(02)23218698
電郵　SERVICE@WANJUAN.COM.TW
大陸經銷
廈門外圖臺灣書店有限公司
電郵　JKB188@188.COM
香港經銷
香港聯合書刊物流有限公司
電話　(852)21502100
傳真　(852)23560735

ISBN 957-739-316-0
2014 年 6 月初版二刷（POD）
2001 年 1 月初版一刷
定價：新臺幣 280 元

如何購買本書：
1. 劃撥購書，請透過以下帳號
　帳號：15624015
　戶名：萬卷樓圖書股份有限公司
2. 轉帳購書，請透過以下帳戶
　合作金庫銀行 古亭分行
　戶名：萬卷樓圖書股份有限公司
　帳號：0877717092596
3. 網路購書，請透過萬卷樓網站
　網址 WWW.WANJUAN.COM.TW
大量購書，請直接聯繫，將有專人
為您服務。(02)23216565 分機 10

如有缺頁、破損或裝訂錯誤，請寄
回更換

國家圖書館出版品預行編目資料

亞洲華文散文的中國圖象(1949-1999) /
鍾怡雯著. -- 初版. -- 臺北市：萬卷樓,
民 90
　面；　公分
參考書目：面
ISBN 957-739-316-0(平裝)
1.中國散文-現代(1900-　)-評論-論文,講
詞等
825.886　　　　　　89018298